MANFRED RUMPL

DIESER TAGE

Für Dessi

Gedruckt nach der Richtlinie des
Österreichischen Umweltzeichens
„Druckerzeugnisse",
Druckerei Theiss GmbH, Nr. 869

FSC
www.fsc.org
MIX
Papier aus verantwortungsvollen Quellen
FSC® C012536

Grafische Gestaltung: Dorothea Löcker, Wien
Umschlagabbildung: © marcus hammerschmitt/bobsairport
Druck und Verarbeitung:
Druckerei Theiss GmbH, St. Stefan im Lavanttal
ISBN 978-3-7117-2035-1

Informationen über das aktuelle Programm
des Picus Verlags und Veranstaltungen unter
www.picus.at

MANFRED RUMPL

DIESER TAGE

ROMAN

PICUS VERLAG WIEN

Er öffnete die Augen und betrachtete die Frau neben sich, die sich plötzlich rührte unter seinem Blick. Sie streckte sich, zog sich mit ein paar Schritten, die sie in einem Traum machte, das Leintuch von der Brust und murmelte etwas, das er nicht verstand.

Als hätte sie vor irgendetwas Angst.

In letzter Zeit fürchtet sie sich vor etwas, dachte er, den Kopf in seine Hand gestützt, um sie in Ruhe betrachten zu können. Wenngleich ihn Geburtstage so gut wie nie in Euphorie versetzten, freute er sich auf diesen besonderen Tag nun schon seit Wochen.

Im Gegensatz zur Geliebten fühlte er sich im Zentrum der Aufmerksamkeit nie richtig wohl, was wohl auch in der Wahl ihrer Berufe zum Ausdruck kam: die Schauspielerin und der Informatiker. Ein eher introvertierter Mann und eine sehr extrovertierte Frau; oder die Exhibitionistin und der in sich gekehrte Computerfreak, Analytiker und Bücherwurm. Gar nicht so selten bemühte jemand das Bild von den Gegensätzen, die einander anziehen, wenn die Rede auf sie als Paar kam.

Das Licht dieses Septembers fiel in Streifen durch die Jalousien und hob Teile von ihr aus der Dunkelheit. Strähnen ihres glatten Haars über der Linie ihrer Wange, lange Wimpern mit einem frechen Schwung und ein violettes Lid, das ihren Blick verbarg, der jetzt nach innen ging, wo etwas nicht in Ordnung zu sein schien; und dann da, die Rundung ihrer nackten Brust, die in den Schwung einer Hüfte mündete, der sich unter dem Laken verlor und am Hintern wieder zum Vorschein kam, um sich von Norden nach Süden zu erstrecken, wie ein Gebirgszug, bis zu ihren Zehen.

»Die Anden«, murmelte er. Er rückte näher an sie heran und begann sie zu streicheln.

Er glitt mit den Fingern über Stirn, Wange, Hals und ihr Schlüsselbein nach unten, bis eine Hand auf ihrer Brust zu liegen kam. Sie schüttelte den Traum mit einem Seufzen ab, streckte ihre Arme aus und kam ihm mit geschlossenen Augen entgegen. Zwischen ihren Lippen glänzte die Zunge.

Er reiste weiter mit seiner Hand, bis unter das Leintuch, wo er sie auf ihren stoppligen Hügel legte und den Mittelfinger in ihre Spalte senkte, die warm war und feucht. Langsam kam sie ihm entgegen. Sie schlang einen Schenkel um seine Hüfte, damit er von der Seite in sie eindringen konnte. Mit einer einzigen Bewegung füllte er sie aus. Er verharrte eine Weile, um im Zwielicht ihren Blick zu suchen, aber sie öffnete die Augen noch immer nicht. Ihr Gesicht leuchtete im Muster dieses frühen Lichts vor reiner Lust, während er sie in Zeitlupe liebte.

Sie tauschten die Körper und verwandelten sich in ein vor Begierde bebendes Ungeheuer, das sich mit acht Extremitäten selbst verschlang. Nachdem sie sich über zwei Oktaven gewimmert hatte, verfiel sie in ein tiefes Gurren, dann zog sie ihn mit einem Seufzer in sich hinein, in dem Trauer und Lust sich überlagerten.

»Alles Gute zum Geburtstag«, flüsterte er ihr ins Ohr, während sie Schulter an Schulter darauf warteten, dass der Schweiß auf ihrer Haut trocknete.

Später, er hatte sich frei genommen, richtete er das Frühstück. Er fuhr auf, was er gestern spätabends, nach der Arbeit, in einem Deli in der Innenstadt besorgt hatte. Sekt, Garnelen, Schinken aus San Daniele, Chutney, getrüffelten Käse. Er kochte Kaffee aus jamaikanischen Bohnen und pochierte ein paar Eier von Hühnern, die ein zertifiziert hühnerwürdiges Leben führten.

Während sie wortlos das Frühstück genossen, schoss er ganz nebenbei – wie ein skeptischer Amor seine Pfeile – Blicke auf sie ab. Sie saßen auf der Terrasse, im toten Winkel der nachbarlichen Neugier. Gala trug einen dünnen Morgenmantel. Ein schwarzes Etwas, das sie sich auf ihrer Reise nach Italien gekauft hatte. Wenn der Wind eine Brise zu ihm trug, konnte er riechen, was sie im Bett gemacht hatten.

Er war noch nie so glücklich gewesen wie in diesen zwei Jahren, seit er sie kannte. Als wären jene Frauen, mit denen er vor ihr sporadisch zusammen gewesen war, nur vereinzelte Akkorde eines mehr oder weniger verstimmten Instruments gewesen: Akkorde, die sich nun, in der Persönlichkeit Galas, zu einer Melodie fügten, die ihm nicht mehr aus dem Kopf ging. Fast wäre er über Affären noch zum Zyniker geworden. Aus Furcht, endlich der Richtigen zu begegnen und sich zu binden, hatte er viel Zeit mit den Falschen vertan. Mit Frauen, die er schon loswerden wollte, während sie noch neben ihm in seinem Bett lagen. Er hatte einen Horror davor gehabt, mit einer von ihnen einen neuen Tag zu beginnen. Und war er bei einer gelandet, stand er auf, sobald sie schlief, und suchte das Weite. Wie ein Einbrecher, mitten in der Nacht.

Trotz Galas Launen, die ihn mitunter befremdeten, konnte er sein Glück noch immer kaum fassen. Zum ersten Mal in seinem Leben fürchtete er, etwas zu verlieren. Jemanden, und das wusste er, der nicht mehr zu ersetzen wäre.

Sie lehnte sich zurück und streckte die Beine von sich, befriedigt vom guten Essen. Er küsste sie, ihr Mund schmeckte nach Kaffee und Trüffeln. Dann rief er »Buddy« in die Wohnung hinein: »Buddy, es geht los!«

Gala ahnte zwar bereits, was kommen würde, fand aber dennoch Gefallen an ihrer Rolle der Überraschten. Obwohl sie sich nicht selten über seine Ambitionen lustig machte, einem Roboter so etwas wie Leben einzuhauchen, spielte sie jetzt gern mit, indem sie die Augen schloss und in stummer Erwartung verharrte.

Der Roboter rollte auf den Balkon heraus, nahezu geräuschlos, bis vor sie hin, blinkte im Partymodus und sang mit dieser perfekten Imitation seiner Stimme, die er erst gestern programmiert hatte: »Happy Birthday to you ...« Auf robotermäßig von sich gestreckten Armen trug er ein Tablett mit seinem Geschenk. »Du darfst die Augen jetzt öffnen, Liebes«, sagte er zum Schluss. Dann stellte er sich selbst auf Standby und erstarrte mitten in einer Bewegung.

»Wenn es mir gelingt, einen Automaten zu programmieren, der mit Grandezza auftritt, sind wir gemachte Leute«, sagte er und umarmte Gala ungeschickt, während sie ihr Geschenk, jeden Augenblick genießend, aus der edlen Verpackung befreite. Er verfolgte alle ihre Bewegungen mit großer Zärtlichkeit.

Ihr Lächeln verwandelte sich in ein Strahlen. »Das wäre ja nicht nötig gewesen, Vinc, etwas derart ... Kostbares«, zögerte sie zu sagen, weil ihr das Wort Teures, das ihr auf der Zunge lag, nicht angemessen erschien für etwas so Schönes.

»Darum geht es nicht«, sagte er. Immer noch kostete er jeden Moment ihrer Freude aus.

Sie hielt den Ring in das Licht des noch jungen Tages, das sich am Stein brach und in den Farben des Regenbogens schillerte.

»Der sieht aus wie ein Verlobungsring«, sagte sie. Sie steckte ihn – er passte wie angegossen – an den Ringfinger ihrer rechten Hand und schaute mit einer Mischung aus Skepsis und Zuneigung zwischen ihm und dem Ring hin und her.

»Vielleicht ist es ja einer«, sagte er nur.

»Heißt das, du willst mich heiraten?«

»Das könnte sein«, erwiderte er im Ton gehobener Unverbindlichkeit, den er sich in den Jahren des Alleinseins angeeignet hatte. Damit wäre dann sein Dasein im Konjunktiv wohl endgültig vorbei, dachte er. »Die Wohnung hier ist groß genug für zwei, sogar drei oder vier«, hörte er sich noch sagen. Insgeheim wunderte er sich, dass er der Mann war, der das sagte.

Sie brachte ihn mit einer Umarmung zum Schweigen, die sie beide direkt ins Schlafzimmer beamte.

In seinem alten Cabrio, das er auf Hochglanz gebracht hatte, machten sie einen Ausflug ins Umland der Stadt. Der noch sommerlich laue Fahrtwind – der wärmste Sommer seit Beginn der Aufzeichnungen lag hinter ihnen – umspielte sie im offenen Auto. Auf dem Kamm eines Weinbergs parkten sie vor einem haushohen Display, auf dem im goldenen Licht des frühen Nachmittags noch nicht viel zu erkennen war.

Hand in Hand stiegen sie durch die Zeilen des Weinbergs hinab, begleitet vom Zirpen einer unsichtbaren Fauna. Bis zu einem Heurigen, der, weder von unten noch von oben zu sehen, auf einmal direkt vor ihnen lag. Ein altes Haus, ein windschiefer Schuppen, ein Kellerstöckl und eine von der Hitze dieses Sommers gebleichte Wiese, auf der Tische, Stühle und Bänke standen. Eine Handvoll Mauersegler blitzte immer wieder vor dem azurblauen Hintergrund des Himmels auf.

Als schrieben die Vögel über ihren Köpfen irgendwelche Warnungen in die Luft, die er jedoch nicht entziffern konnte, so sehr er sich auch bemühte.

Gala tollte mit dem Hund des Hauses herum, bis ihr Kleid fleckig war von seinen Pfoten. Sie setzten sich unter einen Nussbaum und bestellten eine Jause: Wasser, Weißwein von den Hügeln hier und Speck vom Mangalitzaschwein, den der

Chef von einem Bauern aus dem Burgenland bezog. Fleisch aßen sie nur, wenn sie wussten, wie die Tiere gehalten wurden. Das Fleisch aus der Massenhaltung der Tierfabriken war ihnen nicht geheuer. Diese Kreaturen litten Höllenqualen, und so schmeckte auch ihr billiges Fleisch.

»Schön hier«, sagte Gala. »Warum hast du mir diesen Ort noch nie gezeigt?«

»Man sollte immer einen Trumpf im Ärmel behalten«, sagte er, als er die Gläser füllte.

Um diese Tageszeit an einem Wochentag waren sie ganz allein hier oben. Der Hund hatte sich Gala zu Füßen gelegt, was er gut verstehen konnte. Sie aßen und tranken und ließen ihre Blicke über die Landschaft schweifen. Über die erst zum Teil abgeernteten Reihen der Reben, die Wiesen und die sich über Hügel windenden Wege; und über die in Smog gehüllte Stadt unten und den Horizont weit draußen, der den Himmel mit der Erde verband. Durch die Peripherie ihrer Blicke gaukelten Muster, die das Licht durch die Blätter des Nussbaums auf den Boden warf.

Er dachte an die Angst, die ein Traum am Morgen in ihr schlafendes Gesicht projiziert hatte. »Was hast du in der Früh geträumt?« Es war ihm herausgerutscht. Die Frage war ihm peinlich, als er sich vorstellte, in welche Regionen des Intimen er damit eindrang. Er versuchte ihr den Anflug des Spitzelhaften zu nehmen, indem er hinzufügte: »Machst du dir über irgendwas Sorgen?«

Sie drehte am Ring an ihrem Finger, als wollte sie ein Orakel befragen. »Ich weiß nicht«, sagte sie, mit einem Seitenblick auf ihn, »ob wir so weit gehen sollten.«

»Der Ring verpflichtet dich zu nichts«, sagte er. Aber sein Lachen verriet die Enttäuschung darüber, dass es doch so sein könnte. »Komm, stoßen wir auf deinen Geburtstag an!«

Das Klirren der Gläser war ohne jeden besonderen Klang. Gala folgte mit schläfrigem Blick einem Auto, das in der Ferne über die Hügel kroch.

Bisweilen versetzte ihn genau das, was ihn zu ihr hinzog, in Unruhe. Diese Unbekümmertheit, mit der sie die Gefühle anderer ignorierte. Eine emotionale Kälte, in der die Hitze des Begehrens in einem Augenblick schockgefroren wurde, um im nächsten Moment, von einem Anfall spontaner Herzlichkeit, wieder aufgetaut zu werden. Das Temperament einer Schauspielerin, dachte er, was denn sonst? Eine Art Haltlosigkeit, die sich in den Rollen stabilisierte, in die sie sich mit Haut und Haar stürzte, als gälte es, ein Leben zu gewinnen.

Sie war das einzige Kind eines Wieners und einer Britin, die, soviel er wusste, in England Medienrecht studiert hatte und nun schon seit Jahren wieder in London lebte. Ein Scheidungskind, aber kein gewöhnliches. Der Vater hatte sich einfach aus dem Staub gemacht, als sie zwölf war. Wie ein Illusionist, ein Heiratsschwindler oder ein Bigamist. Oder eben ganz einfach nur irgendein Arschloch. Ohne sein Mädchen, Papas Liebling immerhin, zum Abschied zu küssen, zu umarmen und ihr wenigstens zu versichern, dass er trotz allem für sie da sein würde. Dass sie mit diesem Vater nicht mehr viel zu tun haben wollte, hatte sie Vincent von Anfang an zu verstehen gegeben, wenn der mehr wissen wollte als nur ein paar Eckdaten. Ihre Mutter, die sie ihm vor einem Jahr bei einem Abstecher nach London in einem Restaurant beim Picadilly Circus vorgestellt hatte, arbeitete für eine Netzzeitung, die sich für unabhängige Berichterstattung einsetzte. Eine, so viel konnte er nach dem Blitzbesuch sagen, nicht unsympathische Frau, die es mit britischem Witz darauf angelegt hatte, ihm die Tochter streitig zu machen. Ihre Tochter, die sie mit der Hilflosigkeit einer Mutter aus der Ferne liebte. Als ihr Mann verschwunden geblieben war, damals in Wien, war sie mit Gala nach London zurückgegangen, die dann später eine Schauspielschule in Soho besuchte.

Obwohl sie stets betonte, dass ihr die Stadt ihres Vaters, in der sie aufgewachsen war, total egal war (wurscht, sagte sie dann und lachte auf), war sie nicht davon abzubringen gewesen, nach Wien zurückzugehen, um dort für eine Rolle in *Blick zurück im Zorn* am Volkstheater vorzusprechen. Jede Woche unterhielten sich Mutter und Tochter via Skype über alles Mögliche: englischen Fußball (Opa war Arsenal-Fan bis in den Tod gewesen), die österreichische Küche, den Austritt Englands aus der Union, die Rollen der Tochter und den Kotau der Politik vor der Gier der Konzerne. Und über die Ruhe vor dem nächsten Sturm, der die europäische Flotte auf den Meeren der Finanzmärkte zum Kentern bringen könnte; wenn sich nach dem Platzen einer weiteren Blase ein Tsunami über die Welt wälzen würde, gegen den der letzte bloß ein lokales Unwetter gewesen wäre.

»Woran denkst du?«

Sie riss ihn aus seinen Betrachtungen. Dass er an nichts Spezielles denke, wollte er antworten, sagte aber: »Ich hole dich nach der Premiere in der Garderobe ab.«

»Musst du aber nicht«, sagte sie, »wir können uns auch auf der Premierenfeier treffen.«

Seit Wochen probte sie in einem Kellertheater das neue Stück einer Autorin, die vom Netzmagazin *Theater Morgen* zur Dramatikerin der kommenden Saison gewählt worden war. Galas Engagement am Wiener Volkstheater war den Kürzungen nach der letzten Krise zum Opfer gefallen.

»Wann müssen wir dort sein?«

»Es geht sich noch aus«, sagte sie, »wenn wir losfahren, sobald ich meine Serie gesehen hab.«

Ob es sie nicht irritiere, fragte er, wenn sie sich vor der Premiere am Theater in einer Holovision spielen sehe?

Immer wenn sie Pillen nahm, ein Remake eines Serienknüllers aus den Siebzigern, nun mit ihr statt einem Mann in der Hauptrolle, ging mittlerweile in die vierte Staffel. Diese trashige Rolle hatte Gala damals aufgefangen, nachdem sie vom Volkstheater gekündigt worden war, finanziell und psychisch.

»Im Gegenteil«, antwortete sie. Das lenke sie immerhin von der Befürchtung ab, dass das neue Stück beim Publikum, bei der Presse oder gar bei beiden durchfalle.

Ob sie denn davon geträumt habe, heute Morgen, fragte er, dass die Premiere ein Flop werden könnte?

»Nein«, antwortete sie. Sie wisse nicht mehr genau, was sie geträumt habe. Sie erinnere sich nur noch daran, dass es mit Abschied und Schmerz zu tun gehabt habe. Und indem sie dies sagte, schaute sie ihn in einem Moment kalt und abweisend, im nächsten todtraurig und gleich darauf mit einem Lächeln an, das ihn befremdete.

»Willst du noch in deine Wohnung?«

»Nicht nötig«, sagte sie und wandte sich zum Hund, der sich mit der Schnauze zwischen ihre Schenkel drückte, um gestreichelt zu werden. »Zu Hause wartet ja doch nur das Lampenfieber auf mich.«

In der Dämmerung begann das riesige Display auf dem Hügel zu leuchten. Die Meldungen liefen in einer Schleife über das elektronische Band ... *Anschläge im Jemen, in Israel und in Pakistan ... Euro droht der totale Absturz ... Fromme in Marokko, Algerien, Libyen auf dem Vormarsch ... Präsident ruft zur Besinnung auf ... Kalifornien brennt ... Dreibeinige Katze von Blechdach gerettet ... Klimakapriolen nehmen kein Ende ... Experten sagen, Krise kann wieder zum Ausbruch kommen ... Chinas Rezession Gefahr für den Westen ... Teile Indonesiens, New Yorks, Londons,*

Barcelonas und Istanbuls unter Wasser ... Mann beißt Hund ... Iran testet Atomsprengköpfe ... USA nach Abflauen des Ölbooms fast bankrott ... Epidemie in sieben Staaten Afrikas ... Bemannte Marsrakete vom Kurs abgekommen ... Pudel ins All geschickt ...

»Vinc!«

... Scharfschützen der Frontex feuern bei einem Ansturm afrikanischer Migranten auf die europäischen Zäune und Mauern erneut in die Menge ...

»Ja?«

Er hatte das Gefühl, dass die News hoch über der Stadt direkt in sein Gehirn umgeleitet wurden. Hypnotisiert starrte er auf die sich zu Botschaften formierenden roten Leuchtbuchstaben. Man konnte sie sogar entziffern, hatte er einmal entdeckt, wenn man nächtens von der Skybar im Zentrum der Stadt in Richtung Nordwesten schaute.

In der Dämmerung suchten immer mehr Scheinwerfer den Weg über die Hügel. Viele kamen aus der Stadt herauf, direkt von der Arbeit. In den Bäumen des Gartens, der sich nach und nach füllte, gingen bunte Lichter an, und auf einmal, als sie schon gehen wollten, stand ein stattlicher Mann mit Bürstenhaarschnitt und fleckiger Schürze am Tisch, der ihn umarmte, bevor er sich Gala vorstellte: »Viktor«, sagte er, »Wickerl, für die Freunde von Vincent.« Und weil er sah, dass sie gehen wollten: »Bleibt doch noch, ich hol euch eine Flasche aus meiner Vinothek im Keller.«

»Nichts lieber als das«, sagte Vincent, »aber wir müssen in die Stadt zurück.« Der spöttische Blick des Chefs, den er sich einfing und der ihn an die alten Zeiten erinnerte, ließ ihn ausführen, dass es diesmal nicht möglich sei, weil seine Verlobte (hatte er sie tatsächlich Verlobte genannt?) bald auf einer Bühne stehen werde und auf keinen Fall ihren Text vergessen dürfe.

»Ich hätte euch nicht mal Gesellschaft leisten können, wenn ich gewusst hätte, dass ihr zu mir heraufkommt«, wie zum Beweis hielt Viktor zwei große, kräftige, dreckige Hände ins Licht, »weil wir noch ein paar Tage mit der Weinlese beschäftigt sind.«

»Man sieht sich«, sagte Vincent, während eine Liste potenzieller Hochzeitsgäste vor seinem geistigen Auge erschien.

Als sie den steilen Weg durch die Weinzeilen zum Auto zurückgingen, erzählte er ihr von seinem Freund und Kollegen, der nach der letzten globalen Krise seinen Job als Informatiker hingeschmissen und sich dieses Weingut am Stadtrand gekauft hatte.

»Wie romantisch!« Gala konnte sich einen Unterton in der Bemerkung nicht verkneifen.

Anflüge dieser Art, er kannte das längst, lenkten sie vom Stress der Premiere ab. »Bald werden womöglich wir die Romantiker sein, wenn wir glauben, es geht alles einfach immer so weiter«, sagte er.

»Wie wahr«, sagte sie, kurz angebunden, noch immer in diesem Ton. Wie sie die Arme verschränkte und ihren Kopf abwandte, mit diesem kurzen Schütteln, sagte ihm, dass sie das Geplänkel, das sie selbst angezettelt hatte, schon nervte.

Das riesige Display flimmerte und tauchte den Parkplatz, der sich gefüllt hatte, in ein synthetisches Rot. Auf dem Rücksitz des Cabrios hatte sich eine Katze eingerollt und döste. Gala beugte sich nach hinten und fuhr ihr mit der Hand übers Fell. Als er den Wagen startete, sprang sie mit einem Satz aus dem Auto, fauchte und verschwand wie ein Schemen im Wald, der die Rückseite des Hügels bedeckte.

Wortlos fuhren sie in die Stadt zurück.

Gala hockte im Schneidersitz vor der HV in der großen Wohnküche, eine VR-Brille im entrückten Gesicht, während er zwischen Herd und Kochblock mit dem Messer hantierte, um Risotto mit Steinpilzen zu kochen. Ihr Lieblingsgericht. Das Einzige, was sie sich ausdrücklich zum Geburtstag gewünscht hatte, um sich für die Mühen der Uraufführung zu stärken.

Mr. Hitchcock, wie haben Sie das gemacht? Das Buch, das vor ihr auf dem Tisch lag, und einen Ring wie den an ihrem Finger, sagte sie, ohne sich ihm zuzuwenden, habe sie zwar immer wieder einmal erwähnt, wirklich gewünscht, betonte sie, durch die Hologramme zappend, habe sie sich aber sein Steinpilzrisotto!

Buddy rollte geschäftig zwischen Kühlschrank, Speisekammer und Kochblock hin und her, um ihm zur Hand zu gehen. Der Roboter kommentierte alles, was er tat. Mit mehr oder weniger passenden Bemerkungen aus der beliebten Kochshow, die Vincent auf seine Festplatte kopiert und verlinkt hatte. In der Show pflegte ein gewitzter Schimpanse mit einem Prominenten zu kochen. Mit einem Steuerbetrüger und Freigänger aus einer Haftanstalt, dem ein GPS-Chip implantiert worden war.

Immer wenn sie Pillen nahm lief bereits, als Gala endlich das richtige Hologramm gefunden hatte. Sie hätte es ja direkt anwählen oder eine Spracheingabe machen können, er hatte es längst aufgegeben, sie darauf hinzuweisen. Aber wenn sie gelaunt war wie seit ihrer Rückfahrt aus den Weinbergen, zog sie es gewöhnlich vor, sich umständlich zu verhalten. Einfach nur, um sich vorsätzlich zu ärgern, dachte er, und ihn dann damit zu behelligen. Aber es war ihr Geburtstag, und wenn sie erst von seinem Risotto gekostet haben würde, würde die Welt wieder ganz anders aussehen.

Schade, dachte er, durchs Risotto pflügend, als gälte es den Trauermarsch aus Mahlers Fünfter zu dirigieren, dass sie den Titelsong ihrer Serie verpasst hatten, der sie jedes Mal aufheiterte. In der Figur Betty Beamishs flog sie, zu einem surrealen Text und einer pfiffigen Melodie, auf den weiten Schwingen ihres lila Capes (oder im Drogenrausch?) über die alten Dächer Wiens. Auf der Suche nach einer Story, in die sie rettend eingreifen konnte.

Ein Risotto auf den Punkt zu bringen, erforderte die Konzentration eines Künstlers. Biss, Konsistenz und Sämigkeit mussten eine ausgewogene Allianz eingehen, wenn das Gericht seinen Namen verdienen sollte. All'onda sollte es sein, nicht zu zähflüssig, so wie eine Welle im Meer. Es hat nichts gemein mit irgendeinem Reisgericht, dachte er, auch wenn man zu oft eines Schlechteren belehrt wurde.

Hin und wieder riskierte er einen Blick auf Gala, die mit kindlicher Hingabe vor der Holovision hockte und versuchte, ihre Rolle in der Serie in andere Bahnen zu lenken. Ihm war nicht entgangen, dass schon den ganzen Tag etwas auf ihr lastete, das er nicht zu fassen bekam, seit er sie am Morgen im Bett beobachtet hatte. Als wäre da – außer der Erwartung, diesen Tag und die Premiere gut hinzukriegen – noch etwas, das er nicht durchschaute. Immerhin glaubte er sie gut genug zu kennen, um die Vorzeichen eines ihrer dramatischen Schübe deuten zu können.

Sollte er versuchen, ihr mit den Mitteln der Fuzzylogik beizukommen? Einer Logik, die das simple Null/Eins oder An/Aus (Sein oder Nichtsein?) der Booleschen Algebra fast bis zur Komplexität von Bewusstsein erweiterte. Diese Logik, davon war er überzeugt, würde in der Informatik noch eine Revolution auslösen. Sie würde dafür sorgen, dass in Zukunft auch Buddy ein Risotto kochen konnte. Und zwar eins, das ihn zum

Star in sämtlichen Kochshows machen würde. Mochte Gala sich auch noch so sehr über seine Ideen auslassen, er ließ nicht davon ab, den Traum zu träumen, eines Tages mit Buddy auf einer Bühne zu stehen. Dass er es im Gegensatz zu ihr gar nicht mochte, im Brennpunkt irgendwelcher Interessen zu stehen, könnte sich dabei aber noch als ein Problem herausstellen.

Gelänge ihm ein Programm, das es Buddy ermöglichte, ein Risotto zu kochen, das die Juroren der Slow-Food-Akademie überzeugen würde, und würde seine Firma die nötige Hardware liefern, wäre er als Informatiker auf dem Weg zu den Sternen. Programme zu entwickeln, die dafür sorgten, dass Flugzeuge nicht nur auf Autopilot flogen, sondern auch selbst starten und landen konnten, war das, womit er sich in der Arbeit herumschlug; aber Roboter in mehr als nur Staubsauger und Botenjungen zu verwandeln, war das, was ihn wirklich umtrieb.

Alarmstufe Rot! Das Risotto gab ein Zischen von sich, das ihn aus seinen Tagträumen riss.

»Aufgießen! Sofort aufgießen!« Buddy rief es mit rotierenden Lichtern, und er schöpfte, gerade noch rechtzeitig, zwei Löffel aus der Brühe nach, um das Fiasko abzuwenden. Es zischte noch einmal, aber anders diesmal. Mehr wie beim Löschen eines Brandes und nicht wie beim Ausbruch eines solchen. Rühren, rühren, rühren, dann würde schon wieder Ruhe einkehren.

Gala blödelte entspannt vor sich hin, ihre Abenteuer als Betty Beamish in dem Hologramm kommentierend und korrigierend, wie es ihr nun gerade passte (diesem überheblichen Regisseur zu Fleiß!), was Vincent mit Genugtuung zur Kenntnis nahm. Wenn sie sich jetzt für eine Weile vergaß, hoffte er, würde sie später auf der Bühne glänzen und sich alles in Wohlgefallen auflösen. Falls die Premiere nicht schiefging jedenfalls.

Pro forma schimpfte er mit dem guten Buddy, der vergessen

hatte, den Parmesan aus dem Kühlschrank zu holen, während er aber so tat, als würde er sich an der Seite Galas köstlich amüsieren. Roboter waren schließlich auch nur Menschen.

Bevor sie zur U-Bahn gingen, liebten sie einander ein weiteres Mal an diesem Tag. In den prickelnden Strudeln des Whirlpools, den er aus Udine hatte kommen lassen, nachdem er den Vertrag beim Konzern unterschrieben hatte und in dieses Penthouse gezogen war.

Beim Sex klammerte Gala derart heftig, dass er befürchtete, sie würde einen Krampf bekommen, was die Premiere von *Jedem das Seine* gefährden könnte. Dass sie ihn nicht mehr hergebe, keuchte sie an seinem Ohr, nie mehr hergebe, nie mehr! Was er für eine, sogar in dieser Situation, unnötige Übertreibung hielt; obwohl es ihm guttat, es zu hören, da sie doch vor Kurzem noch so eigensinnig gewesen war. Bildete er sich nur ein, während er ungestüm in ihr kam – den Kopf unter Wasser, wobei er eine Flasche und zwei Gläser vom Rand des Whirlpools kickte –, dass er in diesen Momenten um sein Leben kämpfte?

Sein letzter Wunsch wäre also, und das erstaunte ihn nicht einmal, dass dieser Orgasmus Früchte tragen möge.

Umzingelt von Leuten standen sie, Körper an Körper, in der U-Bahn. Punks, Hipster, Bürohengste, Nerds, Dandys, Frackträger und Gruftis, aber kaum noch Touristen, wie früher, in den guten alten Zeiten. Alles retro, alles nur Mode, dachte er, auch die langbärtigen Fremden hinten im Waggon, die dreinschauten, als wollten sie Feuer und Schwert über die Welt bringen.

Die Wiederkehr des fast ewig Gleichen, so kam es ihm vor, und jedes Mal, aufgrund der Mutationen der Märkte, eine Spur weniger originell.

Gala schloss immer wieder für eine Weile die Augen und bewegte ihre Lippen. Sie memorierte ihren Text. In Momenten, in denen sie sich auf etwas anderes als sich selbst konzentrierte, gefiel sie ihm so sehr, dass er sich vorstellte, sein künftiges Leben mit ihr zu verbringen.

Bevor der Vorhang sich hob – oder im Fall dieses Theaters eigentlich aufklaffte –, um die Late-Night-Premiere freizugeben, wurde er von dem geradezu infantilen Wunsch erfasst, eine Zeitreise zu machen. Er würde sich in virtuelle Welten entführen lassen, die, egal, ob es sie je gegeben hatte, gab oder je geben würde, in sich vollkommen folgerichtig waren. Gut, jenseits oder böse, Vergangenheit, Gegenwart oder Zukunft: Alles, und das erwartete er, in der Dunkelheit in seinen Sitz gekauert, sollte von einer Schlüssigkeit sein, die das Leben, das inzwischen draußen, im Foyer, auf den Straßen der Stadt und in den Häusern der ganzen Welt weiterging, wie einen unwirklichen Abklatsch des Spiels erscheinen ließe.

Er kannte wenige Orte, wo er, inmitten einer anonymen Menge, ganz bei sich war: Kinos, Bahnhöfe, Flughäfen, Kirchen, Konzerthallen und das virtuelle Reich. Um sich abzulenken, bis der Vorhang sich auftun und Gala endlich ins Rampenlicht treten würde, schweifte er ab.

Die Lichter im Saal wurden gedimmt. Es ging los. Er verscheuchte seine Überlegungen. Er hatte nur noch Ohren und Augen für die Bühne.

Das Stück handelte von genau den Dingen, die ihm gerade durch den Kopf gegangen waren. Gala hatte ihn zwar auch diesmal nicht an ihrer Arbeit am Text teilhaben lassen, die Proben waren tabu und den Text lernte sie immer allein bei sich zu Hause, aber sie hatte ihm das Skript zu lesen gegeben.

Drei junge Leute, die in einem internationalen Konzern arbeiten, der mit allen möglichen Informationen Handel treibt, kommen im Zuge von Recherchen, die sie auf eigene Faust unternehmen, dahinter, dass viele dieser Informationen nicht nur an andere Firmen verkauft werden, sondern, unter der Hand, auch an Versicherungen, Arbeitgeber, Krankenkassen, Ministerien und verschiedene Geheimdienste. Als sie von jenen, die für diese Machenschaften verantwortlich sind, Rechenschaft fordern, geraten sie in eine Spirale aus Schikanen, Bedrohungen und schließlich Verfolgung, was ihre Freundschaft und die Liebe von Jakob und Lise (Gala) auf eine harte Probe stellt. Als sogar ihr Leben in Gefahr gerät, entscheiden die drei, mit den brisanten Informationen, die sie mithilfe eines Informatikers aus der Firma entwenden, an die Öffentlichkeit zu gehen. Ziemlich naiv, wie sie trotz ihres Engagements auch sind, unterschätzen sie die Folgen ihres Handelns gewaltig und müssen untertauchen. All jene, deren kriminelle Praktiken sie aufgedeckt und ins grelle Licht der Medien gezerrt haben, gegen die Spielregeln der Macht, setzen mit allen Mitteln dieser Macht eine Maschinerie der Schuldumkehr in Gang, die sie nun zu zermalmen droht.

Das Stück wurde vom Ensemble so sinnlich auf die Bühne gebracht, als hätte Brecht selbst Regie geführt. Gala machte ihre Sache an diesem Abend gut. Sie gab die auch ein wenig naive, aber von einem unbeugsamen Sinn für Gerechtigkeit beflügelte Lise mit einer Verve, wie sie Vincent noch nicht an ihr gesehen hatte. Trotzdem erkannte er sie in ihrer Rolle: Wie sie, die Vergeblichkeit ihres Kampfes gegen die Windmühlen der Macht vor Augen, sich Anflügen von Wut, Melancholie und Verzweiflung hingab. Am Ende verloren die jungen Idealisten, wie konnte es anders sein, den ungleichen Kampf. Welcher aber damit, und daran ließen Autorin und Regisseurin keine Zweifel, noch lange nicht zu Ende war.

Das Stück erntete reichlich Applaus. Da und dort erhoben sich ein paar Zuseher, begeistert klatschend und »Bravo!« rufend: »Bravo! Bravo!« Das Licht im Saal flammte auf. Das Spiel mit Schein und Sein, das den Lauf der Welt bestimmt hatte, während naturgemäß draußen alles weiter seinen Gang ging, war zu Ende.

Ein paar Zuseher machten mit Pfiffen und Buhrufen auf sich aufmerksam. Zum Glück aber zu wenige, um die Stimmung zu kippen. Nach einigen Vorhängen zog sich die Truppe, einander an den Händen haltend und sich verbeugend, in die schwarze Tiefe der Bühne zurück.

Er packte den Strauß roter Rosen, den er in der kurzen Pause auf der Straße bei einem Blumenhändler erstanden hatte, und machte sich, durchs Gedränge des in die Gegenrichtung strebenden Publikums, auf den Weg hinter die Bühne, um Gala zu überraschen. Den Weg in die Garderobe der Künstler kannte er.

Ein paar ihrer Kollegen liefen ihm über den Weg, noch ganz aufgelöst von den Strapazen der Verwandlung, aber sichtbar erleichtert über den Erfolg des Stücks. Sie kannten ihn vom Sehen. Er gratulierte ihnen zerstreut, während er unentwegt nach Gala Ausschau hielt. Irgendwo da hinten werde sie ja wohl sein, sagte man ihm. Sie habe es diesmal besonders eilig gehabt, an ihren Schminktisch zu kommen.

In dem Trubel rannte er die Regisseurin über den Haufen. Er entschuldigte sich, zog eine Rose für sie aus dem Strauß, verletzte sich an einem Stachel und fragte, am blutenden Finger leckend, ein weiteres Mal nach Gala. Milde lächelte sie über sein Ungeschick. Leider, nein, sie wisse auch nicht, wo sie sei, nach dem letzten Vorhang habe sie Gala nicht mehr gesehen. Als er gleich weitereilte, angetrieben von einem unguten Gefühl, rief sie ihm noch nach, er müsse unbedingt zur Premierenfeier mitkommen!

Der Platz in der Garderobe vor Galas Spiegel war leer. Von ihr weit und breit keine Spur. Die drei Lampen über ihrem Spiegel leuchteten. Sie war da, dachte er, während eine leichte Panik von ihm Besitz ergriff. Er ermahnte sich zur Ruhe. Sie musste hier irgendwo sein! Vielleicht schwatzte sie in einem Winkel des Theaters mit jemandem, rauchte draußen eine Zigarette (eine Nichtraucherin!), oder sie war auf die Toilette verschwunden, um ein Bedürfnis zu befriedigen.

Er würde ein wenig warten, an Ort und Stelle, bevor er sich auf die Suche nach ihr begab.

Auf ihrem Hocker sitzend, sein eigenes ratloses Gesicht vor Augen, konkretisierten sich in seinem Kopf allerhand Befürchtungen, die, das wurde ihm nun schlagartig klar, schon den ganzen Tag im Hintergrund gelauert hatten. Sie war anders gewesen als sonst, kam ihm jetzt vor. Er bemühte sich, in der Erinnerung die letzten Wochen Revue passieren zu lassen, um vielleicht irgendwelche Vorzeichen zu erkennen.

Aber da war nichts, musste er sich schließlich eingestehen. Sie war doch, seit er sie kannte, irgendwie anders. Eine Schauspielerin, das mochte er ja auch an ihr. Dass nichts Persönliches an ihrem Platz war, fiel ihm auf und irritierte ihn. Konnte es sein, dass sie gar nicht da gewesen war?

Er griff gedankenlos nach den Dingen, die auf dem Schminktisch herumlagen. Immer wieder kam jemand vom Ensemble in die Garderobe und fragte nach ihr. Und jedes Mal die gleiche Antwort, wenn er dann zurückfragte. Nein, man wisse nicht, wohin sie nach der Aufführung so schnell verschwunden sei. Aber er solle sich keine Sorgen machen, so sei sie nun einmal. Zur Premierenfeier werde sie dann schon erscheinen.

Ein Kommen und Gehen, immer dieselben Fragen und ähnliche Antworten. Bis er endlich allein blieb in der Garderobe, die ihn deprimierte: chaotisch, stickig und von allen guten Geistern verlassen, wie sie war. Unschlüssig drehte er die Rosen in seinen Händen, ein paar Blätter segelten zu Boden. Dann sprang er plötzlich auf und tat, woran er bisher aus unerfindlichen Gründen nicht gedacht hatte. Mit ihm selbst fremder Stimme – er musste sich räuspern, um die vier Buchstaben auf die Reihe zu kriegen – raunte er ihren Namen in seinen Manager. Was er nach ein paar Signalen zu hören bekam, steigerte seine Verwirrung zur Verzweiflung: *Diese Nummer existiert nicht. Versuchen Sie es später erneut. Diese Nummer …*

Was für ein Unsinn! Wie konnte er sie denn später erreichen, wenn die Nummer gar nicht existierte? Was für ein idiotisches Programm! Erst dann dämmerte ihm, was das bedeuten konnte.

Er warf die Rosen in eine Ecke und rannte hinaus. In seinem Kopf drehte sich alles. Bald verlor er in den finsteren Gängen jede Orientierung. Vielleicht hatte sie sich aus Versehen auf dem Klo eingesperrt? Solche Dinge passierten. Im Theater war es mittlerweile dunkel, man hatte ihn hier vergessen. Als er die Toiletten endlich fand, nachdem er sich an einem Requisit ein Schienbein aufgeschlagen hatte, waren sie leer.

Er tastete sich in den Saal zurück. Erschöpft. Mutlos. Verzweifelt.

Um sich in Ruhe zu sammeln, setzte er sich in irgendeine Reihe, versuchte seine aus dem Ruder laufenden Gedanken zu ordnen. Hier ist sie nicht mehr, dachte er, und es war auch sinnlos, in der Dunkelheit weiter nach ihr zu suchen, nachdem auf seine verzweifelten Rufe niemand geantwortet hatte. Und wenn sie – er wagte jetzt zu denken, was er bisher ausgeblendet hatte – einem Verbrechen zum Opfer gefallen war? Dann musste man sie weggeschafft haben, und zwar unbemerkt. Was fast ein Ding der Unmöglichkeit war bei dem Trubel hier nach der Vorstellung. Oder es handelte sich um eine Entführung. Und sie war mit Gewalt gezwungen worden, jemandem zu folgen, oder unter irgendeinem Vorwand weggelockt, der ihr plausibel erschienen war.

Und wenn sie abgehauen ist, fragte er sich, weil er sie an ihrem Geburtstag mit diesem Ring zu sehr in die Enge getrieben hatte? Um ihn bei der Premierenfeier zu erwarten, in aller Unschuld, weil es ihr inzwischen leidtat, ihn derart in Sorge und Angst zu versetzen?

Ächzend erhob er sich, um in der Finsternis nach dem Ausgang zu suchen. Ein fluoreszierender Schriftzug – *Exit* – über der langen Seite des Saales wies ihm den Weg. Vorsichtig, um nicht zu stürzen und sich erneut zu verletzen, tastete er sich bis zum Ausgang vor. Die Tür war verschlossen. Mit aller Kraft, die er in einen Tritt legte, knackte er die Barriere. Draußen – über den Gürtel raste der Verkehr noch nach Mitternacht auf acht Spuren in beide Richtungen – kam ihm vor, er tauche nur aus dem einen Albtraum auf, um in einem anderen zu landen.

Was nun?

Ihm war zum Heulen zumute. Er brachte aber nur ein Krächzen zustande, das sich als seltsames Gelächter Luft verschaffte. Er vergrub die Hände in den Taschen, zog den Kopf ein und rannte drauflos. Wenn sie sich wieder einmal einen Scherz mit ihm erlaubte, aus einer dieser Launen heraus, dann war sie aber dieses Mal zu weit gegangen! Die Hybris des Erfolgs, dachte er, und ein krebsartig wucherndes, außer Kontrolle geratendes Ego.

In Selbstgespräche verstrickt hastete er durch den Rotlichtbezirk, vorüber an Bars, Bordellen, Hologrammkabinen, Stundenhotels und Frauen aus vieler Herren Länder, die frivol ihre

Dienste anboten; vorüber auch an Gruppen bärtiger Frommer in Hochwasserhosen, die ihr heiliges Buch an den Mann bringen und Freier davon abhalten wollten, sich ihren Begierden zu ergeben. Scheinheiligkeit und Radikalität waren die zwei Seiten der Münze, mit der die Frommen den Eintritt in ihr infantiles Paradies erzwingen wollten.

Er musste nach Westen, wenn er sich noch davon überzeugen wollte, ob sie ohne ihn auf die Premierenfeier gegangen war. Vielleicht erwartete sie ihn schon ungeduldig, mit einem Lächeln im Gesicht, das ihm gar keine andere Chance ließ, als ihr erleichtert zu verzeihen. Die Ahnung, dass diesmal alles ganz anders sein könnte, als es ihm die Routine weismachen wollte, die sich in letzter Zeit in ihre Beziehung geschlichen hatte, begleitete ihn.

II

Ein Knistern drang aus einem Lautsprecher irgendwo am Ende des Ganges. Als suchte man im Weltempfänger nach einem Sender. Dem folgte das Organ einer Frau, in deren Gleichgültigkeit sich unüberhörbar ein Quantum Ekel mischte. Er kannte die Stimme und die Beraterin, zu der sie gehörte, nur zu gut. Die Stimme jedenfalls hatte sich gar nicht verändert, und sicher auch nicht die Frau, die ihn jetzt aufrief.

»Herr Pygmali, Raum zweihundertvier.«

Er legte die Zeitung weg, die aus Werbung, Klatsch, Sexkontakten und Anzeigen der Regierung bestand, erhob sich und schlurfte durch das Spalier von Arbeitslosen, die ihn kaum eines Blickes würdigten, zur Tür mit der Aufschrift *204*. Die Neugier versteckter Kameras folgte ihm wie ein Schatten, er konnte es spüren. Aus diskreten Lautsprechern tönten Verhaltensmaßregeln: Was man zu tun und zu lassen hatte, wenn man arbeitslos war. Obwohl hier alle, Frauen und Männer diverser Hautfarben und Nationen, ihr Los teilten, das so gut wie nie gezogen wurde, waren sie einander fremd.

Vielleicht ist Unvermögen ja doch ansteckend, dachte er, weshalb man in den Korridoren des Jobcenters jeden persönlichen Kontakt vermied. Kaum jemand, da war er sich sicher, hätte einen der anderen auf der Straße draußen erkannt.

»Vincent Pygmali auf zweihundertvier!«

Während die Stimme das nächste Level der Dringlichkeit erklomm und die Aufforderung wiederholte, blinkten die Worte vor seinem geistigen Auge tatsächlich rot auf. Was bestimmt am Viel-zu-Viel an Alkohol lag, das er in der letzten Nacht bei Tonno Toni im Tweedledee konsumiert hatte. Und zwar wieder einmal, zu allem Überfluss! Und wieder einmal nahm er sich fest vor, in Zukunft einen Bogen um die Bar zu machen, wo Typen strandeten, die ihr Scheitern zur Lebenskunst erhoben. Andererseits, überlegte er, sollte man endlich auch die Kunst, gewieft und trickreich zu überleben, in den allzu bornierten Klub der mehr oder weniger schönen Künste aufnehmen.

Und dann, dachte er, als er an sich hinab auf seine abgewetzten Jeans und ausgelatschten Boots schaute, die ihn an andere Zeiten gemahnten, und dann diese Unfähigkeit, es sich in Zeiten wie diesen zu richten! Auch Sturheit, mangelnde Flexibilität, Blödheit und nicht zuletzt, wie in seinem Fall, ganz einfach nur Pech: Jede Menge Pech sogar. Was wahrscheinlich die meisten hier für sich beanspruchten. Das Pech des Tüchtigen, warum auch nicht? Er dachte dabei an so großartige Pechvögel wie Ignaz J. Reilly, Zeno Cosini und Don Quijote.

Er konnte sich kaum vorstellen, dass einem von denen, die hier apathisch, grübelnd oder wütend auf ihre Zukunft warteten, in letzter Zeit Ähnliches widerfahren war wie ihm.

Er betrat den Raum, als seine Beraterin, mit sich Bahn brechender Ungeduld, bereits den nächsten Antragsteller aufrufen wollte. Er hatte seine Arbeit während der vorigen Bankenkrise verloren, was aber, wie sich nun herausstellte, nur der Auftakt zur aktuellen Megakrise gewesen war, die seit Monaten auf den Datenhighways der Konzerne, Börsen und Banken um einen torkelnden Globus raste. Mit universeller krimineller Energie hatte man Zahlen so lange manipuliert und frisiert, bis sie sich jeder Kontrolle entzogen. Dann plötzlich waren diese Zahlen aus dem virtuellen Alltag ausgebrochen und vor ihren Handlangern geflohen. Wer sie wieder einfinge, würde zu den Gewinnern zählen, kein Zweifel; und es würden auch diesmal jene mit den größten und engmaschigsten Netzen sein. Zwischen

den beiden Krisen lag aber auch die beste Zeit seines Lebens, die untrennbar mit ihrem Namen verbunden war.
Gala.

Die Beraterin, die zugenommen hatte, ohne ihre Figur zu verlieren, verströmte etwas Privates, das ihn irritierte. Sie rollte ihr Becken über den orthopädischen Ball, auf dem sie mit konkav gekrümmtem Rücken hockte, Schultern und Hintern nach hinten gedrückt, ihre üppigen Brüste spannten den Pulli. Sie würdigte ihn keines Blickes, während sie, wie er sehen konnte, im Internet auf der Seite seiner Exfirma surfte, die auch Roboter für den Haushalt anbot.

»Wenn Sie bei allen Terminen derart spät und unwillig aufkreuzen wie hier, wo wir Ihnen doch nur helfen wollen«, sagte sie, »dann dürfen Sie sich nicht wundern, wenn niemand Sie haben will, Herr Pygmali.« Sie legte die Seite mit den Robotern ab, öffnete eine Maske mit den Daten seines Antrags und überflog alles, bevor sie sich ihm mit einem routinierten Lächeln zuwandte, das über seine Vorlieben Bescheid zu wissen schien.

Er atmete flach, weil er, trotz des Kaugummis, den er auf dem Weg durch den Gang auf den Jobautomat geklebt hatte, seinem Atem nicht traute.

»Erklären Sie mir doch einmal Ihre Situation«, sagte sie und verschränkte die Arme unter ihren Brüsten, um sie ihm wie auf einem Tablett darzubieten. Plötzlich witterte er den schalen Geruch all ihrer enttäuschten Hoffnungen, der sich in Form winziger Moleküle an ihre nach kitschigem Parfum riechende Transpiration heftete. Sie hörte nicht damit auf, ihr Becken über den blauen Ball zu rollen.

Was sollte er denn sagen? Er hatte den Computer, die Screentapeten, fast alle Virtual-Reality-Systeme und sein Cabrio verkauft, die Wohnung gewechselt, den Pensionsfonds aufgelöst, seine Ersparnisse aufgebraucht und Konten geplündert, bevor er den Canossagang hierher angetreten hatte, weil er ohne das Geld aus seiner Arbeitslosenversicherung wohl bald auf der Straße landen würde. Es war diese düstere Aussicht, im Verein mit dem alltäglichen Anblick der durch die Straßen der Stadt irrenden Obdachlosen, die ihm endlich doch Beine gemacht hatte. Und es war ja wohl sein gutes Recht, das er an diesem deprimierenden Ort einforderte. Mochte die Beraterin sich auch der fixen Idee hingeben, es sei ihr eigenes Erspartes, das sie hier zu verwalten hatte.

Mit ein paar Sätzen umriss er, warum und vor allem wie er *freigesetzt* worden war (ein Euphemismus für sein *Wörterbuch des Zeitgeists*) und was er seither alles getan hatte, um eine der miserabel bezahlten Stellen mit einem All-in-Vertrag zu ergattern, andere gab es ja inzwischen kaum mehr, während er sich zugleich fragte, wie sie es schaffte, mit diesen auf ihre Nägel applizierten Krallen aus Plastik Notizen in ihren Computer zu tippen.

Er war einer jener Informatiker der alten Schule, die von Konzernen bereits während des Studiums angeheuert, mittlerweile aber von Horden nach den Vorgaben derselben Konzerne ausgebildeter Absolventen vom Markt gedrängt worden und auf der Strecke geblieben waren. Er war überqualifiziert, zu alt (vierundvierzig!), zu erfahren und, unterm Strich, auch viel zu teuer, um noch mit dem Nachwuchs konkurrieren zu können, der als Superangebot im Abverkauf zu haben war. Kurzum, der Markt brauchte ihn nicht mehr, der Markt wollte ihn nicht mehr, und also hatte ihm dieser Markt, den Gesetzen seiner Logik folgend, zum zweiten Mal einen Tritt in seinen Arsch verpasst, um ihn nun endgültig loszuwerden. Seine mehr oder weniger stümperhaften Versuche, die Logik dieses Marktes zu unterlaufen, waren alle kläglich gescheitert.

Seine Beraterin wandte sich, gelangweilt, wie es schien, von den stets gleichen, inferioren Ausreden, die sie hier tagtäglich zu hören bekam, wieder der Seite mit den Robotern zu.

Nach einer Weile beredten Schweigens, dem nichts hinzuzufügen war, ließ sie den Ball unter ihrem Hintern unter Zuhilfenahme der Schenkel um seine Achse kreisen. Dabei taxierte sie ihn so erstaunt, als sähe sie ihn zum ersten Mal. »Und wissen Sie was, Herr Pygmali«, sagte sie, auf einmal fast milde gestimmt, »ich nehme Ihren Antrag entgegen, verpflichte Sie aber per Vereinbarung, die Sie unterschreiben müssen, dass Sie sich bis zu unserem nächsten Termin um alle Stellen bewerben, für die Sie qualifiziert sind.« Ohne den Blick vom Desktop abzuwenden, schob sie ihm die Vereinbarung über den Tisch. »Wenn Sie bis dahin nichts finden, müssen wir uns gemeinsam nach anderen Stellen umschauen.«

»Anderen Stellen?« Er wischte sich ein Zucken aus dem Gesicht, überflog den Wisch und unterschrieb mit unsicherer Hand. Was blieb ihm, wenn er an seine versiegten Mittel dachte, denn auch anderes übrig?

Sie lachte kurz auf, was die Atmosphäre der Intimität, die sie verströmte, noch verstärkte. »Sie werden doch auch anderes können als Sprachen zu programmieren, die wie alles irgendwann aus der Mode kommen.«

»Was denn zum Beispiel?«

»Darüber unterhalten wir uns beim nächsten Mal, falls Sie inzwischen nichts finden. Auf dem Dienstleistungssektor, zum Beispiel, werden immer äußerst willige Leute gesucht.«

»*Äußerst billige* Leute?« Abscheu kratzte über seine Stimmbänder.

»Willige, Herr Pygmali. Ich meine wil-li-ge Leute.«

»Gewiss«, stimmte er ihr schließlich zu. Warum aber wollte sich seine Linke unter dem Tisch partout zur Faust ballen?

Sie rollte über den blauen Ball zum Bildschirm zurück und

schloss seinen Akt mit jenem Habitus, der jede Audienz bei ihr unmissverständlich beendete. »Und falls Sie dann noch immer nichts in Aussicht haben, überlegen wir uns, öffentliches Geld in eine zeitgemäße Qualifizierung zu investieren. Alles Gute bei der Jobsuche. Ihren nächsten Termin sende ich auf Ihr E-Konto.«

Als er sich durch die mittlerweile noch dichtere Menge der Arbeitslosen – beaufsichtigt von uniformierten Typen, die aussahen, als hätten sie bloß schnell die Seiten gewechselt – durch die Gänge des Jobcenters nach draußen drängte, hörte er sie die nächste Person aufrufen.

Er musste sich eingestehen, dass sie die Kunst, einem Namen alles Eigentliche zu nehmen, perfekt beherrschte. Namen waren im Grunde auch nur Zahlen. Fast wie in der Informatik. Er hatte ja, unter anderem, Informatik studiert, um diese Welt in eine bessere und – fast schämte er sich nun der Naivität seiner jungen Jahre – damit auch menschlichere Ordnung zu bringen.

Inzwischen arbeitete die Informatik mit Hochdruck daran, die User dieser Welt in eine Art App zu verwandeln. Einen Appendix. In ferngesteuerte Geschöpfe, die den kläglichen Rest ihrer Hoffnung in Dinge setzten, die ihnen diverse Konzerne Tag und Nacht aufschwatzten.

Eine geradezu afrikanische Brise schmolz den Rest dieses Frühlings weg und weckte seine Lebensgeister. Trotz der Affenhitze, die auch dieses Jahr zu früh über die Stadt hergefallen war, atmete er auf, als er sich endlich auf der Straße unter einem blitzblauen Himmel wiederfand. Er schlug keine bestimmte Richtung ein, ließ sich einfach treiben und dachte über seine vertrackte Situation nach.

Passanten hetzten von Ort zu Ort und von Termin zu Termin, indes andere ziellos durch die Gassen streunten und Schaufenster musterten. Alles schien in bester Ordnung zu sein. Wären da nur nicht, hinter den blitzenden Auslagen, die meist menschenleeren Geschäfte gewesen, wo den Angestellten die Angst vor dem Verlust ihrer Arbeit ins Gesicht geschrieben stand; und dann diese Preise in der neuen alten Währung, von der galoppierenden Inflation in absurde Höhen getrieben. Aber auch, wenn er genau hinsah, die prekäre Lage vieler Passanten, die sich nicht einmal neue Schuhe leisten konnten, geschweige denn eine Konsumation in einem der Gastgärten, die in diesem Jahr nicht in Schwung kamen.

In Gedanken an Gala trieb er durch den elften Bezirk. In diesem Teil Wiens, der in die südliche Peripherie überging, zeigte sich der Zustand Europas von seiner bedenklichsten Seite. Hier lebten viele der Flüchtlinge, Zuwanderer und Illegalen, die seit Jahrzehnten aus allen möglichen Problemherden der Welt in die Stadt geströmt waren. Und hier nun sollte, gegen den Willen der verbliebenen Ureinwohner, eine mit saudischem Öl finanzierte Imamschule gebaut werden, die Religionslehrer ausbildete, die mit dem Salafismus sympathisierten, einer religiös verbrämten Ideologie, die eine Trennung von Staat und

Religion verteufelte und die Einführung der Scharia forderte. Immer öfter kam es in dieser Gegend zu Kämpfen zwischen Anhängern der Frommen und jenen der Bewegung.

An Tagen wie diesem bevölkerten die Zuwanderer die Gassen und Plätze vor ihren Läden, wo die kaum noch zu verhökernde Ware sich immer höher stapelte und auftürmte. Sie rauchten, quasselten, ließen Gebetsschnüre durch ihre Finger gleiten, spuckten oft aus und strichen sich über ihre Bärte. Nicht selten klagten sie in babylonischen Sprachen über ihr Schicksal in der Fremde. Allah war hier das mit Abstand am häufigsten gebrauchte Wort.

Als es ihn mal mit Gala in diese Gegend verschlagen hatte, voller Hoffnung, sie würden bald zu dritt sein, war die Stimmung hier noch heiter gewesen. Fast wie auf einem Bazar. Doch seit es im Gefolge des islamistischen Terrors und der letzten Krise – vier Machtblöcke hielten einander mit den Mitteln einiger lauwarmer Kriege in Schach – zur Gründung der Bewegung gekommen war, standen Demonstrationen, Aufmärsche und Ausschreitungen auf der Tagesordnung. Bewegung, Fromme und einige Gegenbewegungen mischten in diesem Chaos mit. Und diverse Einheiten der Polizei, die wiederum, was ein offenes Geheimnis war, mehrheitlich der Bewegung nahestanden. Wie aus dem Nichts rotteten sich Vermummte, Maskierte und bis zur Unkenntlichkeit Geschminkte zusammen. Zurück blieben demolierte Kulturvereine, Kirchen, Shops, Flüchtlingsheime, Bethäuser, Autos, Moscheen und Friedhöfe.

Immer öfter kamen dabei auch Abkömmlinge des Homo sapiens sapiens zu Schaden, der, und davon war Vincent überzeugt, kein einziges Sapiens mehr nach dem Homo verdiente.

Früher hätte er darüber gelacht, hätte jemand prophezeit, dass religiöse und nationalistische Eiferer bald die Welt in Atem halten würden. Er hielt sich selbst für einen Ururenkel der europäischen Aufklärung; aber auch für einen Neffen der sagenumwobenen Revolte der Sixties. Zweifellos war er so etwas wie ein Bastard, jemand, der in keiner Weise legitimiert war. Was ihn nun allerdings auch in die Lage versetzte, die Dinge von allen Seiten zu betrachten, weil er nirgends richtig dazugehörte.

Dass er sich beim Flanieren unbeabsichtigt vor dem Tweedledee wiederfand, kostete ihn trotz allem ein Lächeln. Da wären wir also wieder einmal, sagte er zu sich selbst. Nur wo waren seine guten Absichten? Seit er vom Schicksal dazu gezwungen worden war, wieder allein zu leben, was er schon beinahe verlernt gehabt hatte, war das Tweedledee zu einer Art Außenstelle seiner bisweilen von allen guten Geistern verlassenen Bude geworden. Hier blieb er immerhin nie lange genug allein, um in Erinnerungen an bessere Zeiten zu versinken.

Ein rechteckiger, in sich geschlossener, nur durch eine aufklappbare Sperre zu erreichender Barbereich zerschnitt den Raum in zwei Hälften. An den Breiten des Rechtecks konnten die Gäste nach Belieben die Seiten wechseln; je nachdem, ob sie Alkohol trinken wollten oder nicht. Eine Hälfte des Lokals zitierte die Saft- und Milchbar aus dem Film *Clockwork Orange,* während die andere Seite ein Fake der *American Bar* darstellte, eine legendäre Bar in der Innenstadt. Ohne edle Hölzer, Marmor, geschliffenes Glas und Messing allerdings.

Um diese Zeit war noch nicht viel los. Er bestellte sich bei Tonno Toni, dem kroatischen Charmeur, der auf der Flucht vor dem Krieg als Kind mit den Eltern in die Stadt gekommen war, ein Pilsner Urquell und einen dieser Thunfischtoasts, dem der Chef des Tweedledee seinen Spitznamen verdankte. Man konnte sehen, was man vor sich hatte, und kam doch nicht drauf, warum das Zeug so gut schmeckte. Nicht einmal, wenn man den Toast aufklappte und die Bestandteile einer olfaktorischen und visuellen Analyse unterzog. Was auch immer Toni aus der kleinen Küche unter der Bar auffuhr, wo seine Schwester werkte, schmeckte fantastisch. Das Ganze war eben mehr als die Summe seiner Teile. Dem Chef war dazu nie mehr als ein Lächeln seines bombastischen Schnurrbarts zu entlocken, mit dem er aussah wie Nietzsche, wenn der zu seinem Genie auch noch Witz gehabt hätte.

Speisekarte gab es keine. Es gab, was es gab, und wer das wissen wollte, fragte bei Toni nach oder, was nicht jeder durfte, stieg die enge Wendeltreppe hinab und steckte den Kopf in Mariellas Küche. Toast mit Thunfisch (gezüchtet, nicht gefangen, es schwamm so gut wie kein Thunfisch mehr in den Meeren dieser Welt) gab es immer.

Toni schob Toast und Bier über den Tresen, nachdem er den Toast aus dem Speisenlift genommen hatte. »Wie geht's so, Vinc?«

Ein sprechender Schnurrbart in einem Gesicht wie diesem konnte sogar einem solchen Tag den entscheidenden Dreh geben. »Schon besser«, sagte Vincent, nahm einen anständigen Schluck vom Bier und den Toast ins Visier.

»Von den andern«, sagte Toni, »hat sich heute noch niemand blicken lassen. Ist wohl noch zu früh für die Nachtschwärmer.«

Die andern, das waren in erster Linie Lukas, Esther und Hrabal, der keinen Vornamen benutzte; manchmal auch Rita, wenn es sie auf ihren Streifzügen durch die Vorstadt bis ins Tweedledee verschlug. Weil sie zur wachsenden Gruppe derer gehörte, die keinen festen Wohnsitz hatten, wurde sie Rita die Läufige genannt. Es ging aber auch das Gerücht, sie wisse die unter ihrer Aufmachung versteckten Reize durchaus zu nutzen und bringe Männer dazu, Geld oder andere Dinge gegen Nähe zu tauschen.

»Hrabal ist heute nicht in der Stadt«, antwortete Vincent auf Tonis fragenden Blick. Der trocknete umgehend einige Milchgläser ab, weil auf der andern Seite der Bar ein paar junge Leute im Business-Outfit Platz nahmen: »Er hat einen Hecht am Haken«, fügte er hinzu, »ist mit dem Intercity nach Salzburg gezischt, um sich einem Bonzen vorzustellen.«

»Vielleicht klappt's ja diesmal«, sagte Toni, während er sich anderen Gästen zuwandte.

Hrabal hatte es auch bitter nötig, vielleicht mehr als Vincent selbst. Aber er klagte nie. Ganz im Gegenteil. Lieber unterhielt er alle mit Anekdoten aus seinem Leben, um den immer offensichtlicher zutage tretenden beruflichen Absturz im Stile eines Gentlemans zu kaschieren und die alte Moral, brachte sie ihm auch nichts mehr ein, weiterhin hochzuhalten. Wer ihn jedoch besser kannte und genauer hinsah, dem entging nicht, wie ihm die Krise zusetzte. Einem Mann in mittleren Jahren, dessen Berufszweig in Auflösung begriffen war. Als Spross einer Wienerin und eines Tschechoslowaken, die beide im diplomatischen Dienst tätig gewesen waren, war er in verschiedenen Kulturkreisen aufgewachsen und mehrerer Sprachen mächtig. Neben Französisch, Englisch, Spanisch und ein paar slawischen Sprachen dilettierte er, wie er versicherte, auch im Arabischen und konnte sich sogar auf Suaheli verständigen. Aufgrund seiner Geradlinigkeit nicht für eine Karriere als Diplomat zu gebrauchen, hatte er fast sein ganzes Berufsleben damit verbracht, den Reichen und Mächtigen in Belangen des Alltags behilflich zu sein. Er organisierte Familientreffen, Hochzeiten und Jagden, richtete Häuser, Villen, Schlösser ein, stellte Bodyguards, Köche, Dienstboten, Gärtner und Chauffeure ein und plante Reisen rund um den Globus. Er war jeden Tag der Woche das ganze Jahr über rund um die Uhr in Bereitschaft gewesen und hatte – bis zu seinem schwarzen Tag X – mit nicht versiegender

Energie und Hingabe als guter Geist im Hintergrund gewirkt, um seinen unter ihren Verpflichtungen ächzenden Arbeitgebern den Rücken zu decken und die Hände frei zu halten; auch wenn diese Hände in Dinge verstrickt waren, die auf keinen Fall an die Öffentlichkeit kommen durften. Und brauten sich hinter den Rücken der Auftraggeber oder deren Familien Skandale, Intrigen oder Prozesse zusammen, die ihrem Ansehen oder, noch schlimmer, den Geschäften schaden konnten, war es allein seine Aufgabe, die Dinge, so gut es eben ging, mit allen ihm zur Verfügung stehenden Mitteln in Ordnung zu bringen. Diskretion, Loyalität, Effizienz und eine absolute Verschwiegenheit waren zentrale Softskills in seinem Lebenslauf, und das hatte seine guten Gründe, wie er seinen Freunden im Tweedledee bisweilen lebhaft vor Augen führte. Am einzigen Ort, wie er betonte, an dem er sich selbst von seinen Ansprüchen dispensierte und, gewöhnlich aber erst nach dem dritten Pilsner, aus der Schule eines Lifestyle-Beraters plauderte; bevor er sich dann, nach dem siebten Pilsner, darüber mokierte, dass sein Beruf am Aussterben sei, weil immer weniger Vermögende, Stars und Neureiche sich eine solche Kreatur leisten würden, die, wie weiland Eckermann für Goethe, die Fäden ihrer Existenz in ihren Händen hielt. »Heute haben diese Leute zu viel zu verbergen«, konstatierte er mitunter, wenn ihn, gewöhnlich erst nach dem neunten Pilsner, die Melancholie im Würgegriff hatte, »oder aber sie sind geizig und machen fast alles selbst«, was für die Besitzer sehr alten Geldes vor der Krise undenkbar gewesen sei; oder sie würden für das, was er noch allein gemacht habe, einen Haufen Dilettanten anheuern, die sie mit Almosen abspeisen und wechseln würden wie ihre zahlreichen Firmen und Konten, um die Herkunft ihres schnellen Geldes zu verschleiern.

»Soll ich die Holovision anmachen?« Toni legte ihm im Vorübergehen eine Hand auf den Arm, als er über seinem Bier in Gedanken versank.

Seit dem Verschwinden seiner letzten (und bisher einzigen!) Gefährtin litt er an Blackouts. Total weggetreten, wie er dann war, füllte sich sein Bewusstsein mit Erinnerungen, die mit ihr zu tun hatten, oder mit Gedanken, die nicht zur Handlung passten, in der er sich befand.

»Nein, danke«, sagte er, »ich zahl dann lieber. Hab noch was zu erledigen.«

Die HV-Programme wurden einander ohnehin immer ähnlicher, fand er, und ihr Niveau befand sich seit Langem im Sinkflug. Ein HV-Gerät konnte und wollte er sich gar nicht mehr leisten: Weder die Hardware, ohne einen Lichtprozessor konnte man die vergessen, noch diese Wucherpreise für die vom Fließband der Mediokrität purzelnde Software. War er in Stimmung, besorgte er sich (ohne dafür zu löhnen!) im Netz, was er sehen wollte. Wie etwa die kompletten Staffeln der Serie *Immer wenn sie Pillen nahm* mit Gala Bigelow in der Hauptrolle.

»Mach's gut, Vinc«, sagte Toni und gab ihm die Kreditkarte zurück.

Dass sein Konto ziemlich in den Miesen war, sollte der Bank ruhig so lange wie möglich verborgen bleiben. Das Gute an der übertechnisierten Bürokratie war ja, dass man sich auch selber helfen konnte. Wenn man sich in diesen Dingen auskannte jedenfalls.

»Sag Lukas und Esther, dass ich morgen am Abend hier bin.«

Als er die Karte in die Tasche seiner ausgebleichten Jacke steckte, befingerte er ein Bündel nagelneue Schillingnoten, um sich zu vergewissern, dann klatschte er sich die Schirmkappe auf den Schädel. Die neuen Scheine der alten Währung, die nach dem tiefen Fall des Euro wieder aufgelegt worden war, hatten mehr Ähnlichkeit mit Spielgeld, wie es beim Monopoly benutzt wurde, als der Euro je gehabt hatte.

Auf dem Heimweg geriet er in eine der zahlreichen Demos, gegen oder für dies und jenes, gegen oder für alles und jedes – er war in Gedanken und kümmerte sich also nicht weiter darum –, was ihn aufgrund des Umwegs, den er zu seiner Wohnung nehmen musste, eine gute Stunde kostete. Aber Zeit war ja das Einzige, worüber er in seinem jetzigen Leben zur Genüge verfügte.

Wie lange war es her, fragte er sich, mit eingezogenem Kopf ins Souterrain absteigend, dass er sein Penthouse in der Innenstadt verlassen hatte, um hierherzuziehen? In diese Bruchbude, die er erst einmal räumen hatte müssen, vollgestopft, wie sie war, mit allem möglichen Plunder. Zuerst hatte er den Schatz, wie er den Fund nannte, heben müssen, wobei ihm Lukas zur Hand ging, der ihm die Wohnung des Hausmeisters in diesem desolaten Altbau verschafft hatte.

Wie tief musste man sinken, um Beziehungen für eine Immobilie in Anspruch nehmen zu müssen, deren Fenster zur Hälfte unter die Erde ragten? Sodass er nur die Füße und Beine der Passanten sah, wenn er einen Blick nach draußen riskierte. Immerhin, es war ein Schnäppchen gewesen. Der Hausmeister war hier gestorben, an einem Infarkt oder Schlaganfall, und hatte schon eine Woche auf der Toilette gelegen, bevor jemand auf den Gestank aufmerksam wurde, der über die abgetretenen Stufen und schiefen Treppen Stock um Stock nach oben kroch.

Er übernahm die Bude, mit allem Drum und Dran, als er in der Innenstadt schon auf heißen Kohlen saß, weil er die Miete fürs Penthouse seit Monaten nicht bezahlt hatte. Und das hieß mit dem gesamten Krempel, den der alte Messie im Lauf seiner Jahre gebunkert hatte, wozu auch der besagte Schatz gehörte. Der bestand, wie sich nun herausstellte, aus – er hatte sie gezählt, sie waren alle durch seine Hände gegangen – genau elftausendvierhundertachtundzwanzig leeren Bierflaschen; für die er das Pfandgeld kassierte. Das ganze andere Zeug landete samt und sonders auf einer städtischen Mülldeponie.

Esther und Lukas, die er von früher kannte, versuchten den Absturz in sein anderes Leben abzufedern. Lukas war sein ältester Freund, dem er manchmal sogar Dinge anvertraute, ganz nebenbei, durch die Blume sozusagen, die er sich selbst noch gar nicht einzugestehen wagte. Die beiden halfen ihm, die Eineinhalb-Zimmer-Wohnung so in Schuss zu bringen, dass er das Gefühl der ersten Wochen bald loswurde, in einem düsteren Loch irgendwo im fernen Lagos gelandet zu sein, wozu auch die Mehrzahl der Bewohner des Hauses beitrug: Migranten aus Afrika, denen es gelungen war, in einer Nussschale durch die Meerenge von Gibraltar zu schippern und alle Abschottungen zu überwinden, die Frontex dort seit Jahren hochgezogen hatte.

Die Arbeit an der neuen Bleibe hatte ihn auf andere Gedanken gebracht und von den Erinnerungen an Gala abgelenkt, mit deren rätselhaftem Verschwinden an ihrem Geburtstag er sich einfach nicht abfinden konnte. Esther bestand darauf, die Wohnung mit einem Kraut auszuräuchern. Den Afrikanern hätte das bestimmt gefallen. Böses Juju, gutes Juju. Er fand das fast so unheimlich wie den Umstand, dass die Leiche des Alten eine Woche lang auf der Toilette gelegen hatte. Aber er ließ sie gewähren, um ihr die Freude nicht zu verderben. Sie und Lukas waren die treibenden Kräfte hinter seiner Auferstehung, nachdem ihn der noch immer ungeklärte Abgang (oder was war das?) Galas an das Kreuz seiner Zweifel genagelt hatte.

Als dann auch noch Hrabal dazu stieß, den sie im Tweedledee kennengelernt hatten, ein Profi in derlei Dingen, verwandelte sich das Loch im Souterrain bald in ein gemütliches Nest, in das er immer gern zurückkam, wenn er sich auf der Suche nach Gala, nach einem Job und seinem früheren Leben in der Stadt die Hacken abgelaufen hatte.

Hier musste man bereits am späten Nachmittag das Licht anmachen, um das Zwielicht zu vertreiben, das sogar an einem

Frühlingstag wie diesem herrschte, der bereits vom kommenden Sommer kündete.

Der Termin im Jobcenter hatte ihn große Überwindung gekostet. Erleichtert legte er ab. Schuhe. Jacke. Die Tasche mit den Unterlagen und dem obligatorischen Buch, das er sogar mit sich trug, wenn er keinen Nerv hatte, darin zu lesen.

Bevor er sich ins Studium der Informatik vertieft hatte, und auch noch eine Zeit lang danach, hatte er sich Vorlesungen über Literatur angehört. Wenn er eine von Tschechows Erzählungen las, erfuhr er noch immer alles über den Menschen. Mochte seit damals auch alles Mögliche passiert und nun sogar ein Projekt wie Bios (mittels Mikroben eine Atmosphäre auf dem Mars zu züchten) im Gang sein.

Esther und Hrabal hatten seine kleine Bleibe, mit Rücksicht auf Typ, Beruf und Zukunft ihres Bewohners, mit den raffinierten Mitteln ihrer Improvisationskunst in eine Art gemütliche Raumstation verwandelt. Alles diente seinem Zweck, strahlte aber doch auch Wärme aus: Formen, Farben und Funktionen waren mit Liebe zum Detail und viel Gefühl für seine Vorlieben aufeinander abgestimmt worden. Das meiste stammte aus zweiter oder dritter Hand und war in etwas Neues verwandelt worden, das, wie sie bei der Housewarming-Party fanden, ebenso zweckmäßig, aber viel schöner war als das Alte in seiner überholten Form.

Sein Bett war einmal ein Einbauschrank gewesen. Billyboy. Ein sehr günstiges Ausstellungsstück von Ikea, einfach flach gelegt, umgedreht und mit einem Futon versehen. Die Sitzecke aus edlem Leder stammte aus einer Limousine, die auf dem Schrottplatz gelandet war, und als Tisch dazu diente ein Objekt aus alten Paletten, bespannt mit dem Filz eines Billardtisches, das einer Beuys-Retrospektive zur Ehre gereicht hätte. Den morschen Holzboden hatten sie rausgerissen und durch einen Thermoanstrich ersetzt, der – wie war Rita da rangekommen? – von der ESA für eine bemannte Marsexpedition entwickelt worden war. Der Anstrich kommunizierte mit dem Licht in den Räumen und leuchtete in einem satten Grün. Die Beleuchtung der Räume, direkt wie indirekt, war das Werk von Lukas, dem Meister von Licht und Schatten und Dompteur der Photonen und Laserstrahlen. Mit seinen Kunstwerken, einer Art sich selbst programmierender und lernender Hologramme, war er schon zu Präsentationen in mehreren Ländern eingeladen worden.

Das Einzige, was ihm von früher geblieben war, stand einsam in einer Ecke des Wohnzimmers, als wäre die Zeit selbst angehalten worden. Und so war es auch, denn Buddys Programm war, wie der Roboter selbst, beim Transport in sein Souterrain abgestürzt. Er hatte sich noch nicht dazu aufraffen können, seinen alten Kumpel aus Kunststoff, Glas, Kupfer, Gold und Silizium zu reparieren und zu programmieren. Der Roboter erinnerte ihn immerhin an Gala, wenngleich sie sein Vorhaben, ihn in einen smarten Koch zu verwandeln, nie ernst genommen hatte.

Sobald es dunkel wurde, begannen in seiner Wohnung die Dinge zu leuchten. Er staunte jedes Mal über die Raffinesse, mit der sein Freund das Spiel von Licht und Schatten inszeniert hatte. Bevor die Nacht das letzte Licht des Tages verdrängte, kam Bewegung in den Raum. Schatten erwachten zum Leben, die erst wieder mit der Morgendämmerung verblassten.

Je länger er, erschöpft vom Tagwerk des Arbeitslosen und Habenichts, diesen Schatten mit Blicken folgte, desto öfter glaubte er hier und dort auch Schemen von Galas Gestalt zu erkennen. Dann schreckte er auf, rief sich zur Ordnung, lenkte seine Aufmerksamkeit ganz auf das Hier und Jetzt. Auf die Beine der Passanten vor allem, die draußen durch die Dämmerung liefen und die er durch das Fenster, das auf die Gasse ging, sehen konnte.

Oft vertrieb er sich die Zeit damit, den Ausschnitt, den er erhaschte, mithilfe seiner VR-Linsen in eine Geschichte zu verwandeln. Eine kleine Story bloß, mit den Kindern, Frauen und Männern, zu denen diese Schuhe, Strümpfe, Hosen, Röcke und Beine gehörten. Über die Wege, die sie einschlagen und die Dringlichkeit, mit der sie ihnen folgen würden, und über die nahen oder fernen Ziele, die sie anvisierten.

Einmal staksten oben Füße in Stiefeletten vorüber. Waden in roten Strümpfen, die ihn an Gala erinnerten. Er ließ vom Essen ab und sprang auf, weil er plötzlich wusste, was geschehen würde. Mit einem Sprung, eine seltsame Angst trieb ihn an, war er am Fenster. Er sah nur mehr einen Schatten durch die Luft wirbeln. Und er vernahm das dumpfe Wumm eines Aufpralls und diesen Schrei voller Staunen und Entsetzen.

Als er dann auf der Straße war, lag eine Frau, die zum Glück nicht Gala war, in ihrem Blut, umringt von Passanten, die sich um sie kümmerten.

Wenn er daran dachte, dass er einen Augenblick lang sogar gehofft hatte, es könnte wirklich Gala sein und er würde sie wiedersehen, wenngleich verletzt oder vielleicht sogar tot, verachtete er sich. Er verfluchte den Umstand, dass bei ihrem Verschwinden alles offen geblieben war und sie jederzeit ebenso wieder unerwartet in sein Leben fallen konnte. Wie eine Wunde kam sie ihm vor, die so gar nicht heilen wollte, weil er sich immer wieder an irgendwelchen Erinnerungen infizierte.

Er riss sich von der Aussicht auf die Gasse los, die ihm hier die HV ersetzte, seit er umgezogen war, mühte sich aus der Sitzecke hoch und ging in die Küche, um Pasta mit Olivenöl, Knoblauch und Chili zu kochen. Risotto, in welcher Form auch immer, hatte er von seiner Speisekarte gestrichen.

Er setzte Topf und Pfanne auf den geradezu antiken Gasherd, den er gegen alle Vorschriften weiterhin benutzte. Oder sollte er, fragte er sich spontan, Buddy reparieren, neu programmieren und mit ihm zusammen jedes Risotto kochen, auf das er Lust hatte? War es nicht längst an der Zeit, Altlasten abzuschütteln?

Zum Essen verlangte er – mit dem dritten Räuspern fand er seine Stimme – einen Liederabend mit Maria Callas an der Metropolitan Oper. Sein längst aus der Mode geratener Manager war ihm zum Glück geblieben.

Erhob er ohne ein Gegenüber seine ihm fremde Stimme, um ein Programm abzurufen, wurde ihm seine Einsamkeit bewusst. Bis die Musik um ihn herum aus allen Wänden perlte und ihn einhüllte. In ein namenloses Glück, das alle Sorgen um Gala und seine nähere Zukunft zum Verschwinden brachte.

Er löffelte gerade ein Joghurt, um die Schärfe der Pasta zu dämpfen, als sein Manager blinkte, der eine Mail auf Lager hatte. Langsam las er die Nachricht vom Jobcenter, die auf das E-Konto eingegangen war, vom Display ab.

Sehr geehrter Herr Pygmali, anbei übermitteln wir Ihnen ein aktuelles Inserat, das in großen Teilen mit Ihren Qualifikationen übereinstimmt, und erinnern Sie gleichzeitig ausdrücklich an die Verpflichtungen, die Sie mit der Vereinbarung uns gegenüber eingegangen sind. Erhalten wir binnen einer Woche keine von Firmenseite gezeichnete Rückmeldung über Ihre Bewerbung, wird Ihr Bezug automatisch eingestellt. Die unten genannte Firma ist sehr an einer direkten Kontaktaufnahme mit potenziellen Bewerbern interessiert. Mit besten Grüßen: Heidemarie Vombichl. Ihr Jobcenter.

Er öffnete den Anhang und las das seltsame Inserat, das insofern gar nicht so seltsam war, als derartige Inserate längst die Regel auf dem Arbeitsmarkt waren. Als die Anzahl derer, die

Arbeit suchten, im Sog der Inflation auf über zwanzig Prozent gestiegen war, hatte das Ministerium für Gerechtigkeit (ein Fall für sein Wörterbuch) sich von den letzten Auflagen zum Schutz der Arbeitenden verabschiedet. Man suchte zwar einen Informatiker mit seinen Qualifikationen, hielt es aber nicht für nötig, Angaben über die Art der Tätigkeit, die Arbeitszeiten oder das zu erwartende Gehalt zu machen.

Diese Morgenroutine hatte etwas Tristes an sich. So sehr er sich bemühte, einen Status quo herzustellen – wenn auch nur irgendeinen –, der Umstand, dass er alles nur machte, um nicht in der Beliebigkeit eines weiteren Tages zu verschwinden, war ihm bei allen Verrichtungen bewusst. Während er, fast wie in alten Zeiten, das Frühstück richtete, Cappuccino, Toast mit Orangenarmelade und ein Glas frisch gepressten Orangensaft, lugte ihm die Erinnerung über die Schulter und mischte sich in alles Mögliche ein.

Duschen. Zähneputzen. Die VR-Linsen applizieren, die ihm vielleicht gute Dienste leisten konnten. Rasieren. Und die Nasenhaare stutzen. Sich mit diesem fragwürdigen Spiegelbild versöhnen. Kopf hoch! Anziehen. Seine Auswahl an Kleidung war zum Glück noch groß, mochte der Zahn der Zeit mittlerweile auch an den besten Stücken nagen.

Er lenkte seine Konzentration auf die Pflicht dieses Tages, nachdem er ein Quantum Hoffnung aus dem Nichts geschöpft hatte, und diktierte seinem Manager den Namen der Firma, der ihm in der Nachricht vom Jobcenter übermittelt worden war.

»Guten Tag. Database. Sie wünschen?«

Offenbar war er mit einem Programm verbunden. Er widerstand dem ersten Impuls, die Verbindung zu kappen, räusperte sich und brachte sein Anliegen vor. Als führte er ein Selbstgespräch, bei dem er nicht ertappt werden wollte. Nachdem der Automat und er eine Weile aneinander vorbeigeredet hatten, stand immerhin ein Termin fest. Er sollte mit seinen Unterlagen zu einem Gespräch in die Firma kommen.

Seine Stimmung blieb trotzdem bewölkt. Zu oft war er in

der letzten Zeit in ähnlichen Situationen enttäuscht worden. Es hatte Zeiten gegeben, da war er von einer Firma zur nächsten gepilgert, um immer wieder das Gleiche zu hören. Zu alt, zu teuer, kaum Aufträge, die Krise, überqualifiziert, die Quote, Angebot und Nachfrage, die Inflation, dies und jenes.

Nun ließ er Dinge, die er nicht ändern konnte, lieber auf sich zukommen. Wenn in seiner Sache nichts weiterginge, würde ihn die Vombichl vom Jobcenter bald mit Angeboten behelligen, die nichts mit seinem Beruf zu tun hatten, und mit Kursen, die ihn zum Mache-alles-Mann qualifizieren würden. Einmal hatte er drei Tage lang Tische, Sessel und Böden eines Fast-Food-Restaurants von Colaspritzern, Pommes, Ketchup und den Popeln der Kids gesäubert, um seinen guten Willen zu demonstrieren. Dann blieb er aus Scham über seinen beruflichen Absturz bis zum Morgengrauen im Tweedledee hängen und erschien anderntags nicht zur Schicht, was seinen Rauswurf zur Folge hatte. Damals beschloss er, sich – komme, was da wolle – nicht mehr für Experimente am lebenden Menschen herzugeben.

Die in allen möglichen Gangarten vor seinem Fenster paradierenden Schuhe und Beine lockten ihn endlich ins Freie hinaus. Wieder schien es ein für diese Jahreszeit zu warmer, aber schöner Tag zu werden. Je schneller er sich in das Rennen draußen einreihte, umso mehr stiegen seine Chancen, an diesem Tag etwas zu erleben, was ihm versagt bliebe, wenn er bis zu seinem Termin zu Hause herumhing.

Er hakte alle Unterlagen in Gedanken ab, während er sie in seine Tasche steckte. Um nicht gegen irgendeinen Dresscode zu verstoßen, verzichtete er auf eine Kappe.

Durchs Stiegenhaus waberte ein Geruch, den er nicht verorten konnte. Die Intensität des Anschlags auf seine Geruchsnerven drehte ihm den noch unschuldigen Magen um. Hier roch es, wenn er sich nicht täuschte, nach ranzigem Hammelfett. Und das am Vormittag! Er würde mit den Leuten reden müssen, wenn das so weiterging. Nicht genug damit, dass eine Witwe im ersten Stock von Zeit zu Zeit stundenlang Schweinshaxen für ihren Hund kochte!

Während er zum Flur hochstieg, kamen ihm die Stimmen der Flüchtlinge entgegen. Wie sie es von Afrika gewohnt waren, okkupierten sie lieber den öffentlichen Raum, als in ihren überbelegten Behausungen zu bleiben, wo sie nur zusehen konnten, wie der Schimmel die Wände fraß.

Sie standen in einer Gruppe zusammen, palaverten in einer gutturalen Sprache, rauchten, traten von einem Bein aufs andere. Bisweilen scharrten sie mit den Füßen im Staub der Straße, den der Winter jedes Jahr dem Frühjahr überließ. Das mochte Erinnerungen an die Sandpisten ihrer Heimat wecken, die sich in kräftigen Rottönen durch die Lande schlängelten.

Er hielt auf sie zu, um sie auf den Gestank im Stiegenhaus aufmerksam zu machen. Sie blickten ihm entgegen, stur, neugierig und argwöhnisch. Er wollte das Wort ergreifen, zog es aber schließlich vor, den Körper sprechen zu lassen. Er blieb vor ihnen stehen, hielt sich demonstrativ die Nase zu, deutete mit einer Hand zum Eingang des Hauses und sagte nur: »Terrible, puh, das ist ja zum Kotzen!«

Einige schauten ihn nur fragend an. Ein paar kicherten, verbogen sich zu schlaksigen Posen, hielten sich die Nasen zu, deuteten auf das Haus und palaverten simultan. Er vernahm ein Gemenge afrikanischer Worte und Tonlagen. Aber auch englische, französische und deutsche Brocken wie Mister, Fête, du und kommen.

Einer tat einen Schritt nach vorne und streckte ihm die Hand entgegen. Eine Hand, deren Haut ihn an Pergament erinnerte. Er erwiderte den Druck dieser Hand, während er seine Beschwerde mit ein paar Worten konkretisierte.

»Ah, oui Monsieur, nous comprenons«, sagte der schon etwas ältere Mann, der ihn an Morgan Freeman erinnerte, einen von Galas Lieblingsschauspielern. Dann wandte er sich um und redete in einer afrikanischen Sprache auf seine Leute ein, bis sie in kollektives Gelächter ausbrachen und sich wie Vincent die Nasen zuhielten. Sie schlugen sich vor lauter Spaß über die Sache auf Schultern, Arme und Schenkel. »Tut uns leid«, versuchte ihn der Chief der Gruppe nun auf Deutsch zu beruhigen. Dann ließ er Vincents Hand los und inszenierte Gesten der Vergeblichkeit, die er mit dramatischen Blicken untermalte. »Une Fête, heute, Sie verstehen?«

Und ob er sie verstand! Ihm dämmerte aber auch, dass sie ihn schon um ihre Finger wickelten, noch bevor er ihnen klarmachen konnte, dass es nicht anging, den öffentlichen Raum mit Gerüchen zu kontaminieren, die ihm bereits am Morgen den Magen umdrehten.

Man bot ihm eine Zigarette an. Er lehnte entschieden ab. Ohnehin war er seit Langem Nichtraucher. Nachdem Gala weg gewesen war, hatte er eine Zeit lang versucht, sich mit dem Rauchen abzulenken, aber erkennen müssen, dass ihm das so fremd war, wie wenn er versucht hätte, aus Enttäuschung über seine Einsamkeit was mit einem Mann anzufangen. Manchmal rauchten Hrabal, Esther, Lukas und er ein paar Tüten Soma. Aber das war etwas anderes. Esther hatte ein grünes Händchen. Sie zog delikate Sorten, gegen deren Geschmack und Wirkung die Monokulturen der Regierung nicht ankamen. Sie hatte für ihren illegalen Eigenbau auf Fachmessen, die im Untergrund stattfanden, schon einige Preise eingeheimst.

Der Sprecher der Gruppe, der sich mit »Je suis Jonathan« vorstellte, nutzte die Zeit, in der Vincents Gedanken abschweiften, um ihm ein Angebot zu unterbreiten. »Tout okay«, wiederholte er, indem er ihm auf die Schulter klopfte, mehrere Male. Als Vincent erneut auf seine Beschwerde zurückkommen wollte, sah er sich Gesichtern gegenüber, die ihn dankbar anblickten.

Unter diesen Umständen blieb ihm im Moment nichts anderes übrig, als sich mit dem Verweis darauf, dass es sich nur um eine Ausnahme handeln dürfe, aus der Affäre zu ziehen. Zufriedener als ihm selbst recht war, zog er schließlich ab. Von Grüßen und Rufen begleitet, die nicht übel klangen, auch wenn er das meiste davon nicht verstand.

Er lenkte seine Schritte in jene Richtung, wo er die Firma vermutete, bei der er den Termin hatte. Er ließ sich durch die Stadt treiben, nicht viel mehr als ein fernes Ziel im Visier. Wurde seine Zeit knapp, konnte er immer noch in den Bauch der Stadt abtauchen und die U-Bahn nehmen.

Warum hatte er so wenig erreicht, als er auf die Flüchtlinge zugegangen war? Hatte er sich etwa um den Finger wickeln lassen? Ungläubig schüttelte er den Kopf. Er wusste um sein Manko, Gala hatte es ihm ja oft gesagt, nicht entschieden genug aufzutreten, wenn er etwas wollte. Hätte er den weißen Einheimischen raushängen lassen sollen, der sein Viertel im Griff hat, den Sahib? Er unterdrückte ein Lachen, als er zur Brücke kam, die über die Stadtautobahn in den grünen Prater führte, und grinste eine Weile vor sich hin. Wer war er denn schon?

Die rein rhetorische Frage nahm plötzlich die Ausmaße eines philosophischen Problems an: Wer war er denn (schon)? Ausgerechnet er, ein Nobody wie sie selbst, der in derselben Bruchbude gelandet war wie sie; wenn auch aus anderen Gründen. War er nicht auf der Welt, um etwas über sich und diese Welt herauszufinden? Und um Gala zu finden, natürlich. Immerhin war er, anders als die Flüchtlinge, kein Rechtloser in diesem Land. Theoretisch jedenfalls, dachte er. Auf die Probe stellen wollte er das ja nicht unbedingt müssen. Zu viel war in der letzten Zeit geschehen, als dass er sich die Illusion, vor dem Gesetz seien alle gleich, noch länger leisten wollte. Vor der aktuellen Krise, der Krise ohnegleichen, hatte die Korruption, in die Mächtige aus Politik, Wirtschaft und Finanz verwickelt waren, byzantinische Formen angenommen. Kaum jemand von denen, die die stolze Flotte der Union sehenden Auges auf Grund gesetzt hatten, war bisher zur Verantwortung gezogen worden. Wie Ratten von einem sinkenden Schiff waren sie (mitsamt dem Kapital) getürmt. Also wurden die Massen der neuen alten Staaten – die Union gab es ja nicht mehr – zur Kasse gebeten, um zu retten, was noch zu retten war. In erster Linie Spekulanten, Investoren, Versicherungen und Banken. Bis die Massen selbst in diesen Mahlstrom gerieten, der sie ins Gravitationszentrum der Krise zog.

Er achtete kaum darauf, so sehr war es ihm zur Gewohnheit geworden, doch das Stadtbild hatte sich in den letzten Jahren drastisch verändert. Die Dunkelziffer der Obdachlosen und Bettler jedenfalls war, unbekannten Algorithmen folgend, signifikant gestiegen.

Während er sich treiben ließ, ging ihm allerhand durch den Kopf. Käme man in der Bank drauf (ein übereifriger Mitarbeiter oder eine betriebliche Spyware), dass er seinen Kontorahmen selbst nach oben justierte, obwohl er kein Einkommen mehr hatte, würde man ihm umgehend den Hahn zudrehen, so viel stand fest. Dass er bald Geld aus seiner Arbeitslosenversicherung bekäme, würde daran nichts ändern. Von dem Gespräch heute hing demnach jede Menge für ihn ab. Unter anderem, ob er bald auch einer von denen wäre, die in den Wäldern und auf den Wiesen des Praters campierten: In Zelten, Schlafsäcken, in Kartons oder unter dicken Schichten alter

Zeitungen. Seit das Klima vom Süden in den Norden driftete, wie bis zur Krise auch noch Massen von Flüchtlingen, räumten die Obdachlosen ihre Winterquartiere jedes Jahr früher. Sobald es warm wurde, und es wurde heiß, von einem Tag auf den anderen, kamen sie in Scharen aus dunklen, kalten und feuchten Unterschlüpfen, den zu Ruinen erstarrten, halb fertigen Neubauten und alten Abbruchbuden, um den Prater, den Tiergarten und die Parks der Stadt zu bevölkern.

Hier sah es fast so aus wie auf dem Basar von Delhi. Allerorts wurden Feuer unterhalten. Überall knisterte, rauchte und loderte es. Von einfachen Feuerstellen aus Steinen, Ziegeln und Metallfässern bis zum erbeuteten Hightech-Grill war alles da. Zwischen den weit verstreuten Feuern streunten Hunderudel umher. Ein Polizeiauto rollte bedrohlich langsam über die Wiese. Grillen, das in der Stadt immer eine Rolle gespielt hatte, war mehr als nur ein Hobby geworden, dem man an Wochenenden mit der Familie frönte. Hier brutzelten meist keine Supermarktkoteletts oder Würste über den Feuern, sondern gewilderte Tiere aus den Wäldern der Umgebung.

Seit Gala weg war, nahm er vieles anders wahr. Distanzierter. Bewusster. Aber auch schärfer und detaillierter. Als würde er durch ein Fernglas in die Welt schauen. Gegen jede Vernunft rechnete er noch damit, dass sie plötzlich auftauchen könnte. Auf einmal würde sie wieder da sein, als wäre nichts geschehen. Sie würde in sein Leben eintreten, rein zufällig, oder von der Choreografie der Liebe dazu gezwungen, um sich ihm von Neuem anzuschließen.

Manchmal überkam ihn auch ein Gefühl, als verbüßte er eine Strafe und sie sei ihm auf derart rätselhafte Weise abhandengekommen, weil er ein Ignorant gewesen war, bis er sie getroffen hatte.

Die Gestalt, die da wie ein Tier in sein Blickfeld huschte und nun direkt auf ihn zukam, hatte nichts mit seinen Erinnerungen an Gala zu tun. Er blieb stehen, um auf sie zu warten.

Total überladen, mit drei Taschen und zwei Rucksäcken, einen am Rücken, den andern vor der Brust, kam Rita wankend und winkend auf ihn zu. Ihre Freude, ihn zu sehen, rührte ihn jedes Mal. Ob im Tweedledee oder an anderen Orten der Stadt, wo sie aufzutauchen und wieder zu verschwinden pflegte wie ein Phantom. Obwohl sie alles daransetzte, nicht wie eine Frau und schon gar nicht attraktiv zu wirken, sah sie unter den Schichten ihrer kühnen Verkleidungen und Aufmachungen aber genau so aus: eine attraktive Frau unbestimmten Alters, die kaum Zweifel daran ließ, dass sie Gründe dafür hatte, so zu leben, wie sie lebte. Die Gerüchte um ihre Person, die sie weder bestätigte noch dementierte, waren zahlreich. In einem Punkt jedoch kreuzten sie sich alle: Sie habe, hieß es, einst an der Spitze der Gesellschaft gestanden. Dann war sie abgestiegen, gefallen oder gestoßen worden, da gingen die Überlieferungen auseinander. Dieser Tratsch kostete sie nie mehr als ein Lachen, in dem noch ganz andere Varianten anklangen.

»Vincent!« Indem sie ihn vor Freude, ihn zu sehen, stürmisch umarmte, warf sie ihn mit all ihrem Gepäck fast um. »Was machst du hier? Du suchst doch keinen Schlafplatz?«

Die Sorge in ihrer Stimme rührte ihn. Sie hatte selbst nicht viel mehr als das, was sie am Körper trug, und machte sich Gedanken über seinen Verbleib. Was für ein überflüssiger Luxus, dachte er, in diesen Zeiten, während er ihre Frage in einem Ton verneinte, als bedauerte er es fast. »Die werden auf mich warten müssen.« Er bekräftigte das Gesagte mit einer zuversichtlichen Miene, die mehr ihm selber galt als Rita. »Soll ich dir was abnehmen?«

»Nicht nötig«, sagte sie. »Ich übe ja nur für den Fall, dass es wirklich mal ernst wird. Und du, wohin des Weges?«

Er setzte sich wieder in Bewegung. Sie folgte ihm, als wären sie verabredet gewesen. Eine Weile ging sie neben ihm her, ohne ein Wort zu verlieren. Dann kam er auf ihre Frage zurück. »Ich gehe zu einem Gespräch, eine Firma am Kanal, die wollen mit mir reden, wegen eines Jobs.«

»Das ist gut«, sagte sie, nachdem sie darüber nachgedacht hatte, »Jobs sind ja Mangelware. Aber wenn sie dich doch nehmen, speisen sie dich mit diesem Geld ab, mit dem du dir höchstens den A…« Sie schluckte das schlimme Wort, wie sie es als Mädchen gelernt hatte, lachte auf, stupste ihn in die Seite und sagte: »Ich halte mich an die handfesten Dinge: Naturalien, Sachen zum Anziehen und anderes Zeug, das ich selbst verwende, verkaufe oder gegen etwas eintausche. Der Tauschhandel erlebt eine neue Hochblüte. Hast du was zum Tauschen?« Neugierig musterte sie ihn von der Seite.

Er schüttelte nur den Kopf.

»Wir dürfen endlich wieder sein wie die Kindlein, oder wie die Wilden«, sagte sie in ironischer Verzückung, »mit Glasmurmeln handeln, mit Spielgeld zahlen und den ganzen langen Tag unseren einfachsten Bedürfnissen nachhängen.«

Ihm fiel ein, dass sie bekannt dafür war, alles Mögliche auftreiben zu können. »Rita«, sagte er, »kannst du mir was besorgen?«

»Kommt immer drauf an.«

»Worauf?«

Wieder lachte sie. »Legal, illegal, na und was vor allem!«

»Als ich aus dem Penthouse geflogen bin, hab ich die HV eingebüßt.« Schon als er das sagte, dämmerte ihm, wie egoistisch sein Wunsch war. »Ach, vergiss es«, sagte er, legte im Gehen einen Arm um sie und drückte sie kurz an sich. Er zuckte zusammen, als er ihre Hüften spürte, die elektrisch geladen zu sein schienen. Er war immer noch ein Mann, und das war gut zu wissen.

Mit charmanter Diskretion überspielte sie seine Reaktion. »Es geht mich ja nichts an, aber wozu brauchst du so ein teures Spielzeug? Im Tweedledee, tagsüber, wenn wenig los ist, kannst du dir doch etwas aus dem HV-Programm anschauen, oder?«

Immer wenn sie Pillen nahm sollte bald wiederholt werden. Sich die Serie an einem öffentlichen Ort anzusehen, käme für ihn sowieso nicht in Frage. »Mit einer HV könnte ich ein Home-Office betreiben«, sagte er ohne Überzeugung, »falls ich nicht bald einen Job finde, verstehst du? Von zu Hause aus programmieren, was die Firmen wollen, kein Problem. Ohne einen Quantenprozessor, wie ihn diese Geräte benötigen, bin ich auf dem kaputten Markt nicht konkurrenzfähig.« Während er das sagte, drängte sich ihm etwas ganz anderes auf, doch er schob es beiseite, bevor es sich konkretisieren konnte. Es erschien ihm so monströs, dass es ihm Angst machte.

»Davon versteh ich nichts«, sagte Rita. »Umso mehr aber davon, wie und wo sich etwas beschaffen lässt. Ich liebe neue Herausforderungen! Mal sehen, was ich für dich tun kann.«

»Hast du einen Manager, damit du mich erreichen kannst, oder ich dich?«

»Ich führe ein ziemlich analoges Leben«, sagte sie süffisant. »Wir stecken in der postdigitalen Ära, hast du das noch nicht bemerkt, mein Lieber? Schallplatten. Uhren mit Handaufzug. Röhrenverstärker. Sex mit echten Menschen.«

Sie nahm ihn doch auf den Arm!

»Aber ich weiß, wo ich dich finden kann, wenn sich etwas tut. Sollte es ein bestimmtes Modell sein?«

»Egal«, sagte er, »Hauptsache dritte oder vierte Generation.«

»Da kenn ich mich nicht aus.«

»Ein QC Lightning wäre nicht schlecht«, sagte er, glaubte aber nicht, dass sie so etwas auftreiben konnte.

»Wie willst du mich dafür bezahlen? Doch nicht in Schilling?«

»Was stellst du dir vor?«

»Du wirst mir einfach deine Seele überlassen!«

»Sonst noch was?«

»Sei doch froh, wenn du sie endlich los bist!«

Er spürte den Hauch eines flüchtigen Kusses an seiner Wange. Als er sich zu ihr umdrehen wollte, war sie nicht mehr an seiner Seite. Er sah ihr noch nach, wie sie, gegen alle Vorschriften, ein Chaos hinter sich lassend, eine Kreuzung querte und in einer Gasse verschwand.

Er war bereits in der Nähe seines Ziels, zog es aber vor, seinen Manager zu Rate zu ziehen, anstatt auf der Suche nach dem richtigen Eingang um die Büroblocks zu irren. Ein wenig Zeit hatte er ja noch. Also stieg er die Stufen zur Promenade des Kanals hinab, um sich am Wasser zu sammeln und alles durchzudenken, was ihn bei Database erwarten mochte.

Nachdem er vom Portier beäugt, gescannt, verifiziert und gefilzt worden war, durfte er sich mit einer ID-Card um den Hals auf den Weg in den letzten Stock machen, wo man ihn bereits erwartete.

Er rechnete damit, zu einem Vier-Augen-Gespräch in eines der Büros zitiert zu werden, als eine Frau, die ein Board an ihren Busen drückte wie ein Baby, auf ihn zutrat. Sie verglich die Daten auf seiner ID-Card mit jenen auf ihrem Board, stellte sich als Human-Resources-Managerin vor, nickte und sagte: »Sie werden an einem Assessement-Center-Test teilnehmen. Unterschreiben Sie bitte, hier« – sie hielt ihm das Board vors verblüffte Gesicht –, »dass Sie mit allen Bedingungen einverstanden sind.«

Das Kleingedruckte verschwamm vor seinen Augen. Er seufzte, griff sich den Laserstift, den sie ihm reichte, und setzte einen Kritzel darunter, den er jederzeit leugnen konnte, wenn es darauf ankam. Was aber wiederum die Kameras entlarven würden, wurde ihm zugleich klar, die hier wie die Äuglein eines Spanners aus allen Winkeln und Ecken lugten.

Mit sanfter Gewalt lenkte sie ihn um ein paar Ecken zum Ende des Ganges. Bis in einen Raum, wo bereits drei Männer und zwei Frauen vor Quantencomputern hockten. Sie starrten auf ihre Desktops, nahmen nur kurz von ihm Notiz und konzentrierten sich gleich wieder auf das, was sie erwarten mochte. Noch waren die Bildschirme dunkel. Bis auf die Frau zu seiner Linken, die an ihren Nägeln kaute, als er sich neben sie setzte, waren alle, die von der Firma eingeladen worden waren, gut zehn Jahre jünger als er.

Die Justierung der Jalousien tauchte den Raum in ein wohltuendes Halbdunkel. Das Summen der Klimaanlage und das Räuspern, das sich der steigenden Nervosität der Bewerber verdankte, waren die einzigen Geräusche im Raum.

Bald war hier und dort ein neugieriges Getuschel zu vernehmen. Das aber sogleich erstarb, als die HR-Managerin mit ihrem Chef in den Raum platzte und mit den Instruktionen für die Tests begann. Sie ließ kaum Zweifel daran, dass man sie überwachen würde, während sie versuchten, ihre Aufgaben zu lösen. Kontrolle von außen und aus den Tiefen des Programms, an dem sie sich beweisen sollten! Dann ging der Personalchef durch die Reihen und leuchtete ihnen, wie ein Arzt, mit einer Stablampe in die verdutzen Augen.

Diverse Manager waren bereits, wie es hieß, »temporär konfisziert« worden. Und nun verlangte man von ihm und der jungen Frau hinter ihm, die Linsen zu entfernen, im Waschraum draußen, und ebenfalls abzugeben.

Als wieder alle auf den Plätzen waren, startete die Personalerin das Programm. Mit ihrer administrativen Stimme teilte sie ihnen mit, sie seien nun ganz sich selbst und dem Programm der Firma überlassen, das ihnen den Weg durch die Aufgaben weisen werde. »Und, meine Damen und Herren«, fügte sie mit einem Unterton hinzu, »vielleicht auch den Weg in die EDV von Database und eine glänzende berufliche Zukunft!«

Die Bildschirme zuckten, jeder Einzelne erschien in einer anderen Farbe, es konnte losgehen.

Er hatte das Portfolio der Firma gecheckt und war also darauf gefasst, mit der Optimierung von Datenbanken konfrontiert zu werden. Ein Klacks für einen alten Hasen und Hacker wie ihn, hatte er sich gedacht, der sich in seinen wilden Jahren bei Anonymus engagiert hatte.

Als er in das Programm einstieg, stellte er mit Erstaunen fest, dass es darum ging, mit den anderen im Raum in Verbindung zu treten. Miteinander zu sprechen, war ihnen untersagt. Sie schauten sich vielsagend um – skeptisch, überrascht, empört, auch ein wenig belustigt –, bis nach und nach allen klar wurde, worauf die Sache nun hinauslief.

Außer einem, der eine freche Bemerkung machte, mit der er bereits erste Coins verspielte, fanden die jungen Informatiker rasch Gefallen an der Situation. Sie hatten damit gerechnet, mit Fachwissen brillieren zu müssen, und fanden sich nun in einem Spiel wieder, das vielleicht sogar eine Menge Spaß versprach.

Zunächst galt es, Daten aus den Lebensläufen der anderen aus dem Netz zu fischen, um ihre beruflichen Qualifikationen in Zweifel zu ziehen. Wusste man über die Schwächen eines Mitbewerbers Bescheid, konfrontierte man ihn damit in einem Chat, zu dem sie alle Zugang hatten. Ihre Aufgabe bestand demnach darin, jene Gespräche zu führen, die eigentlich jemand von der Firma mit ihnen führen sollte.

Man wollte sie hier, das war bald klar, gegeneinander ausspielen. Man forderte Regeln ein und hielt sich ansonsten, wenn auch nur scheinbar, ganz im Hintergrund, ließ die Dinge laufen. Wie weit aber, fragte er sich, würde man die Dinge laufen lassen? Und ermahnte sich, das dem Punktestand zuliebe besser nicht auf die Probe zu stellen.

Es dauerte nicht lange und erste misstrauische Blicke wechselten die Reihen. Bis auf die Frau in seinem Alter, die neben ihm saß – Marion Müller, die Namen waren Teil der Spielanleitung –, stürzten sich fast alle sogleich auf seinen wunden Punkt. Dass er schon so lange arbeitslos sei, warf man ihm vor, konnte doch nichts mit seinem Alter, seiner Überqualifizierung oder der Lage auf dem Arbeitsmarkt zu tun haben, das musste an ihm selbst liegen! Was war mit ihm nicht in Ordnung? Wo lag in seinem Fall der Hund begraben? Gab er sich überzogenen Forderungen hin, was die Arbeitszeiten, sein Gehalt oder seinen Wert auf dem Markt anging? Der sich doch nur selbst regulierte, dachte er, neutral, objektiv und total unpersönlich, wie er war. Oder zog er es vor, beim Jobcenter abzuhängen und, am Finanzamt vorbei, in die eigene Tasche zu wirtschaften?

Er ließ sich erst gar nicht ein auf diese Verdächtigungen, die vor allem von den beiden kamen, die links hinter ihm saßen. Ein kleiner Dicker, der aussah wie eine Wasserleiche, die durch eine Eisschicht glotzt, und ein muskulöser Beau, Brillantine im Haar, der alle paar Sekunden auf dem Desktop sein Spiegelbild suchte.

Er hatte nicht vor, sich ihre Namen zu merken und nannte sie bei sich einfach Hinz und Kunz. Beide hatten in derselben Firma gearbeitet, erfuhr er im Netz, wo sie als Controller die EDV optimiert hatten, und zwar offenbar gnadenlos. Am Ende war ihnen nichts anderes übrig geblieben, als sich, unter dem Druck der Führung, ebenfalls von der Gehaltsliste der Firma zu streichen. Sie waren gezwungen gewesen, sich selbst freizusetzen, wie das in ihrer Diktion hieß, um ihrem Plansoll gerecht zu werden.

Ach wie gut, dass es die sozialen Netze gab! Die sich längst in asoziale Netze verwandelt hatten, die den Interessen der Geheimdienste und Konzerne dienten. Dass er hier war und machte, was er machte, war nur ein weiterer Beweis dafür. Vor einem Jahrzehnt hatte er noch selbst im Klatsch und Tratsch von Facebook (Assbook?) gewühlt, war aber das Gefühl nie losgeworden, damit nur seine Zeit zu verschwenden. Zeit, die Währung jedes Lebens. Und mithin das Kostbarste, was einem gegeben wurde, oder eben auch genommen.

Er fragte via Chat an, ob ihm seine beiden Hintermänner sagen könnten, wo die Grenze zwischen den Softskills Konsequenz und Blödheit verlief.

Null Reaktion. Bis auf ein empörtes Schnauben hinter seinem Rücken. Prompt wurde er von der Administratorin verwarnt und büßte ein paar wertvolle Coins ein. Er wusste nicht warum, er hatte diesem Termin mit Zuversicht entgegengesehen, aber nun wandelte ihn die Lust an, auf Fragen, die ihm gestellt wurden, paradoxe Antworten zu geben.

»Was bedeutet Ihnen die optimale Nutzung der Daten?« Eine Anfrage der Frau, die direkt hinter ihm saß, Hertha Irgendwer.

»Die Daten, die Toten, die Datteln, die Dodeln, die Taten, die Tutteln, die Hinz und die Kunz und die Kutteln. Und die Täter«, zwitscherte er zurück.

Sie antwortete nicht. Er spürte einen Schwall der Empörung gegen seinen Rücken anbranden. Er konnte dem Impuls, sich umzudrehen, um zu sehen, was sie für ein Gesicht machte, nicht länger widerstehen. Ein hübsches und braves Gesicht, zweifellos, in das er mit seiner Antwort, exakt über der Nase, eine Furche gezogen hatte. Ihr Blick warnte ihn, dass hier weder Zeit noch Ort für solchen Unfug waren. Der Abzug von drei Coins folgte auf seine Aktion wie das Amen im Gebet eines Heuchlers.

Allein Marion Müller, die hin und wieder zu ihm linste, als wollte sie bei einer Schularbeit abschreiben, stellte ihm Fragen, die sie weniger als Konkurrentin denn als potenzielle Kollegin entlarvten.

»Wo liegen Ihre Stärken?«

»In der Überwindung meiner Schwächen«, schrieb er zurück.

»Welcher Programmiercode sagt Ihnen am meisten zu?«

»Galatea«, antwortete er, einfach so, aus reiner Sentimentalität. »Ich habe ihn selbst entwickelt.« Fast zugleich mit dieser überheblichen Behauptung nahm eine Idee in seinem Kopf Gestalt an, von der er selbst noch nicht wusste, wo sie hinführen könnte.

»Wozu ist diese Sprache gut?«

Er zögerte, dann schrieb er: »Um das Unmögliche möglich zu machen!«

»Was ist das? Das Unmögliche.«

»Die Liebe zwischen einem Menschen und einem … virtuellen Geschöpf?«

Sie lachte kurz auf. »Na dann, viel Glück«, schrieb sie zurück.

»Danke!«

WEICHEN SIE AUF KEINEN FALL VOM THEMA AB! MACHEN SIE EINE PAUSE, BEVOR WIR IN DIE NÄCHSTE RUNDE GEHEN. REDEN SIE RUHIG MITEINANDER, ERFRISCHEN SIE SICH, ABER SPRECHEN SIE DAS THEMA ARBEIT NICHT AN! IN EINER HALBEN STUNDE GEHT ES WEITER. ALLES GUTE. IHRE ADMINISTRATION.

Das stand groß auf den Desktops, bevor sich die Bilder selbst verschluckten. Sie gähnten und streckten und reckten sich, schon ein wenig erschöpft vom Kampf um ihre Coins, bevor sie die Plätze verließen, um in den Pausenraum oder auf die Toilette zu gehen. Hinz und Kunz, die ihn mit Blicken killten, verschwanden gemeinsam.

Diese Hertha folgte den Typen wie ein Hündchen. Offensichtlich brannte ihr etwas auf der Zunge, das sie loswerden musste. Jetzt erst nahm Vincent den jungen Nerd wahr, der anfangs diese Bemerkung gemacht hatte: Ob es denn erlaubt sei, hier auch Soma zu konsumieren? Die ganze Zeit schon saß er bereits neben Frau Müller, weit nach hinten gelehnt, die Beine ostentativ von sich gestreckt.

Kein übler Bursche, dachte er, während er wieder mal seine Brille justierte, die er nicht mehr gewohnt war, seit er Linsen trug. Der schien nicht vorzuhaben, sich dem aggressiven Opportunismus der zweiten Reihe anzuschließen.

Bevor er sich in die Pause verdrückte, schob er eine Hand durch die Jalousien und riskierte einen Blick in die Schluchten der Straßen, von wo Geräusche an seine Ohren drangen, die er nicht einordnen konnte.

Schlangen aus Menschen krochen über die vier Brücken des Kanals auf das Zentrum der Stadt zu, flankiert von Hundertschaften der Polizei. Die Transparente waren zu weit weg, um auch nur eins davon zu entziffern. Er ahnte dennoch, was draufstand. Bestimmt die üblichen Parolen, die sich im stets gleichen Für und Wider erschöpften. Diese Regierung war unfähig, etwas an der Situation der Massen zu ändern, wie sie bereits nichts daran geändert hatte, als sie es noch gekonnt hätte.

Im Pausenraum herrschte Eiszeit, und das nicht nur, weil es ziemlich kühl, ja geradezu kalt war. Eiskalte Luft sickerte aus den Schlitzen der Klimaanlage über der Tür.

Beim Kampf um den Job formierten sich zwei Gruppen, wobei im Grunde allen klar war, dass nur ein, höchstens zwei Bewerber zum Zug kommen würden. Sie wichen einander aus, ließen sich dabei aber nie lange aus den Augen. Hinz und Kunz nahmen Hertha, die nicht mehr von ihrer Seite wich, in die Zange und redeten auf sie ein. Ihr konspiratives Getuschel verhieß nichts Gutes.

Er müsse dringend mal, entschuldigte er sich bei Marion Müller, die sich ihm angeschlossen hatte, mit einem Alles-halb-so-schlimm-Lächeln. Er wollte nach diesem Nerd sehen, der mit seiner zur Schau gestellten Teilnahmslosigkeit beiden Cliquen die rote Karte zeigte.

Frau Müller blieb etwas verunsichert zurück. Sie setzte sich in die Ecke, die am weitesten von den drei anderen entfernt war. Sie kramte Spiegel und Schminkzeug aus ihrer Tasche und widmete sich beiläufig ihrem Gesicht, die Beine überkreuz, mit konkavem Rücken, während sie die drei aus der zweiten Reihe, über den Rand des Spiegels hinweg, nicht aus den Augen ließ.

Auf der Toilette roch es nach Soma. Er ließ sich gerade die Hände föhnen, als der Bärtige aus einer der Kabinen kam. Mit einem Joint zwischen Daumen und Zeigefinger der rechten Hand, als ob nichts wäre. Er murmelte etwas, wollte das Ding mit Wasser löschen und im Mistkübel entsorgen, hielt aber plötzlich inne und grinste ihn mit zwei Reihen blendend weißer Zähne an. »Hier«, sagte er und hielt ihm den Joint hin. »Der Rest ist für dich, alter Knabe.«

Alter Knabe? Der hatte Humor, das musste er ihm lassen. Dem Geruch nach zu urteilen – Vincent prüfte die Witterung, als er den Spliff und ein-zwei-drei tiefe Züge nahm –, schien das Zeug ganz okay zu sein. Die in diesen Dingen so kritische Esther hätte wahrscheinlich nichts daran auszusetzen. Nachdem sie nun die Friedenspfeife geraucht hatten, fragte er ihn, mit Blick auf den Plafond, wie es ihm gelungen sei, Feuermelder und Kameras zu überlisten?

»Alles im grünen Bereich, Mann«, sagte er, gab ihm kurz die Hand und stellte sich mit »Herb« vor. »Ich hab das schon vom Computer aus geregelt, nachdem ich mit den dämlichen Aufgaben fertig war. Was hältst du eigentlich von dem Scheißtest dieser Scheißfirma?«

Er überließ sich dem Kribbeln, das sein Solarplexus bis in die entlegensten Zonen seines Körpers sandte. »Ich weiß noch nicht«, sagte er und spritzte sich Wasser ins Gesicht. Er staunte über den Typen, der ihn aus dem Spiegel anblickte, als wollte er sagen, er solle sich bloß keine Sorgen machen! »Die kontrollieren, was wir tun, noch während wir es tun.«

Herbs Bart lächelte pfiffig.

Aus diesen Zähnen könnte man eine Perlenkette machen, dachte Vincent.

»Es gibt immer Mittel und Wege«, sagte Herb. »Wenn wir wieder drin sind, schicke ich dir ein paar Infos. Dann hast du ein Freispiel.«

»Da sag ich doch nicht Nein!« Er kämpfte gegen den Drang an, grundlos und laut loszulachen, was ihm nur gelang, indem er ein paar Mal tief durchatmete.

»Eigentlich bin ich ja undercover hier, um zu testen, mit welchen Tricks die Firma arbeitet«, sagte Herb. »Eine von vielen Firmen, die wir schon lange im Visier haben.«

»Wir?«

»Ein andermal«, sagte Herb, »vielleicht bleiben wir ja in Kontakt?«

»Besser wir gehen jetzt, bevor wir zu sehr auffallen.«

Im Sog von Herbs Coolness segelte er in den Pausenraum zurück. Das war kein staatliches Soma, das Herb und er da geraucht hatten, so viel war immerhin klar. Das legale Soma befeuerte nur die körperliche Leistung, und zwar bis zum Umfallen (Kreislaufschwäche war dann die offizielle Diagnose), das hier beflügelte die geistigen Kräfte. Scharf wie durch ein Okular von Zeiss blickte er auf seine Situation und die sich daraus ergebenden Möglichkeiten. Er fühlte sich dazu in der Lage, das wogende Meer der Demonstranten unten in den Straßen zu teilen wie ein Prophet, um endlich Frieden, Gelassenheit und Gerechtigkeit zu bringen. Und er spürte, dass Gala ihm beistand, was immer er auch tat, und dass sie in seiner Nähe war. Wollte sie vielleicht, dass er sie suchte und fand? Er hatte ja schon einiges versucht, bisher aber ohne jeden Erfolg. Bestimmt hatten ihr die IT-Experten aus der Firma der Mutter dabei geholfen, Daten so zu verstecken, dass er sie nicht einmal fand, wenn er die besten Programme darauf ansetzte.

Im Pausenraum war es mittlerweile so kalt, dass alle ihre Muskeln anspannten und von einem Bein aufs andere traten.

Ungeduldig warteten sie darauf, dass das Prozedere seinen Lauf nahm. Frau Müller, deren geschminkte Lippen und Augen in neuem Glanz erstrahlten, atmete hörbar auf, als sie Herb und ihn erblickte. Als sie den Geruch von Soma identifizierte, der die beiden umwölkte, rümpfte sie die Nase und schaute sie skeptisch an. Dann besann sie sich der Solidarität der Schwächeren und gab, statt der Rüge, die ihr auf den roten Lippen lag, ein Lächeln von sich. »Eine Zigarette wäre nicht so schlecht«, sagte sie und beklagte sich dann, dass das Rauchen seit Jahren nur mehr in den eigenen vier Wänden erlaubt war. So weit die graue Theorie. Tatsächlich war es ja so, dass sich die meisten seit der Krise kaum noch um Vorschriften, Verbote und Anweisungen scherten, die von einer in Agonie liegenden Regierung wie am Fließband erlassen wurden.

Es war nur eine Frage der Zeit, bis einer der Kollegen, die er im Chat in die Mangel genommen hatte (nachdem sie versucht hatten, ihn mit Informationen aus dem Netz bloßzustellen), seine Wut darüber loswerden wollte.

Dass manche es wirklich nötig haben würden, feixte der kleine Dicke (Hinz?) ihn an, nichts als Gerüchte zu verbreiten, nur um die eigene Position zu stärken! Hertha, die an den beiden Männern klebte wie der Mittelteil eines Sandwiches, ahmte die Empörung viel zu schnell nach, als dass sie echt sein konnte. Der andere (Kunz?) nickte nur und begnügte sich mit einem glatten und beleidigten Gesicht.

Er rief eine Probe der Arroganz, für die er einst gefürchtet gewesen war (die ihm aber längst nur mehr peinlich war), aus den Speichern seiner Erinnerungen ab, schaute durch den Mann hindurch, als bestünde er aus Luft, und sagte zu dieser Luft: »Ihr Vorwurf ist so dumm, dass ich ihn nicht einmal verstehe!«

Ob er sie alle auf den Arm nehmen wolle? Nun schaltete sich auch Kunz ein, bestärkt vom entrüsteten Schnauben Herthas, mit dem sie ihm bereits beim Test in den Rücken gefallen war. »Wenn Sie uns noch einmal runtermachen«, drohte Kunz, »um sich Vorteile zu verschaffen, informieren wir die Firma über Ihr Verhalten!«

Er glaubte zu hören, dass Hinz der Drohung ein durch die Lippen gepresstes »Arschloch!« folgen ließ. Er zog es vor, den andern die kalte Schulter zu zeigen, damit die ganze Sache nicht eskalierte, indem er sich Frau Müller und Herb zuwandte.

Als die drei zu einem akkordierten Angriff ansetzten, beorderte sie das erregte Organ der Testleiterin auf ihre Plätze zurück.

Inzwischen war es im Pausenraum so kalt geworden, dass man den Atem sah. Fröstelnd, sich mit hochgezogenen Schultern die Hände reibend, trotteten sie zu den Computern zurück.

Bestimmt, monierte Herb mit rauer Stimme, handle es sich um keinen Defekt in der Kühlung, sondern um einen Bestandteil des Tests. Mit derlei Mätzchen stelle man ihre Bereitschaft, alles hinzunehmen, auf die Probe. Sicher, warf Vincent ein, wollte man erreichen, dass sie die Nerven verloren und endlich übereinander herfielen.

Die Stimme aus dem Off meldete sich zu Wort. AB SOFORT IST ES NUR MEHR ERLAUBT, MITTELS COMPUTER ZU KOMMUNIZIEREN!

Als Frau Müller die Tür zum Computerraum öffnete, schlug ihnen ein geradezu tropisches Raumklima entgegen. Die Klimaanlage arbeitete als Heizung und Luftbefeuchter. Ein Gerangel entstand, als sich die Wege von Herb, der die Tür offenlassen wollte, und dem Schönling kreuzten, der darauf beharrte, dazu sei man von der Testleitung gar nicht befugt!

SCHLIESSEN SIE SOFORT DIE TÜR UND GEHEN SIE AUF IHRE PLÄTZE!

Im zweiten Akt des Tests ging es darum, so die Spielanleitung, alles über jedes Fehlverhalten der andern herauszufinden und an einen Administrator von Database weiterzuleiten. Krankenstände, die womöglich gar nicht notwendig gewesen wären, Kuraufenthalte, Verfehlungen jeder Art, die Teilnahme an Streiks aus der Zeit, als Streiks noch arbeitsrechtlich legitim gewesen waren. Alle Kündigungen aus der Vergangenheit, das Warum, Wer und Wie, Freizeitverhalten, Gesundheitszustand, Krankenakten, die Loyalität gegenüber Arbeitgebern, Suchtverhalten und überhaupt alles, was ein Informatiker mit einem Quantencomputer in Erfahrung bringen konnte; und dann, auf keinen Fall zu vergessen, natürlich auch das Sexualverhalten der Mitbewerber.

Während sich in der ersten Reihe bald Ratlosigkeit und Skepsis breitmachten, recherchierten die drei in der zweiten Reihe munter drauflos. Mit jenem Tunnelblick, der die Bereitschaft zur grenzenlosen Hingabe an die Aufgabe verriet; während allen, mit Fortdauer des Verrats an der Integrität der andern, Kaskaden von Schweiß über Stirn, Schläfen, Hals und Rücken bis zwischen die Arschbacken rannen.

DENKEN SIE DARAN, DASS NUR ZWEI VON IHNEN FÜR EINEN KRISENSICHEREN JOB BEI DATABASE INFRAGE KOMMEN!

Herb dachte, dass er das auf sich nahm, um Beweise gegen diese Scheißfirma zu sammeln. Frau Müller dachte an ihre prekäre Situation als Alleinerzieherin zweier halbwüchsiger Kinder, die nicht nur jede Menge Zuneigung, sondern auch viel Geld brauchten.

Als die ersten Tropfen Schweiß von seiner Nasenspitze auf die Tastatur fielen, dachte Vincent, dass er aus dem Test aussteigen sollte. Und zwar so schnell wie möglich, um mit dieser Rakete unter den Computern ein paar Recherchen in eigener Sache zu betreiben, solange man ihn noch ließ.

Hinz und Kunz dachten daran, wie sie sich Zugang zu Accounts verschaffen konnten, die noch immer den letzten Resten von Datenschutz unterlagen; was doch schon längst kein Schwein mehr interessierte.

Und Hertha war froh, dass sie sich instinktiv für die richtige Seite entschieden hatte, als sie sich zu den einzigen seriösen Männern in diesem Raum gesetzt hatte. Was sie keineswegs daran hinderte, die von der Firma geforderten Recherchen auch über ihre Verbündeten anzustellen. Immerhin, daran dachte sie fortwährend, war die Firma so großzügig gewesen, sie darauf hinzuweisen, dass höchstens zwei von ihnen für eine Anstellung infrage kamen.

Sie schwitzten um die Wette. Die Temperatur im Raum musste inzwischen auf weit über dreißig Grad gestiegen sein. Ein lautloses Gebläse sorgte dafür, dass Feuchtigkeit nachsickerte. Sie blinzelten, um besser zu sehen, rutschten auf den feuchten Stühlen hin und her und leckten sich die Mundwinkel, um an das Salz in ihrem Schweiß zu kommen; indes der Lärm auf der Straße unten weiter anschwoll und erste Schüsse (oder was war das?) zu hören waren, deren Stakkato sich durch die Schluchten der Häuserblocks fortpflanzte.

BLEIBEN SIE AUF IHREN PLÄTZEN UND KONZENTRIEREN SIE SICH, WAS AUCH IMMER GESCHIEHT! Mit der Hitze im Raum stieg auch die Dringlichkeit in der Stimme der Human-Resources-Managerin.

Irgendwo in diesem Büroturm, schoss es ihm durch den Kopf, saßen sie vor einem Desktop, um zu beobachten, wie die Bewerber danach trachteten, einander zu denunzieren, während sie sich die mit Hypotheken belasteten Seelen aus den Leibern schwitzten.

Die Wirkung des Somas kam immer wieder in Wellen zurück, und nun schlug eine Welle über ihm zusammen, die ihn auf den Grund riss, von wo aus er, wenn er aufblickte, sich als winzige Qualle in einem Schwarm von Quallen sah. Quallen, die alle einem diffusen Licht zustrebten.

Wie lange hatte er wohl die Luft angehalten? Er atmete ruhig aus. Der Druck ließ nach. Er nahm die feuchten Hände von der Tastatur und lehnte sich zurück, wobei er die Beine weit von sich streckte, wie Herb, der hier ja gar keinen Job wollte. Ein Revolverheld auf der Veranda des Bahnhofs, der auf den Zug wartet, mit dem die Schurken ankommen. Dann brachte ihn das Soma, das nun wieder die Dominanz über sein Bewusstsein erlangte, auf andere Gedanken.

Aus. Schluss. Ende!

Er starrte auf den Desktop. Eine verschlüsselte Nachricht. Herb hatte ihm ein paar Infos geschickt. Er wischte sich mit einem Ärmel die Stirn, nahm Kurs auf ein neues Ziel und hackte sich in ein paar Minuten in die Systeme von Database. Als er die Sicherheitseinstellungen gecheckt, geknackt und überbrückt hatte, zapfte er der Reihe nach ein paar Server an, die er im Verdacht hatte, interessante Informationen auf Lager zu haben. Daten, die mehr preisgaben als das, was ohnehin alle nachlesen konnten.

Nach drei Fehlversuchen wurde er fündig. War das möglich? Sein Puls kam auf Touren wie lange nicht mehr, als er einzuordnen versuchte, was er da gefunden hatte. Marion Müller warf einen besorgten Seitenblick auf ihn, so wie er sich im Zeitraffer veränderte. Haltung, Ausdruck des Gesichts, Atemfrequenz, wie vom Blitz gerührt. Nun war er, nach einer Zeit des Bangens, Hoffens und Suchens, auf etwas gestoßen, das einen vor Aufregung schlotternden Jungen aus ihm machte.

Herb grinste und presste ein »Na, das ist doch was, oder?« durch seine Lippen, was prompt eine Beschwerde aus der zweiten Reihe zur Folge hatte.

Das Klima im Raum ähnelte mittlerweile dem eines Terrariums. Dass dies kein Biotop für Hominiden war, nahmen jene billigend in Kauf, die sich irgendwo hier in diesem Tower an ihren Bemühungen weideten, bald wieder in die heilige Gemeinschaft der Werktätigen aufgenommen zu werden.

Er folgte der Spur, auf die ihn Herb gesetzt hatte, Schritt für Schritt. Über einen britischen Server, der sich hinter einem amerikanischen Server verbarg, der sich wiederum hinter einem indischen Server versteckte, drang er in einen kryptologisch codierten Raum ein, ein elektronisches Fort Knox, das sich eigentlich nur Konzerne, Nachrichtendienste und Militärs leisten konnten. Oder eben, wie in diesem Fall, die Banken der neuen Zeiten: Datenbanken. Ihnen konnte man alle möglichen Daten überlassen. Für den weltweiten Handel an den diversen Datenbörsen, aber auch nur, um sie dem Zugriff und der Neugier anderer zu entziehen.

Mit bebenden Fingern, die über die feuchten Tasten huschten wie Wasserläufer über einen Tümpel, schickte er eine Unzahl von Lichtquanten auf die Reise. Was sie zurückbrachten, versetzte ihn in helle Freude, aber auch in Angst davor, Dinge zu erfahren, die alle Vermutungen über das rätselhafte Verschwinden Galas zerstören konnten, die mit der Zeit gekommen und gegangen waren. War sie tatsächlich einem Verbrechen zum Opfer gefallen? War sie wirklich entführt worden? Hatte sie, aus ihm nicht bekannten Ursachen, plötzlich untertauchen müssen? Oder hatte sie ihn einfach sitzen lassen und die Kurve gekratzt, um sich die Szenen einer Trennung zu ersparen?

Er war in eine Datenbank eingebrochen, wo Leute, die es sich leisten konnten, Informationen versteckten, und zwar vor aller Welt: vor Finanzämtern, Geheimdiensten, Regierungen, geschäftlichen und privaten Kontrahenten. Eine Informationsinsel. Die Caymans der Daten. Nun befand er sich an der Schwelle zu einem elektronischen Schließfach, auf dem in einem kryptischen Code, der ihm vertraut war, Gala Bigelow geschrieben stand. Er kämpfte mit der Entscheidung, ob er es hier und jetzt öffnen sollte; oder aber besser noch nicht? Immerhin bestand die Gefahr, dass es sich um eine Büchse der Pandora handelte, aus der zuletzt nichts Gutes käme.

BLEIBEN SIE STRIKT BEI IHREN AUFGABEN!

Die Stimme der HR-Managerin klang derart bedrohlich, als hätte sie sich an ihn herangeschlichen und würde ihm über die Schulter schauen.

Er glaubte Schritte zu hören, irgendwo da draußen, in diesen endlosen Fluren. Seine Nebennieren schütteten einen Schwall Adrenalin aus. Gefahr im Verzug! Mit ein paar Operationen sicherte er die Zugangsdaten des elektronischen Schließfachs, auf das er gestoßen war, und loggte sich in einen der Fragebögen ein, die auf dem Programm der Firma standen: Wie schätzen Sie die Loyalität Ihrer Mitbewerber ein? Geben Sie Beispiele für deren Fehlverhalten in der Vergangenheit und möglicherweise daraus resultierende Probleme in der Zukunft. Ein Blick in die Runde zeigte ihm, dass die anderen, mit Ausnahme von Frau Müller, die sich neben ihm abrackerte, alle Dateien schlossen, die sie gegen die Vorschriften angezapft hatten, um sich Vorteile zu verschaffen.

Herb lehnte sich entspannt zurück. Offenbar hatte er alles bekommen, was er gewollt hatte. Wenn sie sich nicht täuschten – was gut möglich war bei dem Spiel, das man mit ihren Sinnen trieb –, war die Hitzewelle jetzt vorüber. Kalte Luft strömte aus der Klimaanlage, wie zuletzt im Pausenraum. Sie begannen erneut zu frösteln, schweißnass, wie sie waren.

Für den Moment waren die Rivalitäten erschöpft. Alle hingen ihren Gedanken nach. Er war ganz Ohr, hörte noch immer diese Schritte, die, um Ecken hastend, unaufhaltsam näher kamen. Er wartete auf das, was da auf sie zukam. War er auch sicher längst aus dem Rennen, so hatte er immerhin ein paar Schäfchen ins Trockene gebracht, um die er sich andernorts in Ruhe kümmern würde. Plötzlich fiel das Grün seines Desktops in sich zusammen. Die Tastatur funktionierte nicht mehr. Das Spiel war wohl zu Ende.

Er drückte sich aus dem Sessel hoch, streckte die rechte Hand aus, so weit wie möglich, und teilte die Jalousien mit zwei Fingern, gerade so weit, dass er einen Blick nach draußen riskieren konnte. Dunkler Rauch kräuselte, am Fenster vorüber, in den Himmel hoch. Unten wogte nach wie vor die Menge, vor und zurück, hin und her. Von den Parolen, die skandiert wurden, bekam er nur die Heftigkeit mit. Wie es aussah, war die Polizei auf dem Vormarsch. Ein Schwarm Drohnen kreiste über der Szenerie.

Die Demonstranten wurden von zwei Linien, die ein V bildeten, in die Zange genommen. Hinter Schilder aus Sicherheitsglas geduckt, in der Manier altrömischer Schildkrötenpanzer, rückte die Polizei weiter vor. Schüsse waren im Moment nicht zu hören. Vom Turm des Doms wehte eine schwarze Fahne im aufziehenden Sturm. Obwohl er die Schriftzeichen nicht entziffern konnte, ahnte er, dass es eine Fahne der Frommen war.

Die Tür flog auf, und da stand sie. Ein schlankes Rohr im Wind. Ihr Board an die Brust gedrückt, flankiert von bis an die Zähne bewaffneten Securitys: Teaser, Schlagringe und Schlagstöcke, Laserpistolen, Messer, Helme, kugelsichere Anzüge, Handschellen. Zwei sehr typische Vertreter einer Privatarmee, dachte er, wie sie von Drogenclans und solchen Firmen gehalten wurden.

Augenblicklich erfasste sie die Dramaturgie des Raums. »Sie und Sie«, sagte die Personalerin, indem sie, ohne sich aus der innigen Umklammerung mit ihrem Board zu lösen, mit ihrer kleinen Nase auf Herb und ihn deutete: »Ich muss Sie bitten, den Test abzubrechen und unser Haus zu verlassen, und zwar sofort!«

Sie machten keine Anstalten, sich dem Rauswurf zu widersetzen. Unter üblen Bemerkungen aus der zweiten Reihe erhoben sie sich und verließen ihre Plätze an den Computern. Die Blicke, die sie einander zuwarfen, wussten, dass das hier nicht umsonst gewesen war. Herb versteckte eine Bemerkung, die nichts Gutes verhieß, in seinem Bart. Er winkte mit der Linken ab, als wollte er sagen: »Leckt mich doch alle am Arsch!«

Vincent sagte ruhig, sich an ihr vorbeizwängend, »Mach's gut, Frau Müller«. Im nächsten Moment entzog er sich einem Zugriff mit einem resoluten »Finger weg!«, das anklingen ließ, dass er auch nichts dagegen hätte, den Laden hier aufzumischen. Vielleicht verhinderte nur die Nachwirkung des Somas, dass er auch versuchte, was ihm im Moment als durchaus folgerichtig erschien.

Während sie im Gänsemarsch abzogen, verharrte die Personalerin in der Tür. Mit einem kühlen Blick auf die restlichen Testpersonen, die aussahen, als hätten sie sich in eine dieser Shows verirrt, wo es ums publicityträchtige Überleben ging, sagte sie: »Übrigens entschuldige ich mich gerne bei Ihnen im Namen der Firma für die Probleme mit der Klimaanlage. Es ist uns wichtig, dass Sie unter allen Umständen Ihr Bestes geben! Mit dem Ausscheiden der beiden Querulanten steigen immerhin Ihre Chancen auf einen Job bei Database.« Sprach's, drehte ab und folgte den andern zum Lift.

Als man ihnen aushändigte, was man ihnen abgenommen hatte, wurden sie unter allerhand Drohungen bis vor das Portal des Towers eskortiert. Man werde auf jeden Fall dafür sorgen, bekamen sie noch zu hören, dass sie bei Unternehmen, die Daten verwalten, keinen Fuß mehr in die Tür kriegten!

Die lärmende Karawane der Demonstration war vorüber, als sie auf die Straße hinaustraten. Es roch nach verbranntem Pulver. Hoch über ihnen schwebten Drohnen. Vom Kanal her kam ein starker Wind und trocknete ihren Schweiß. Der Sturm löste die Hemden von ihren Rücken, wo sie klebten wie eine zweite, fremde Haut. Sie spürten, was es hieß, seine Haut zu Markte zu tragen. Zurückblieb ein ungutes Gefühl. Etwas Unsauberes, vermischt mit Ekel, auch vor sich selbst. So als würde man gezwungen, mit einer vollgeschissenen Unterhose durch das Leben zu gehen und so zu tun, als wäre rein gar nichts.

Platz und Straße vor dem Tower waren mit allen möglichen Überbleibseln der Eskalation übersät. Ausgebrannte Pyrotechnik, Masken, Mützen, Kleidung, Schuhe, Stöcke, Steine, Patronenhülsen, Splitter von Molotow-Cocktails, zerborstene Fenster. Das ganze Zeug lag weit verstreut herum. Nun war es nicht mehr als ein Spielzeug des Sturms. Da waren Spuren von Blut auf dem Pflaster, wenn er genau hinsah.

»Man hört sich«, sagte Herb. Er wandte sich zum Gehen.

»Danke«, sagte Vincent. »Vielleicht verschlägt es dich ja einmal in die Vorstadt ins Tweedledee? Ich schick dir jedenfalls die Adresse auf deinen Manager.«

Herb antwortete mit einer Reihe von Flüchen. Die aber nicht Vincent galten, als der sich noch einmal nach ihm umdrehte, sondern seinem Rad, das aussah, als wäre ein Panzer darübergefahren. Ein Objekt von Tinguely. Total platt und verbogen, hing es an einem Mast, an den er es in der besten Absicht, es vor Diebstahl zu sichern, mit drei Schlössern gekettet hatte.

Stand die Sonne am Nachmittag so, dass die Passanten Schatten an die Wände seines Zimmers warfen, wähnte er sich in der Höhle Platons. Abbilder des Lebens geisterten durch das Souterrain, wo er vor Kurzem, nach den Strapazen dieser Tests, über aparten Songs von Bonnie Prince Billy eingenickt war.

Er erwachte und sah, wie ein Mann – quer über seine Wand – auf eine Frau zuging.

Auf der Gasse passierte tatsächlich, was in seinem vom Licht der sinkenden Sonne durchfluteten Zimmer wirkte wie eine Szene aus einem Film Noir. Der Mann blieb vor ihr stehen, einen dreiviertel Meter vielleicht, dann fielen sie einander in die Arme. Überlebensgroße Schatten zweier Menschen, die ihm etwas vorgaukelten.

Während er sich weigerte, durchs Fenster zu schauen, und sich ganz auf das allgemeine Spiel der Schatten an der Wand konzentrierte, geschah auf der belebten Straße draußen das Besondere. Es rief ihm in Erinnerung, dass Gala nicht auf ihn zugegangen, sondern, wie es immer mehr aussah, vor ihm geflüchtet war. Über dem Theater der Schatten, die über seine Wände huschten, und Gedanken an Gala döste er noch einmal ein.

Im Gegensatz zu Gala, die aus einem behüteten Nest fiel, als ihr Vater, von einem Tag auf den anderen, im Nichts verschwand, hatte Vincent nie eine Familie gehabt, die diesen Namen verdiente. In der Geschichte, die ihm zugedacht war, blieb jeder Sinn für das Familiäre schon früh auf der Strecke. Er war das Kind einer Alleinerzieherin, die in die Hauptstadt geflohen war, auf der Flucht vor ihrer Familie, die ihr auf Punkt und Komma vorschreiben wollte, wie sie ihr Leben zu leben hatte. Seinen Vater lernte er überhaupt nie richtig kennen, aber viele andere Männer, die sich bei seiner Mutter, einer Schönheit mit romanischen Wurzeln, um die freie Stelle bewarben. Darunter Angeber, Machos, Taugenichtse und wohl auch ein paar nette Typen, die aber alle bald wieder aus seinem Leben verschwanden, das immer mehr in den virtuellen Welten aufging, wo er sich lieber aufhielt als in der Realität, die von Krisen und Kriegen, privaten wie öffentlichen, dominiert wurde. Aus der Fantasie und dem Netz konnte er sich jeden Vater herunterladen, den er wollte. Er wurde ein verschlossener, manchmal auch zynischer junger Mann, der all das, was er in sich aufsaugte wie ein Schwamm, gegen diese Welt wandte, die ihm nicht geheuer war. Aufgrund seiner analytischen Fähigkeiten schickte man ihn auf die Popper-Schule, wo er sich, als Freak unter Außenseitern (er mochte auch Bücher aus vergangenen Jahrhunderten!), bis zur Matura träumte. Dann wachte er plötzlich auf und studierte mit klarem Kopf Literatur und Informatik. Er entdeckte sogar eine gesellige Seite an sich; was auch hieß, dass er nach und nach mehr zur sanften Ironie als zum harten Zynismus neigte. Im Zynismus streift der Mittelmäßige an die Wahrheit, schrieb Nietzsche, und natürlich wollte er weder mittelmäßig sein noch die Wahrheit nur streifen. Sein selbstgerechtes Leben inmitten der von der Welt verkannten Wahrheit brachte ihn zu seinem Engagement bei Anonymus. Eine inhomogene Guerilla virtueller Rebellen mit gemeinsamen Anliegen, die global agierten und die Veröffentlichung unterdrückter Informationen ganz oben auf ihrer Agenda hatten. Eine zukünftige Art von Idealisten. Mit reizbarem Gerechtigkeitssinn, internationalen Programmiersprachen und subversiver Software kämpften sie gegen das Vertuschen von Informationen, gegen Korruption und die Mechanismen der globalen Ausbeutung. Sie zerrten ans Licht, was Regierungen, Geheimdienste und Lobbyisten in ihrem eigenen Interesse, jedoch zum Schaden der Allgemeinheit unter Verschluss hielten. Sie hielten sich für die Avantgarde der neuen Aufklärung, ohne die man die Bürger im Namen der Freiheit bald jeder Freiheit berauben würde. Doch ihre Revolte, von Revolution konnte ja keine Rede sein, dauerte nicht lange. Mit den Krisen – Absturz des Euro, Zerfall der Union, Inflation, Krieg, Fundamentalismus und Terror – fielen auch demokratischen Regierungen immer mehr Mittel in die Hände, gegen die eigenen Bürger vorzugehen. Im Grunde, eine Ironie der kurzen Geschichte ihrer Freiheit, wurden sie mit ihren eigenen Waffen geschlagen. Sie wurden überwacht und ausspioniert; aber auch kriminalisiert und verfolgt, bis sie vor Gericht standen. Sie verloren Geld, Jobs und ihre Unschuld. Manche fanden sich im Gefängnis wieder, wenn es ihnen nicht gelang, ihre Spuren aus dem Cyberspace zu tilgen oder wenigstens zu verstecken.

Aus Enttäuschung, dass die Menschheit für seinen Idealismus nichts übrig hatte, zog er sich, wie fast alle Welt, in ein Vakuum zurück. Ins Private, das es immer weniger gab. Dort lenkte er sich mit allen möglichen, aber auch unmöglichen Affären von seinem Versagen und dem seiner Generation ab. Er ließ sich treiben. Bis er nach dem viel zu frühen Tod seiner Mutter endlich Gala traf, die ihn vor der nächsten Krise rettete, einer umfassenden Sinnkrise nämlich, indem sie mit allen Mitteln, die einer Schauspielerin zu Gebote standen, dafür sorgte, dass er sich, und zwar gegen seinen Willen, in sie verliebte.

Er lernte Gala, wie konnte es anders sein, auf einer der Plattformen im Netz kennen, wo er sich zu jener Zeit nächtelang herumtrieb. Wohl auch um zu vergessen, was alles schiefgelaufen war in seinem Leben. Er suchte Ablenkung von seinem Scheitern und fand sie nun in der Promiskuität seines Begehrens. Es war aufregend, jemanden im Netz aufzustöbern und dann erste Kontakte zu knüpfen. Andeutungen. Annäherungen. Man konnte sich von seiner besten Seite zeigen, wie man sich selbst wünschte, ohne gleich den Beweis antreten zu müssen. Man konnte Batman, Robin oder auch Superman sein, je nachdem, was mehr Erfolg versprach. Erfolg? Ein erster Erfolg war nicht mehr und nicht weniger als ein Treffen. Es war spannend, jemanden dann auch wirklich kennenzulernen, in einem Park, einem Café, bei einem Essen, in einer Bar. Der Abgleich seiner Erwartungen mit der unberechenbaren Realität gehörte zu den interessantesten Momenten in diesem Spiel. Und ja, es war eine Art Spiel. Ein Spiel mit geheimen Sehnsüchten. Aber begann die künftige Liebe nicht oft als Spiel? Er schwamm in einem Meer aus Möglichkeiten. War sie auch so, wie sie sich dargestellt hatte? Sah sie wirklich aus, wie sie behauptete, so wie auf den Fotos, die sie ihm geschickt hatte? Entsprach sie seinen Vorstellungen und Erwartungen? Er wurde süchtig nach dem Spiel, den Ritualen eines virtuellen Flirts: Rituale, die oft in Missverständnissen, Sex à la carte oder gar in einer Liebe auf den ersten Blick kulminierten, dem kein zweiter Blick mehr folgte. Es versetzte ihn in Erregung, wie die Schatzsuche als Kind. Mit nichts als der Karte in der Hand begab er sich auf die Suche nach der Erfüllung seiner Wünsche. Es war spannend, auch wenn er oft nur wertlose Münzen, Katzensilber, falsche Edelsteine und andere alte und fehlerhafte Karten fand, die ihn im Kreis schickten. Etwas in ihm glaubte fest daran, dass es diesen nur für ihn bestimmten Schatz gab, und dass er ihn eines Tages finden würde.

Und so war es auch. Das wurde ihm aber erst nach und nach klar, nachdem er Gala begegnet war. Als er sie zum ersten Mal traf, zu einem altmodischen Picknick mit Brot, Schinken, Käse, Obst und Wein, verfingen sie sich in Widersprüchen, die ein weiteres Treffen unnötig erscheinen ließen. Er wusste nicht warum, aber wenn er sie ansah, wie sie da auf der Decke lag, konnte er nicht anders, als allem, was sie von sich gab, mit Skepsis zu begegnen. Statt ihr nach dem Mund zu reden, um sich die Chancen auf zumindest eine Nacht nicht zu verderben, brüskierte er sie in einem fort, indem er alles, was sie sagte, infrage stellte, oder sogar ins Lächerliche zog, wenn sie dann noch immer nicht davon abließ. Er führte sich auf wie ein Beckmesser, der mit Kanonen auf Spatzen schießt. Natürlich traf er keinen einzigen, er vertrieb sie bloß. Galas Anwesenheit machte ihn so nervös, dass er in jedes Fettnäpfchen trat, das in Reichweite war. Sie war groß und schlank, mit weiblichen Formen, und hatte zu jener Zeit einen Bubikopf mit Stirnfransen, die ihr fast auf die Brauen fielen: Augen, Ohren, Nase und Mund wie aufeinander abgestimmt, und wenn er es wagte, auf ihre lebhaften Hände zu blicken, dachte er an nichts anderes mehr, als dass sie ihn berühren sollten, und zwar überall. Vielleicht war es genau das, was seine klägliche Routine durchbrach, womit er nicht gerechnet hatte, das ihn bei ihren ersten Treffen zu einem unbeholfenen Idioten machte. Dass er eine zweite Chance bekam, verdankte er, wie er später von ihr erfuhr, vor allem seinen Augen. Diesem Blick, der eine ganz andere Geschichte zu erzählen schien als sein loses Mundwerk. Seine kurzsichtigen Augen hatten es ihr angetan! Sein versonnener Blick, über dem ein Schleier lag. Dieser Blick, der versuchte, die Dinge so zu erfassen, wie sie wirklich waren – und der, gelang ihm das nicht, sie sich zurechtmachte, wie er sie sehen wollte.

Eine Serie von Missverständnissen brachte sie einander näher, als es jede Liebe auf den ersten Blick vermocht hätte. Als sie endlich miteinander schliefen, erst nach dem vierten Treffen, explodierte die Ambivalenz, mit der sie sich bei ihrem Kampf um Nähe und Distanz aufgeladen hatten, in einem Feuerwerk aller Sinne. Ein solches Ereignis verlangte nach einer Wiederholung. Aber konnte man eine Offenbarung beliebig oft wiederholen? Sie stellten sich diese Frage, jeder für sich, wie sie später zugaben. Bald erlebten sie, wie alles noch viel intensiver wurde, je näher sie einander kamen. Sie hatten mit fast nichts begonnen, mit einem Fehlstart eigentlich. Und doch waren sie bald ein Herz, eine Seele und auch so etwas wie ein einziger Körper, der zu Empfindungen fähig war, die sie bisher noch nicht gekannt hatten.

Nach einer verwirrenden, aber auch aufregenden Zeit begann sie ihm von ihrer Familie zu erzählen. An Tagen, wenn nichts Besonderes los war, nichts zu tun oder zu lassen, wenn sich alles in sich zurückzog, stand sie oft ratlos vor dem, was ihre Erinnerung hergab. Nicht selten war es etwas, das mit ihrem Vater zu tun hatte. Männerzeug, das sie nicht vergessen konnte, obwohl sie erst ein Kind gewesen war, als es, zugleich mit ihm, aus ihrem Leben verschwunden war. Eine Frage aber tauchte immer wieder auf. Wie hatte ihr Vater sie ein letztes Mal herzen, ihr übers Haar streichen und sie auf seine typische Art necken können, wenn er gewusst hatte, dass er sie verlassen würde? Frau und Kind. Manchmal zweifelte und verzweifelte sie an den Erklärungen, die sie von der Mutter bekam. Dann war sie sich nicht sicher, ob die Mutter ihr nicht nur etwas vormachte, um sie vor der (schlimmeren?) Wahrheit in Schutz zu nehmen; oder ob sie sich nicht auch selbst etwas vormachte, weil sie diese Wahrheit nicht ertrug; oder ob sie vielleicht gar nicht wusste, was wirklich geschehen war. Bis die Mutter sich mit einem Schlag von alldem befreite und mit Gala in ihr altes Leben zurückkehrte, nach London. Über Wien und den Vater durfte nicht mehr geredet werden, was natürlich zur Folge hatte, dass sie umso mehr an diese Stadt und ihren Vater dachte. Bis ihr die Erinnerungen nicht mehr genügten und sie in die Stadt ihrer Kindheit zurückkehrte, um Theater zu spielen.

Er erwachte aus dem Halbschlaf und richtete sich langsam auf. Die Schatten an den Wänden waren von der Dunkelheit absorbiert worden. Er schaute sich um, als läge er in einer fremden Wohnung, in der er sich erst orientieren musste.

Vielleicht war sie aber auch nach Wien zurückgekehrt, kam ihm in den Sinn, um ihm zu begegnen und ihr Schicksal, um es abzuschütteln, an irgendjemandem zu wiederholen? Dass nun ausgerechnet er dieser jemand sein sollte, kostete ihn ein müdes Lächeln, mit dem er sich endlich erhob. Ohne einen Blick auf seinen Manager zu werfen, wusste er, dass es Zeit war, Erinnerungen und Vermutungen ins rechte Lot zu rücken, und dass es dafür einen Ort gab.

Das Tweedledee kochte fast über. Sogar auf der Seite der Milchbar, wo eine Runde von Abstinenzlern feierte, mit Milkshakes, Eiskaffee und Smoothies, ging es hoch her. Wenn der Trubel hier ein Gradmesser für die Krise war, dachte er, nach seinen Freunden Ausschau haltend, dann konnte noch nicht alles im Arsch sein. Ihm war aber auch klar, dass in diesen Krisenzeiten viele ihr letztes Hemd gegen eine Geselligkeit tauschten, die es eigentlich gar nicht mehr gab.

Hrabals von einer in Form gebrachten Mähne umflossener Kopf überragte die lärmende Menge an der Bar, hinter der Toni mit akrobatischem Elan zu Werke ging. Bier zapfen, Drinks mixen, Wein erklären und kredenzen, ein Ohr für den Small Talk der Gäste haben und das andere für die gleichzeitig durch den Raum schwirrenden Bestellungen, die er zum Teil an Mariella weitergab, die in der Küche unten, am Fuß der Wendeltreppe, mit Hingabe zubereitete, was auf keiner Karte stand, all das ging Toni wie nebenbei von der Hand. Ihm bloß bei der Arbeit zuzusehen, konnte einem Mut machen, wenn man wie Vinc einen Tag hinter sich hatte, der keineswegs nach Wunsch verlaufen war.

Hrabal winkte. Vincent bestellte mit einem Nicken, das ihm ein Blick Tonis entlockte, ein Pilsner, während er bis zu Hrabal vordrang. Zufrieden und angeheitert stand er da, ein Krügel in der Hand, flankiert von Lukas und Esther, die Vincent einen Kuss auf die Wange drückte, als er in ihren kleinen Kreis trat. Esthers Küsse, die von Mal zu Mal anders ausfielen, hätten vielleicht mehr bedeuten können, wäre ein Teil von ihm nicht in der Vergangenheit gefangen gewesen. Er ahnte, was es zu feiern gab, und sagte zu Hrabal, der heute offenbar zu den Siegern zählte: »Darf man gratulieren?«

Statt zu antworten bestellte Hrabal – über die Köpfe der Menge hinweg – eine Runde Grappa. »Am Montag fange ich an«, sagte er nur, »aber wie geht's dir, Vinc? Tut sich was?«

Das war so seine Art, von sich selbst abzulenken, um auf die Probleme der anderen zu kommen, doch Vincent ließ nicht locker. »Am Montag? Wie? Was? Bei wem denn?«

Lukas und Esther wussten schon Bescheid, so wie sie aus der Wäsche guckten. Sie freuten sich über den Erfolg des Freundes, machten jedoch im Moment keinerlei Anstalten, Hrabal die Show zu stehlen, der es genoss, mit der Aufklärung der Sache zu warten, bis sie den Grappa gekippt hatten.

Man habe ihm in Salzburg, erhob er seine volle Stimme, in der mindestens drei Akzente um die Vorherrschaft buhlten, ein Angebot gemacht, das jemand in seiner Situation nicht ausschlagen könne. Fast wie in den alten Zeiten, sagte er, aber cum grano salis, denn nach allem, was er in den zweitausender Jahren mit den Söhnen Gaddafis erlebt habe, hier in dieser Stadt, aber auch in ihren anderen, über die Welt verstreuten Domizilen, habe er sich vorgenommen, nicht mehr für Araber zu arbeiten. Dass jener saudische Clan, der ihn für seine Villa im achtzehnten Wiener Bezirk engagiert habe, seit jeher mit den Gaddafis auf Kriegsfuß gestanden habe, sei auch nur ein schwacher Trost. Aber, wie gesagt, wenn er nicht bald im Schuldenturm landen wolle, gab er zu bedenken, müsse er den Saudis, und in erster Linie natürlich seiner eigenen Zukunft, noch eine Chance geben.

Vincent war ganz Ohr, nickte nur hin und wieder und nippte am bitteren Pilsner.

Nach seinem Tag X, der Diagnose von Bauchspeicheldrüsenkrebs vor sieben Jahren, Vincent hatte ihn da noch nicht gekannt, war Hrabal durch das Fegefeuer seiner Todesangst und alle Instanzen der Hochleistungsmedizin gegangen, um als ein Schatten seiner selbst, zwar geheilt, jedoch mit einem Berg Schulden, in die unsichere Zukunft entlassen zu werden. Er fand zwar bald zu seiner alten Form zurück, aber nie mehr einen Job in seiner Branche als Lifestyle-Berater. Solche Dienstleistungen wurden mittlerweile von Firmen angeboten, an denen die Auftraggeber nicht selten selbst als Aktionäre beteiligt waren. Dass nun die stockreaktionären Saudis an der Tradition festhielten und nicht nur an Stockschlägen, Steinigungen, Amputationen und Enthauptungen, dazu konnte Vincent ihm schlecht gratulieren, ohne mit sich selbst Probleme zu kriegen.

»Die Bezahlung stimmt jedenfalls«, sagte er, wie um seine Entscheidung vor sich zu rechtfertigen, »ist sogar besser als bei den Gaddafis damals, die ein ziemlich mickriges Grundgehalt gezahlt haben, das sie mit Geschenken, im Grunde nichts als größenwahnsinnige Almosen, hin und wieder aufgewertet haben. Einmal hab ich von Saif eine Rolex bekommen, die einige Monatsgehälter wert war.« Er lachte und fuhr fort: »Aber du warst dir nie sicher, ob sie dich ihre Großzügigkeit nicht bei nächster Gelegenheit büßen lassen würden, indem sie dich behandelten wie einen Kufr, der es nicht wert war, ihnen die Füße zu küssen. Dass mir die Mentalität der Araber seit meiner Kindheit in Afrika vertraut war, hat es für mich vielleicht leichter gemacht als für andere. Einmal haben sie den Chauffeur, der in Wien sein Studium verbummelt hat, aus dem Haus gejagt, weil er es gewagt hat, einer Verwandten, die aus Tripolis zu Besuch da war, die Hand zu geben.« Mit dem Hinweis, er könne uns da noch ganz andere Geschichten erzählen, was er, wie wir vermuteten, nach dem sechsten oder siebten Pilsner auch tun würde, überließ er uns das Wort; aber erst, nachdem er noch eine Runde Grappa und Bier bestellt hatte.

Als Lukas und Esther wissen wollten, wie es Vincent ging, fasste er zusammen, was er bei Database erlebt hatte. Nicht ohne für ein paar Lacher zu sorgen, die ihm halfen, seine Enttäuschung über die verpatzte Bewerbung zu überwinden. Kurz nur überlegte er, ob er erwähnen sollte, dass er mithilfe von Herb auf einen Zugang zu Daten über (oder von?) Gala gestoßen war, noch wusste er ja nicht, was sich im Datenschließfach mit ihren Koordinaten verbarg, doch er ließ es bleiben. Hier, im Zentrum der Begehrlichkeiten, schien nicht der richtige Ort zu sein, um über das zu sprechen, was sein Herz aus dem Tritt gebracht hatte. Die Feierabendstimmung im Tweedledee verlangte nach einer grobkörnigen Betrachtung der Dinge. Feinheiten gingen da bereits unter, noch bevor sie Gestalt annahmen. Also näherte er sich dem Thema von einer anderen Seite, indem er Lukas auf den Programmiercode ansprach, der ihm vorschwebte und der, davon waren sie fest überzeugt, auch dessen Hologrammen eine neue Qualität verleihen konnte.

Sobald er einen Quantencomputer hätte, sagte Vincent, könnte er diesen Code, der auf den aktuellsten Feinheiten der Fuzzylogik beruhte, in die Tat umsetzen. Er zweifelte nicht daran, dass man damit, in Verbindung mit der besten Hardware (an die man aber erst rankommen musste!) phänomenale Ergebnisse erzielen konnte. Denn eine solcherart generierte Wirklichkeit würde die Realität nicht bloß imitieren, sondern in neue, noch unbekannte Dimensionen des Virtuellen vorstoßen.

»Das könnte meine Arbeit vielleicht beflügeln«, sagte Lukas mit einer Stimme, die an nichts mehr glauben konnte. Er trat künstlerisch auf der Stelle, seit er für seine holografische Inszenierung *Das vorletzte Abendmahl* ausgezeichnet worden war.

Esther hielt sich bedeckt. Sie konnte sich nicht vorstellen, dass Innovationen dieser Art ihre Arbeit, das Schreiben von Storys und Artikeln, erleichtern würden. Ohnehin gab es ihrer Meinung nach in ihrem Metier schon zu viel Nachwuchs, der es mit Techniken versuchte, die behaupteten, zeitgemäß zu sein, obwohl es nur alte Modelle aus neuem Stoff waren. Was es denn für einen Unterschied mache, fragte sie in die Runde, ob man einen Text mittels Zufallsgenerator generiere oder Zeitungen zerschnipsle, diese Schnipsel in einen Topf werfe und dann eine Ziehung vornehme? Beides, die Resultate des Generators und die nach dem Zufallsprinzip der Ziehung aneinandergereihten Schnipsel würden ja zu ähnlichen Ergebnissen kommen. Und geschnipselt worden sei nun schon Mitte des vorigen Jahrhunderts, wenn nicht gar noch früher, nämlich in den zwanziger Jahren. So etwas konnte Esther auf die Palme bringen. Man müsse in diesen Zeiten schon sehr naiv sein, ätzte sie, um zu glauben, man mache etwas Neues, noch nie Dagewesenes. Oder eben bloß unwissend, was am Ende auf das Gleiche hinauslaufe!

Hrabal, der von diesen Dingen gerade genug verstand, um sich hin und wieder lächerlich zu machen, wenn er mit einem seiner Statements danebenlag, zog es vor, sich nicht einzumischen. Nicht einmal, als er beim neunten Pilsner angelangt war. Statt nach diesem Quantum in Melancholie zu versinken, wie sonst üblich, blühte er diesmal förmlich auf. Die Aussicht auf Arbeit und die Verbesserung seiner Lage machten ihn stark. Ein Leuchtturm an einer umtosten Küste, so ragte er mitten im Tweedledee auf, im Bewusstsein einer Kraft, die es ihm erlaubte, Verirrte in seinen sicheren Hafen zu bringen, wo es bis jetzt keine Zufallsgeneratoren gab und keinerlei Poesie aus Schnipseln oder Programmen. Und gewiss keine Hologramme, echter als das echte Leben, das in diesen Momenten niemand derart verkörperte wie er. Ein in die Jahre kommender Mann des analogen Zeitalters, der noch einmal eine Chance bekam. In Saudi-Arabien war man noch lange nicht modern geworden. Dort kaufte man sich das ganze moderne Zeug einfach, um damit zu spielen, solange das Öl reichte.

Irgendwann fanden sie sich auf der Straße vor der Bar wieder, um eine neue Sorte Soma aus Esthers letzter Versuchsreihe zu testen. Es duftete nach Zitrone und Minze und waberte mild über den Gaumen.

Auf einmal, wie aus dem Nichts, traten immer mehr Passanten auf den Plan, die auf ein unbekanntes Ziel zusteuerten. Ohne sich um etwas zu kümmern, hasteten sie vorüber, angetan mit Masken, Schminke und Verkleidungen. Oder in schwarze und rote Fahnen gehüllt, auf denen in arabischer oder gotischer Schrift Statements standen, die kaum zu entziffern waren. Sie skandierten fremde Schlagworte, ihre entschlossenen Gesichter waren mit Symbolen bemalt. Ein paar Häuserblocks weiter, ungefähr dort, wo die Imamschule gebaut werden sollte, wo es nun krachte und Blitze in den Nachthimmel zuckten, schien das Zentrum der Eskalation zu sein. Dorthin strebten alle, die jetzt auf den Gassen und Straßen in Bewegung waren.

Als sich Sirenen und Autos mit Blaulicht näherten, gingen die Freunde zurück ins Tweedledee, wo sie sich sicherer fühlten.

Als er sich auf den Heimweg machte, nach der dritten Runde Fluchtbier, das Hrabal spendiert hatte, war es wieder ruhig in seiner Gegend. Die ersten Trupps der Straßenreinigung, Tagelöhner in orangen Monturen, waren bereits unterwegs, um das Viertel von den Rückständen der Kämpfe zu säubern. In ein paar Stunden, wenn die Anwohner den neuen Tag beginnen würden, mit einem Gang in ihre Werkstatt, ihr Geschäftslokal oder ins Jobcenter, würde es hier überall wieder so aussehen, als wäre nichts gewesen.

Dunkel und abweisend stand sein Haus in der einsamen Gasse. Erst als er näher kam, noch ganz beschwingt von Esthers Soma und der lauen Luft der Nacht, bemerkte er die Schemen der Afrikaner in den Fenstern des letzten Stocks. Er hörte Musik, als er vor dem Haus stehen blieb, und sah die rhythmischen Schatten von Tanzenden oben über den Plafond huschen. »Une Fête!« Er erinnerte sich. Ein paar standen an den offenen Fenstern. Sie rauchten, redeten und unterstrichen alles mit lebhaften Gesten.

Als sie bemerkten, dass er da unten stand und zu ihnen hochblickte, allein wie ein Baum in der Savanne, hob ein Gezeter an, das darin gipfelte, dass der Chief ans Fenster kam. Er beschwor ihn, doch noch auf ein Glas zu ihnen in den letzten Stock zu kommen.

Ein langer Tag und mehr als eine halbe Nacht lagen hinter ihm. Er trat von einem Bein aufs andere, während der Chief seinen exotischen Charme und sein passables Deutsch spielen ließ, um ihn doch noch zu überreden. Als er die Musik von Fela Kuti erkannte, die gerade jemand aufgelegt hatte, fuhr ihm die nötige Energie in die Beine, um es noch bis in den letzten Stock zu schaffen. Denn dann, dachte er sich, würde es ohnehin nur mehr treppab gehen.

III

Tage und Wochen vergingen, ohne dass es ihm gelang, sich in den Lauf der Dinge einzumischen. Er schien dazu verurteilt, als Zaungast vor der Welt zu stehen. Er sah genau, was hinter dem Zaun war, konnte aber nicht drüberklettern, um sich einzumischen. Der Gleichmut, den er sich selbst auferlegte, um sich nicht von der Hoffnung narren zu lassen, er sei endlich auf eine Spur von Gala gestoßen, half ihm, die Tücken des Alltags zu meistern.

Die Schatten, die über die Wände seiner Höhle flanierten, wenn die Sonne günstig stand, gaukelten ihm vor, dabei zu sein. Wenn zwei vor den Fenstern stehen blieben, um sich zu bereden, zu trennen oder zu treffen, blieb er als Beobachter im Untergrund. Er war der dritte Mann, der alles sah und nicht gesehen wurde.

Um sich von seinem beruflichen und privaten Fiasko abzulenken, tüftelte er an der Programmiersprache herum, die seit einiger Zeit in seiner Vorstellung Gestalt annahm. Er nannte sie Galatea. So hatte er sie spontan auch bezeichnet, als Frau Müller ihn danach gefragt hatte.

Der Aufnahmetest bei Database hatte einen Termin in der Strafabteilung des Jobcenters zur Folge. Man würde ihm also, wenn er sich nicht herausreden konnte, wegen des Verhaltens, das er beim Test an den Tag gelegt hatte, den Bezug sperren, den er noch nicht einmal überwiesen bekommen hatte. Sollte ihm dann auch noch die Bank den Geldhahn ganz zudrehen, konnte er sich immer noch Rita der Läufigen anschließen, die ihn, wie er vermutete, gern in der Kunst des mittellosen Überlebens unterweisen würde. Auf jeden Fall musste er sich einen Quantencomputer besorgen, auf dem er überprüfen konnte, ob seine Sprache all das zu leisten imstande war, was er erwartete: eine ganz andere Implementierung der Fuzzylogik, als es bisher der Fall gewesen war. Lernfähige Algorithmen. Rekombinatorische Flussdiagramme und ein von Beginn an selbstkritisches System. Und jede Menge Feedbacks, Rückkopplungen und Schleifen, die dafür sorgen würden, dass sich sein Programm, auf der Basis von Versuch und Irrtum, wie von selbst entwickelte. Fast wie ein Organismus. Eine Art Lebewesen. Das Programm würde etwas zum Leben erwecken, das man nicht einfach ausschalten konnte. Falls es ihm gelänge, ein solches Programm zu schreiben, würde er eine virtuelle DNA erschaffen, eine Voraussetzung für das Wachstum von Information.

Eines Nachmittags, allein im Tweedledee, Toni aß mit Mariella unten in der Küche unten, aktivierte er die HV. Als er Gala in der letzten Staffel von *Immer wenn sie Pillen nahm* durch den Raum wirbeln sah, war er peinlich berührt. Was ihn früher noch amüsiert hatte, empfand er jetzt nur mehr als Zerrbild seiner Erinnerungen. Er konnte es viel besser machen, das wusste er! Aber noch waren das Hirngespinste, die er lieber für sich behielt. Vor Lukas hatte er einen Zipfel seines Vorhabens gelüftet. Weil auch dessen Arbeit davon profitieren würde, wenn es ihm gelänge, diese Vision Wirklichkeit werden zu lassen. Und er würde von Lukas profitieren, wenn es erst um die konkrete Gestaltung seines Geschöpfs ginge. Sie könnten dafür sorgen, dass die virtuelle Wiedergeburt Galas seiner verschollenen Geliebten so nahe wie nur möglich käme.

Dass er einen Schlüssel zum Schließfach gefunden hatte, in dem womöglich Informationen über Gala lagerten, ließ ihn immer ungeduldiger werden. Aber ohne einen frei programmierbaren Computer, der so leistungsstark war wie die Geräte bei Database, konnte er nicht überprüfen, was wirklich in diesem virtuellen Fach drin war.

Er versuchte, den Ball flach zu halten, aber er flog ihm immer wieder um die Ohren.

Er war unterwegs zu seinem Straftermin beim Jobcenter, als ihn Rita auf dem Manager erreichte. Sie hatte gesagt, erinnerte er sich, dass sie ihn auch ohne Nummer jederzeit erreichen würde.

»Vincent!«

»Hallo Rita, was gibt's Neues?«

»Du glaubst es nicht.«

»Was?«

Sie legte eine dramaturgische Pause ein, um seine Erwartung auf die Spitze zu treiben.

»Sag schon!« Er fand, es war spannend genug, dass sie ihn überhaupt anrief. Ihre Abneigung gegen alles Digitale war hinlänglich bekannt.

»Ich hab's.«

»Was denn, Rita? Was hast du?«

Offenbar fiel ihr der Manager aus der Hand, den sie sich ausgeborgt hatte, um ihn anzurufen. Jemand schimpfte mit ihr, er hörte sie fluchen, dann war sie wieder dran. »Na, den Supercomputer, den du unbedingt brauchst. Ich will gar nicht wissen wozu, aber jedenfalls hab ich einen für dich aufgetrieben! Womit du so tief in meiner Schuld stehst, dass ich mit dir machen kann, was ich will!« Mühsam unterdrückte sie ein Lachen, dann sagte sie: »Deine Seele hast du mir doch schon versprochen, bleibt also nur mehr dein Körper, den du mir noch anbieten kannst.«

»Und mein Geist?« Er ließ sich auf ihr Spiel ein, damit sie endlich zur Sache käme, wenn es vorüber wäre.

»Den kannst du behalten! Dafür gibt es im Moment so gut wie keinen Markt, das sag ich dir, und auf dem Schwarzmarkt kriegst du nicht ein Brot dafür.«

»Bring es auf den Punkt, Rita!«

Sie seufzte, weil er nicht so mitspielte, wie sie es wollte. »Na dann. Eine gute Bekannte eines Bekannten hat das Ding für mich so gut wie auf die Seite gebracht. Du darfst dich also schon drauf freuen, mir bald zu Diensten sein zu dürfen.«

»Was soll das heißen?«

»Mir zu Diensten zu sein?« Schon der Gedanke daran hob ihre Laune hörbar.

»Auf die Seite gebracht natürlich«, sagte er mit wachsender Ungeduld. »Hat sie nun einen Quantencomputer für mich oder nicht?«

»Ja … Nein, ich meine, sie wird bald einen haben, verstehst du? Sie arbeitet im Informationsministerium, und bereits in Kürze werden in der Abteilung für gläserne Bürger – die heißt wirklich so, diese Abteilung, lach nicht, es ist doch zum Heulen! – die alten Geräte gegen neue ausgetauscht.« Sie legte eine weitere Pause ein, dann fuhr sie fort: »Und jetzt rate, wer diese Geräte austauschen und in der Müllverbrennung eigenhändig in einem Dreitausend-Grad-Feuerchen entsorgen wird?«

»Der Bekannte deiner Bekannten hoffentlich«, sagte er.

»Du bist ein schlaues Kerlchen«, sagte sie. »So Typen wie dich hab ich schon gemocht, bevor ich von der Karriereleiter gestürzt und auf der Straße gelandet bin. Zum Glück aber auf allen vieren, wie eine Katze.«

»Übertreib bloß nicht!«

»Willst du das Ding nun oder nicht?«

»Ja«, sagte er, »unbedingt. Was wird's etwa kosten?« Er hatte sich schon fast abgewöhnt, nach dem Preis von etwas zu fragen, weil er sich ohnehin seit Langem nichts mehr leisten konnte. Was immer ihm auch heute noch im Jobcenter passieren würde, dachte er, um an einen QC zum Programmieren ranzukommen, würde er sogar riskieren, den Rahmen seines tiefroten Kontos ein weiteres Mal eigenmächtig zu erweitern.

»Diese Bekannte ist mir noch was schuldig«, sagte Rita. »Es geht also gar nicht um Geld. Wenn ich dir dieses Wunderding besorge, das du noch mehr zu brauchen scheinst als die Nähe einer Frau, die dich mag, dann wirst du mir etwas schuldig sein, mein Lieber!«

»Okay«, sagte er nur. Was hätte er sonst sagen sollen? Ohne einen solchen Computer würde er weder Galas Schließfach entschlüsseln, noch ihre virtuelle Doppelgängerin erschaffen können.

»Hab keine Angst«, sagte sie lachend, »es wird nicht wehtun!«

Als er antworten wollte, war die Verbindung weg, und er setzte seinen Weg ins Jobcenter fort. Es war noch früh, aber schon unnatürlich heiß für einen Tag im Mai. Auch dieses Jahr trugen Äolische Winde roten Staub aus Afrika in den Norden. Dieser Feinstaub drang durch alle Ritzen und setzte ihm zu, wenn er Kontaktlinsen trug.

Wenn er an Rita dachte, die er bewunderte, weil sie sich mit fast nichts und ganz allein über Wasser hielt, war er immer hin und her gerissen. Dass unter ihren Verkleidungen und der rauen Schale eine kluge und attraktive Frau steckte, war ihm schon bei ihrer ersten Begegnung aufgefallen, als sie ihm im Tweedledee diskret, doch bestimmt auf die Pelle gerückt war.

Aber er war blind und taub in diesen Dingen. Er hatte gar kein Gefühl für Erotik, seit ihm mit Gala jedes Begehren abhandengekommen war. Auch nicht für die vieldeutigen Küsse Esthers, die früher mit Lukas zusammen gewesen war. Manchmal schien sie nicht abgeneigt, seiner in ihren Augen überflüssigen Askese abzuhelfen. Mit kontrollierter Hingabe versuchte sie dann sein Verlangen (nach ihr, oder überhaupt einer Frau?) zu wecken.

Wie nun damit umgehen, fragte er sich, ohne dabei jemanden vor den Kopf zu stoßen, den er mochte? Er war noch nicht so weit, sich auf Abenteuer einzulassen, die nichts mit Gala zu tun hatten.

Wenn Gala Lust auf ihn gehabt hatte, ließen es ihn ihre Füße zuerst wissen. Im Sommer schlüpfte sie unter allen möglichen Tischen aus ihren Sandalen, Pumps oder Sneakers, um mit ihm anzubandeln. Wie Schnecken schoben sich ihre Zehen dann an seinen Beinen hoch, während sie sich zu ihm beugte, um ihm irgendwas ins Ohr zu flüstern, das dem Zweck diente, ihn zu erregen, obwohl es von etwas ganz anderem handelte. Er spürte sie nah an sich, hörte diesen besonderen Tonfall in ihrer Stimme, roch an ihrem Hals und hinter ihrem Ohr, ihr mit Schweiß vermischtes Parfum, und berührte mit Blicken ihre Gestalt, an der er sich nie satt sehen konnte. In solchen Momenten entfesselte sie sein Verlangen, wie es keine andere je getan hatte, und sie hatten dann nur noch eins im Sinn, sich an einen Ort zurückzuziehen, wo sie sich lieben konnten.

Er mochte die Gegend nicht, in der das Jobcenter war. Ihm war klar, dass dies mehr mit seinem Unwillen zu tun hatte, dort zu erscheinen, als mit dem Viertel, das von seinem fast nicht zu unterscheiden war.

Vor dem mit Menschen verstopften Eingang hatten die Frommen einen ihrer fliegenden Infostände errichtet. Allerhand Broschüren und Folder lagen da auf, zur freien Entnahme, finanziert von den Milliarden aus saudischem Öl. Und natürlich ihr Buch der Bücher, das einzige nämlich, das sie gelten ließen und lasen; sofern sie lesen konnten. Ihm hatte noch niemals einer der Langbärtigen in Hochwasserhosen etwas angeboten. Er passte wohl nicht in ihr Beuteschema. Seit ihr politischer Arm Sitze im Rathaus und im Parlament erobert hatte, traten sie anders auf. Nun tauchten ihre Stände nicht nur in städtischen Problemzonen auf, sondern vor Ämtern, Schulen und Kirchen, sogar vor Sportplätzen. Kämpfe und Kriege innerhalb der islamischen Welt und der sich daraus speisende Terror kosteten nicht nur Leben, sondern auch eine Menge Geld. Das Eintreiben von Spendengeldern und die Rekrutierung waren demnach das Gebot der Stunde.

Als er, an der Schlange der Wartenden vorbei, die bis auf die Straße reichte, gleich in den vierten Stock hoch wollte, wurde er von zwei Securitys gestoppt. Er wies sich aus und ließ es über sich ergehen, dass er abgegriffen und durchsucht wurde. Beschämt, frustriert und gereizt klopfte er schließlich an die Tür des Leiters jener Abteilung, der seine Beraterin unterstand. Das Geplänkel mit Rita hatte ihn Zeit gekostet, er war spät dran.

Sie erwarteten ihn bereits. Der Blick Heidemarie Vombichls auf die große Uhr an der Wand sagte alles. Der Abteilungsleiter, Dr. Fritz Krautwaschl, so stand es neben der Tür draußen, rückte sich sein gelbes Leinensakko zurecht, als würde er es gerade anprobieren. Der Mann erinnerte ihn an einen Kanarienvogel, nicht nur die Farbe seines Sakkos, die Physiognomie vor allem: Nase, Frisur und Augen, seine Haltung und die wie Krallen aus den Ärmeln baumelnden Hände mit den stark gewölbten und vom Rauchen verfärbten Nägeln.

Unaufgefordert setzte er sich, den beiden gegenüber, ans andere Ende des Konferenztischs. Mit einem um Gleichgültigkeit bemühten Gruß, ohne ihnen die Hand zu reichen. Die Klimaanlage brummelte vor sich hin wie ein alter Kühlschrank. Seine Beraterin Vombichl, deren gewaltige Brüste in einem Top steckten, von dem er sich fragte, wie zum Teufel sie da reingekommen waren, hing an den Lippen ihres Chefs, der sich erst dazu herabließ, ihn anzusprechen, nachdem er ihn eingehend gemustert hatte.

»Sie wissen, äh …«, er linste in die Unterlagen der Vombichl, »Herr Pygmali, warum wir Sie vorzeitig einbestellt haben?«

»Nein«, sagte er nur. Er hatte nicht vor, große Reden zu halten, nicht einmal zu seiner Verteidigung. Er würde abstreiten, was man ihm nicht beweisen konnte, und nur zugeben, was nicht zu leugnen war. Sagst du Ja, bleibst du da, sagst du Nein, gehst du heim. Ihr aller Motto bei Anonymus, den Umgang mit Autoritäten betreffend, das ihm noch immer in den nicht mehr ganz so jungen Knochen steckte.

Mit einem strengen Blick aktivierte der Chef Frau Vombichl.

»Herr Pygmali«, sagte sie, »die Rückmeldung der Firma Database, wohin wir Sie vermitteln wollten, gibt uns Grund zur Annahme, dass Sie die Bewerbung von sich aus boykottiert haben. Ist das so?«

»Keineswegs.« Er hielt ihrem Blick stand.

»Uns liegen aber entsprechende Informationen vor.« Sie rutschte auf ihrem Stuhl herum, um eine geeignetere Position für ihren Angriff zu finden.

Sie vermisst ihren Ball, dachte er. Den großen blauen Ball, über den sie sonst sehr eloquent von Akt zu Akt und Fall zu Fall rollt. »Was für Informationen?« Er würde sich nicht aus der Reserve locken lassen, hatte er sich geschworen. Aber seit er nur in die Nähe dieses Gebäudes gekommen war, baute sich in ihm eine Wut auf, die auf Entladung drängte.

»Sie haben die Situation genutzt, um beim Test auf dem Computer der Firma private Dinge zu erledigen. So ist es doch, oder?«

»Wer sagt das?«

»Uns liegt ein Bericht vor, in dem genau das steht. Und noch ein paar andere Informationen, die gegen Sie sprechen.« Sie schloss ihren Blick mit dem ihres Chefs kurz, um sich bestätigen zu lassen, dass sie auf dem richtigen Weg war.

Der nickte und warf ein: »Sie haben, um es mal milde zu formulieren, gegen so ziemlich alle Vereinbarungen verstoßen, die wir mit Ihnen getroffen haben.«

Wie sollte er einen Mann ernst nehmen, der in einem solchen Sakko steckte? Mit seiner besten Sonntagsstimme sagte er: »Was die da bei Database machen, ist doch gar nicht legal.«

Beide holten synchron Luft, atmeten aus, lächelten hintersinnig. Ein Lächeln, das ihm zu verstehen gab, dass er auf dem kürzesten Ast saß, den es hier, in diesem bürokratischen Dschungel, gab.

»Wollen Sie sich wirklich mit der Rechtsabteilung eines Weltkonzerns anlegen, Pygmali?« Der Chef echauffierte sich ein wenig, während seine Rechte, wie er sah, die Sakkotasche nach Zigaretten (Soma?) abtastete.

»Was diese Firma macht, geht uns nichts an, Pygmali«, vollendete Heidemarie Vombichl den Vorwurf, den ihr Chef angeregt hatte.

»Herr Pygmali«, sagte er.

»Wie bitte?«

»Herr Vincent Pygmali. So steht es immer auf der Wahlwerbung, die ich gegen meinen Willen von allen Parteien bekomme.«

»Also gut, Herr Pygmali«, sagte der Abteilungsleiter, dem Wort einen abfälligen Klang verpassend, »wenn Sie es so wollen, wir können auch anders!« Er hatte keine Lust, das sah Vincent ihm an, wegen eines renitenten Arbeitslosen wie ihm seine längst fällige Somazigarette zu verpassen, und drängte auf ein Ende des Gesprächs.

Gestern noch hatte er sich zurechtgelegt, was er alles zu seiner Entlastung vorbringen würde, um seinen Bezug nicht zu gefährden. Wenn nicht bald ein wenig Geld hereinkäme, wäre er erledigt. Er hatte schon seit Monaten keine Miete mehr überwiesen. Aber nun, auf der wurmstichigen Anklagebank der Bürokratie, überkam ihn die unvernünftige Lust, sich mit diesem Moloch anzulegen; oder wenigstens nicht klein beizugeben.

Frau Vombichl übernahm. »In diesem Fall bleibt uns nichts anderes übrig, als Ihren Bezug zu sperren.«

»Zehn Wochen fürs Erste!« Doktor Krautwaschl schien erleichtert, die Sache nun rasch abwickeln zu können. Seine rechte Hand steckte im Sakko und befingerte – man hörte das Zellophan knistern – die Somapackung.

»Tun Sie, was Sie nicht lassen können«, sagte Vincent, während er sich erhob, um zu gehen. Er war überrascht, wie gelassen seine Stimme klang, als er die Worte aussprach, die ihm noch mehr Probleme bereiten sollten, als er schon hatte.

»Und, Herr Pygmali«, die Vombichl rief es ihm nach, »wir werden Ihnen einen Kurs finanzieren müssen, trotz ihres Verhaltens, wo man Ihnen beibringen wird, Ihre Chancen auf dem ...!«

»Wegen« sagte er, über seine Schulter hinweg, zur Vombichl, »wegen, nicht trotz meines Verhaltens«, und ließ sie einfach sitzen.

Er fand sich auf dem leeren Flur wieder. Die Tür hatte er offengelassen, um ihnen zu zeigen, dass es noch offene Türen gab. Er hatte es ziemlich eilig, diesen Ort hinter sich zu lassen.

Die in den unteren Gängen auf ihre Termine Wartenden, erregt oder apathisch, erinnerten ihn an Trauernde bei einem Begräbnis, dem Begräbnis ihrer Hoffnung; oder an potenziell Verrückte. Manchmal wurde jemand, dem die Hitze hier zu Kopf stieg, laut und schrie seine Frustration hinaus, bis ihn die Hauspsychologin beruhigte oder die Security vor die Tür setzte. Einmal, vor dem Konkurs der Union, als noch viele Flüchtlinge ins Land gekommen waren, hatte sich ein Asylsuchender, dessen Anträge abgelehnt worden waren, mit Benzin übergossen und war als lebende Fackel durch die Gänge getorkelt.

Es war das eigene Begräbnis, zu dem sie sich hier versammelten, dachte er, in die blendende Sonne hinaustretend, die auf alle gleich schien: auf die Securitys, die sich an seine Fersen hefteten, bis er ein Stück weit weg war, und auf die Schlange der Arbeitslosen. Ja, sogar auf die Frommen, die von einem archaischen Leben träumten, in einem öden Wüstenstrich, wo die Technologien der Zukunft mit dem Ungeist von vorvorgestern eine tödliche Harmonie eingehen würden.

Um sich von der frustrierenden Begegnung mit der Bürokratie abzulenken, betrat er das erstbeste Kino, an dem er vorüberkam. Das letzte analoge Kino in der Stadt, las er auf einem Plakat, während er ein Bündel Schillingnoten gegen eine Eintrittskarte tauschte. Außer ihm warteten noch ein altes Paar und eine junge Frau darauf, in den Saal gelassen zu werden.

Drinnen war es angenehm kühl und dunkel. Es roch nach Politur, altem Holz und einer Zeit, die es nicht mehr gab. Der Projektor surrte, ein Strahl, in dem der Staub tanzte, schnitt durch den Raum, die Leinwand erwachte zum Leben. Er lehnte sich zurück und versenkte sich in die Bilder der Geschichte.

Er fragte sich, ob die 3-D-Darstellungen der Holovision, die er gewohnt war, besser waren als das, was er nun hier zu sehen bekam. Anders auf jeden Fall. Ein Schwarz-Weiß-Film, auf eine Fläche projiziert, stand in all seinen Nuancen einer farbigen Holografie in nichts nach. Was gezeigt werden musste, konnte damit gezeigt werden. Dass es ihm die Holografie, die sich auf dem Markt durchgesetzt hatte, ermöglichte, das Bild zu umkreisen und von allen Seiten zu betrachten, war reizvoll; aber nicht so geheimnisvoll wie die Tiefe der Fläche einer Leinwand, hinter die er nicht schauen konnte. Er nahm sich vor, das Programm für eine Holovision zu entwerfen, die – so wie die Bilder da vor (oder in?) seinen Augen – nicht alle Rätsel preisgeben würde. Mehr Information war nicht grundsätzlich besser. Dann vor allem, wenn der Überschuss kaum etwas übrig ließ, worüber es sich zu grübeln lohnte.

Plötzlich kam eine junge Frau ins Bild, die ihn sofort in ihren Bann zog. Er konnte nicht gleich sagen, warum das so war. Unruhe befiel ihn. Er verfolgte jede ihrer Bewegungen und Regungen so genau, dass ihm ganz entging, was die andern machten und wie sich die Handlung des Films entwickelte.

Als er das merkte, war es zu spät. Er hatte den Faden verloren und konnte sich nur mehr auf sie konzentrieren. Je länger er ihr mit seinen Blicken im Dunkel des Kinos folgte, desto stärker wurde sein Eindruck, dass das da auf der Leinwand Gala war, und zwar aus einer Zeit, als er sie noch nicht gekannt hatte. Sie hatte ihm einmal Fotos von sich als junge Frau gezeigt. Auf diesen Fotos war sie als Schülerin jener Schauspielschule in Soho zu sehen gewesen, wo sie, einige Jahre nachdem sie mit ihrer Mutter aus Wien weg- und nach London zurückgegangen war, das Handwerk und die Kunst der Schauspielerei erlernt hatte. Und diese Frau da, die in den Bildern und Szenen des Films, dem er nicht länger folgen konnte, zu einem Leben erwachte, das Jahre später zu ihm führen sollte, stimmte mit seiner Erinnerung an die Fotos von Gala so genau überein, dass er auf der Stelle die Flucht ergreifen musste; obwohl er doch nach ihr suchte.

Er rannte aus dem Kino, wie von Furien gehetzt, in die pralle Sonne hinaus, die ihn blendete, und schlug den nächstbesten Weg ein. Es dauerte eine Weile, bis er sich beruhigte. Jetzt ärgerte er sich, dass er nicht sitzen geblieben war, um zu sehen, wie sich die Rolle der jungen Frau in diesem Film entwickelt hätte.

Er öffnete sein *Wörterbuch des Zeitgeists*, um einen Vermerk zu machen, als er gerade unschlüssig war, was er tun sollte. Sein Roboter Buddy, der in einer Ecke der Höhle auf seine Wiederbelebung durch ihn wartete, war noch nicht reif für seine digitale Auferstehung. So verrückt das auch sein mochte, Vincent bildete sich ein, dass er ihm zu verstehen geben würde, wann er so weit wäre. Dass es sich dabei nur um die Marotte eines ziemlich einsamen Geeks handeln konnte, war ihm schon klar. Doch solange ihm solche Dinge auffielen, dachte er, war er immerhin noch nicht ganz verloren.

Die letzten Einträge im Wörterbuch lauteten: Soziale Treffsicherheit, Ökoterror, Humankapital und Entlassungsproduktivität. Er schrieb das in den Zeitungen der Regierung so beliebte Wort Klimahandel darunter. Dabei handelte es sich seit jeher keineswegs um die Kunst, einer Region, die unter schlechtem Wetter litt, ein besseres Wetter zu verkaufen, sondern darum, von Staaten, die sich Umweltverschmutzung in globalem Ausmaß nicht leisten konnten, jene nicht genutzten Überschüsse zu erwerben, die es einem erlaubten, noch viel mehr Dreck zu produzieren, de jure und de facto, als man eigentlich durfte.

Nach einem asketischen Frühstück aus Espresso, Toast und Wasser überlegte er, ob er zu den Afrikanern hinaufgehen sollte, die ihn wegen irgendetwas um Rat fragen wollten; oder ob er sich an die Verschriftlichung der Programmiersprache machen sollte, die in seinem Kopf seit einiger Zeit konkrete Formen annahm. Auf der Gasse draußen war nichts los. Keine Schritte, keine Schatten und keine Beine, die ihn ablenken würden. Es musste ein Sonntag oder Feiertag sein, er wusste es nicht. Seine Tage hatten sich auf das Wesentliche reduziert, das da lautete: Wie schlage ich mich bis zum nächsten Tag durch, ohne dass ich meine Wohnung, meinen Verstand, meine Selbstachtung und meine Hoffnung verliere? Die ohnehin durch nichts zu rechtfertigen war.

Er machte es sich auf der alten Sitzbank des Opels bequem und rief über die Spracheingabe das spröde und zeitlose Album *Music for a New Society* auf. Dann begann er, das Flussdiagramm der neuen Sprache in seinem Manager abzuspeichern. Eine Erregung befiel ihn, als er das, was ihm vorschwebte, in einen Code verwandelte, der das, was er im Laufe des Studiums und Berufslebens gelernt und gemacht hatte, mit seiner Idee verknüpfte. Er würde die Fuzzylogik, die sein Spezialgebiet gewesen war, in ganz neuer Weise in den Code seines Programms integrieren.

Ihn trieb die Idee an, das Denken so zu simulieren, dass die Simulation von dem, was menschliches Bewusstsein war, kaum noch zu unterscheiden wäre. Trauer, Tod, Liebe, Lust und Schmerz, alles, was wir uns selbst zuschrieben, sollte vom Programm auf eine Maschine übertragen werden, die es dann in etwas Artifizielles verwandeln würde. Sobald er den Quantencomputer hätte, den ihm Rita in Aussicht gestellt hatte, hoffte er, dieses Programm zum Leben zu erwecken und mit Lukas' Hilfe ein Hologramm zu erschaffen, das die Trauer um den Verlust seiner Geliebten relativieren würde. Trotz der Hoffnung, die er in den Erfolg seines Projekts setzte, ergriff ihn eine diffuse Angst, je länger er daran arbeitete. Wie auch immer sein Vorhaben ausgehen würde, nach und nach beschlich ihn die Ahnung, dass er am Ende erst recht mit leeren Händen dastehen könnte. Entweder er scheiterte, weil ganz einfach nicht funktionierte, was ihm in diesen Momenten so logisch vorkam; oder aber es erfüllte seine Erwartungen, und er wäre trotzdem nur um eine, wenn auch noch so gelungene, Illusion reicher. Die ihn aber Gala keinen Schritt näher brächte.

Der wirklichen Gala nämlich, deren Stimme er hörte, wenn er einsam war, deren Beine er hin und wieder draußen vorübergehen sah, deren Nähe und Wärme er spüren konnte, wenn er sich im Traum selbst umarmte, und deren Erscheinung ihn manchmal überfiel, als wäre sie noch da. Hier. Irgendwo um ihn her, während sie aber doch nur in ihm drin sein konnte.

Als er aus der Arbeit erwachte, wie aus einer Trance, mochte es bereits nach Mittag sein. Sein Magen knurrte wie ein Tier. Im Kühlschrank war nicht viel los, als er einen Blick hinein warf, gähnende Leere, bis auf ein paar Dosen Soma und Reste von Resten, mit denen Buddy nicht mal in einer Sternstunde etwas zustande bringen würde; ebenso in seiner Geldbörse, die zwar zum Platzen voll war, aber mit Scheinen, die nicht mehr viel wert waren.

Ihm blieb gar nichts anderes übrig, als sich in den für säumige Kunden seiner Bank gesperrten Bereich zu hacken und seinen Kontorahmen so weit nach oben zu justieren, dass er wieder einen Spielraum hatte. Bis jetzt, stellte er dabei erleichtert fest, war man ihm jedenfalls noch nicht auf die Schliche gekommen.

Ach was, dachte er, und erhob sich mit einem Seufzen, bevor ihn seine Sorgen noch länger und tiefer in den speckig glänzenden Sitz des Commodore drückten. Zu erfahren, was die Afrikaner von ihm wollten, würde ihn von seinen Sorgen ablenken. Der Chief hatte letztes Mal lediglich in Andeutungen gesprochen. In seinem mit nicht wenigen französischen Worten gespickten Deutsch, das in Form afrikanischer Melodien über seine Lippen kam.

Vier Wohnungen gab es im letzten Stock. In jeder Einheit, das hatte er beim Besuch der Fete mitbekommen, auf plusminus siebzig Quadratmetern, lebten etwa zehn Menschen:

Männer und Frauen, Kinder und Babys, Moslems, Christen und Animisten, die alle noch vor der Krise gekommen waren. Europa war, im Vergleich zur Hölle, die oft hinter ihnen lag, in ihren vor Hoffnung paralysierten Köpfen von skrupellosen Schleppern zu einem Paradies auf Erden stilisiert worden. In zum Teil seeuntüchtigen, zum Bersten überfüllten Fischerbooten, von denen fast jedes fünfte kenterte, stachen sie in See. Mit den Booten kenterte die Aussicht auf ein besseres Leben, denn so gut wie alle ertranken, als Frontex nur mehr Leichen barg und zählte, aber niemandem mehr half, der in Seenot geriet.

Ein Flickwerk von Mauern und Zäunen parzellierte das alte Europa wie einen Kleingartenverein. Aber Frontex war nur noch Geschichte, dachte er, ebenso wie die Union, und was von Europa übrig war, lockte kaum mehr jemanden an. Bis auf die unverbesserlichen Frommen, die über dem Kadaver des Kontinents kreisten, auf der Suche nach Aas, das es jetzt im Überfluss gab.

Die meisten hier, hatte der Chief erzählt, waren vor dem islamischen Terror auf der Flucht, der immer weiter in den Südwesten Nigerias vordrang, je länger sich die Regierungsparteien auf keinen gemeinsamen Widerstand einigen konnten, und je mehr die korrupten Eliten das an Bodenschätzen reiche Land und seine Bewohner auspressten wie einen Schwamm, den man in ein Ölfass getaucht hatte.

Die Tochter des Chiefs öffnete auf sein Läuten und ließ ihn hinein. Wie ihr Vater dem Schauspieler Morgan Freeman ähnlich sah, so schaute sie ihrem Vater ähnlich. Ein hübsches, etwa achtjähriges Mädchen mit zu Rastazöpfen geflochtenen Haaren voll bunter Perlen, das vor Vincent her bis in ein Zimmer hüpfte, wo ihr Vater über eine Frau gebeugt war, die ihre ältere Schwester oder vermutlich Mutter sein mochte. Auf dem Weg in das Zimmer grüßte man ihn wiederholt mehr oder weniger freundlich. Er war immerhin ein Weißer, auch wenn er mit ihnen gefeiert hatte, und als solcher löste er eben auch Erinnerungen aus, die jahrhundertealt und grausam waren.

Er nahm's nicht persönlich und grüßte freundlich zurück.

Der Chief, er hieß Jonathan Mbembe und hatte, soviel er wusste, in Paris Jus studiert und in Lagos für eine NGO gearbeitet, stand auf und gab ihm die Hand. Er schien erfreut, dass Vincent der Einladung gefolgt war, aber schon im nächsten Moment verdüsterte sich seine Miene und er zeigte mit einer resignierenden Handbewegung auf die Frau, die da lag.

Sie wirkte krank. Ihr an sich schönes Gesicht sah unter dem bunten Turban, der ihr Haar bändigte, fiebrig und älter aus, als ihr trotz allem noch immer kraftvoll wirkender Körper es vermuten ließ. Sie schwitzte und war fast nackt. Ihr flackernder Blick, der an Vincent Maß nahm, war sogar unter diesen Umständen nicht ganz frei von Ironie.

Er nickte aufmunternd und sagte: »Vincent Pygmali, ich wohne ganz unten.« Er war froh, dass er nicht das gesagt hatte, was ihm auf den Lippen lag, dass er ganz unten lebe nämlich, war sich aber zugleich einen Moment lang unsicher, ob es seine Situation nicht besser beschrieben hätte.

»Meine Frau«, sagte Jonathan Mbembe. »Maria ist krank, seit einigen Wochen. Wir wissen nicht, was sie hat. Fieberschübe, Schüttelfrost, Halluzinationen, dann geht es ihr wieder besser, aber seit drei Tagen geht das hohe Fieber nicht mehr zurück, und das ist nicht gut.«

»Nein«, sagte er, das sei gar nicht gut.

Sie sei nicht versichert, sagte der Chief, und keiner der Ärzte, die er angerufen habe, sei bereit gewesen, hierherzukommen, um sie auch nur zu untersuchen. Dann habe er sie selbst in die nächste Ambulanz geschleppt, wo man sie mit abgelaufenen Medikamenten abgewimmelt habe. Die Tabletten sollten das

Fieber senken, was aber nicht der Fall gewesen sei, sagte Jonathan. Seine Stimme überschlug sich nun fast vor Sorge, und er hatte Tränen in den Augen.

Da müsse etwas geschehen, sagte Vincent, weil ihm sonst nichts einfiel. Und zwar rasch! Wer Augen im Kopf hatte, konnte sehen, dass die Frau sehr krank war. Dass das Gesundheitssystem für die nur mehr pro forma Krankenversicherten fast nicht mehr existierte, war die eine Sache, an der sich so schnell nichts ändern würde, dass man eine Schwerkranke nicht einmal notdürftig behandelte, aber eine andere; die keineswegs anging, wie er dachte.

»Sie ist nicht versichert«, wiederholte der Chief, indem er sich zu ihr hinab beugte und ihre Hand in seine nahm.

»Der hippokratische Eid«, sagte er hilflos.

»Was?«

Er überlegte, was das früher einmal gewesen war und wie er es auf den Punkt bringen konnte. »Ja, was?« Das fragte er sich laut. »Nur ein guter alter europäischer Brauch«, sagte er dann, »der wie so viele gute Bräuche nahezu ausgestorben ist. Die dummen Bräuche halten sich erstaunlicherweise viel länger. Das wird bei euch nicht viel anders sein, oder?« Er drückte kurz seinen kräftigen Oberarm, um ihm Mut zu machen. »Wir werden das schon hinkriegen«, sagte er zu ihm, um sich selbst Mut zu machen.

»Alte Bräuche haben wir genug«, seufzte der Chief. »Wenn ich nicht bald etwas für Maria tun kann, hetzen uns die andern hier ihren Heiler auf den Hals, diesen alten Hadza, der gegenüber wohnt. Einen Hexer und Zauberer, der mit Hühnerknochen Mikado spielt und sich von Bier, Schnaps und Zigaretten ernährt, wenn er nicht gerade einen göttlichen Rausch ausschläft.«

Während Vincent der röchelnden Frau auf ihrem Krankenlager, die Tee schlürfte, den ihr die Tochter behutsam einflößte, beim Leiden zusah, überlegte er, was er für sie tun konnte. Er hatte nicht das Geld, um eine private Diagnose und Behandlung zu bezahlen, und er kannte auch keinen Arzt, der ihm einen Gefallen schuldig war. Medizinische Behandlungen waren sündteuer, wenn man nicht versichert war; und wenn man minimal versichert war, wie er zum Beispiel, hieß das noch lange nicht, dass man ohne Beziehungen zu einer anständigen Behandlung kam. Kranksein war schon längst zur Privatsache geworden, die man sich leisten können musste. Er konnte ja zur Not immer noch im Tweedledee seine Kappe herumgehen lassen, für einen guten Zweck, dachte er kurz, oder die eifrige Esther engagieren, damit sie dem afrikanischen Quacksalber von nebenan mit einem ihrer Wunderkräuter zur Hand ginge. Er verwarf die aus der Verzweiflung der Mittellosigkeit geschöpften Notlösungen aber rasch wieder, als ihm eine andere Idee in den Sinn kam.

»Was sollen wir tun?«

Er sah es Jonathan Mbembe an, dass es ihm nicht leicht fiel, ihn um Rat zu bitten. Immerhin war er der Chief der afrikanischen Gemeinde im Haus und hatte bei seiner kleinen Community ein Gesicht zu verlieren. Dieses wie aus Mahagoni geschnitzte Gesicht, mit den unter Wasser stehenden Augen, deren Blick nun, um Hilfe flehend, auf seine Frau gerichtet war.

»Vielleicht fällt mir was ein«, sagte er, weil er nicht vorschnell Erwartungen wecken wollte, aber auch, weil er selbst noch nicht genau wusste, was er tun konnte, um hier so schnell wie möglich Abhilfe zu schaffen.

»Wir haben ja ein wenig Geld«, sagte Jonathan, »hier«, und holte ein Bündel Hunderter und ein paar Dollarnoten aus der Brusttasche seines Hemds. »Nimm es, wenn du einen guten Arzt kennst.«

Plötzlich richtete sich die Kranke auf ihrem Lager ein wenig auf, blickte ihn sanft an und sagte: »Sie sind so traurig.« Dann schluckte sie und brachte den Satz mit ihrem singenden Akzent unter Schmerzen mühsam zu Ende: »Haben Sie etwa auch eine … eine kranke Frau zu Hause?«

Er wusste nicht, was er erwidern sollte, so sehr schnürte es ihm in diesem Moment die Kehle zu. »Behaltet euer Geld«, sagte er. »Damit kriegen wir nicht einmal einen Termin bei einem einheimischen Quacksalber. Ich lasse mir was anderes einfallen.«

»Was denn?«

»Gebt mir Marias Papiere, alles, was ihr habt. Ich melde mich, sobald ich mir sicher bin, dass es klappen wird.«

Der Chief schaute ihn an, als wäre er ein Schlepper, dem sie sich auf Gedeih und Verderb ausliefern sollten. Er hielt seinem Blick tapfer stand. Dann drehte Jonathan sich um, ging an den einzigen Schrank im Zimmer, kramte ein wenig herum und kam mit ein paar zerfledderten Papieren zurück. Seine Tochter sah Vincent so voller Hoffnung an, dass ihm ganz mulmig zumute wurde, während er sich mit den Papieren in der Hand umdrehte und die Wohnung unter den neugierigen Blicken und Grüßen der anderen verließ.

Als er, Treppe um Treppe, ins Souterrain hinunter stieg, kamen ihm Zweifel, ob er sich nicht etwas über seine Möglichkeiten vormachte, in dieser Angelegenheit helfen zu können. Auf jeden Fall, und das wurde ihm mit jeder Stufe klarer, über die er stieg, musste er es versuchen!

Gleich am nächsten Tag wollte er sich um die kranke Maria im letzten Stock kümmern. Nach dem Frühstück hörte er Musik, die ihn beflügelte, räumte auf und putzte die Küche und das Bad. Wobei er wie immer auch versuchte, Ordnung in die Entropie seines Lebens zu bringen.

Er fläzte sich, mitsamt den kaum noch zu lesenden Dokumenten, die ihm der Chief gegeben hatte, in den Sitz des alten Opels, bestellte mit einer Stimme, die ihm selbst Mut machen sollte, das letzte Album von Bonnie Prince Billy, nahm seinen Manager zur Hand, drang rasch in die zum Glück unzureichend geschützten Daten der Krankenkassa ein und erstellte dort ein Konto für Maria Mbembe.

Das alles fiel ihm so leicht, dass er gar nicht glauben konnte, etwas Verbotenes oder gar Kriminelles zu tun. Schritt man erst einmal zur Tat, waren die Skrupel wie weggeblasen. Die sich allerdings oft später doch noch einstellen, das wusste er aus Erfahrung. Dann nämlich, wenn man daran zu zweifeln begann, dass man trotz aller Umsicht keine Spuren hinterlassen hatte.

Die Daten aus den Dokumenten reichten immerhin aus, um die Kranke aus dem letzten Stock sogar noch mit einer Zusatzversicherung auszustatten, die es ihr ermöglichte, einen Termin nicht nur in Aussicht gestellt zu bekommen, sondern auch tatsächlich zu erhalten, und zwar am übernächsten Tag. Fast war er ein wenig stolz auf sich, als er nach getaner Arbeit aus den Dateien der Krankenkassa verduftete. Bonnie Prince Billy sang auf seine störrische Art gerade davon, ein Rennpferd sein zu wollen und nicht länger ein Arbeitsgaul, was gut zu Vincents Stimmung passte. Zur Sicherheit hinterließ er einen Trojaner in dem System, der ihn rechtzeitig informieren würde, wenn etwas schieflief. Es konnte nicht schaden, einen Parasiten in den Wirt einzuschleusen, der sich selbst immer mehr zu etwas wie einem Parasiten entwickelt hatte.

Drei bis vier Stufen auf einmal nehmend, eilte er in den letzten Stock, um die frohe Botschaft zu überbringen. Jonathan öffnete ihm, las in seinem Gesicht, dass es gute Neuigkeiten gab, und bat ihn herein. Die Kleine klammerte sich wie ein Äffchen an ihren Vater, der ihn, an den Blicken und Bemerkungen der andern vorüber, bis in das Zimmer schleuste, wo Maria lag. Obwohl die Fenster offen standen, roch es nach Krankheit und vielleicht, das bildete er sich jedenfalls ein, sogar ein wenig nach Tod. So hatte es zuletzt im Zimmer seiner kranken Mutter gerochen.

Dieser glasige Blick, aus dem jene Ironie verschwunden war, die ihn gestern noch hatte hoffen lassen. Seltsam verdreht lag sie da, die Hüften aufgestellt, ihre glatte Haut glänzte wie die eines dunklen Fisches. Sie atmete flach und unregelmäßig. Arme und Beine wirkten angespannt und zuckten immer wieder wie von selbst.

»Die Fieberschübe«, sagte der Chief, dem es fast die Stimme verschlug, wenn er seine Frau ansah, »sie werden immer schlimmer.«

»Ich habe«, sagte Vincent, »einen Termin in einer Klinik organisiert.«

»Wann?« Jonathan schien zu befürchten, dass ihr nicht mehr viel Zeit blieb.

»Übermorgen, um zehn Uhr. Früher ging's nicht.«

»Wo?« Der Chief schluchzte, so wenig konnte er das nun fassen. »Wir haben die Rettung angerufen, aber die kommen erst, wenn ich Geld für den Transport überwiesen habe. Dann bleibt aber fast nichts mehr für die Behandlung übrig, wenn man sie überhaupt behandelt.« Noch immer schaute er Vincent skeptisch an. »Und wie hast du das so schnell geschafft, weißer Mann?«

Er lächelte, als er sagte: »Beziehungen, wie denn sonst. Das ist hier nicht viel anders als bei euch, nur nicht so offensichtlich. Die Rettung müsst ihr bezahlen, aber Untersuchung und Behandlung werden nichts kosten.« Mit diesen Worten übergab er ihm, zusammen mit Medikamenten gegen Fieber, die von seiner letzten Grippe übrig geblieben waren, Marias Dokumente. Er erklärte ihm, dass sie jetzt offiziell versichert war, wo die Klinik war und wie er vorgehen musste.

Der Chief hockte sich zu seiner delirierenden Frau, streichelte ihr eine Wange und wiederholte ein paar afrikanische Worte, bis Vincent an ihrer Miene erkannte, dass sie verstanden hatte. Plötzlich schaute sie ihn an. Offen und direkt. Ein trotziger Blick. Für Momente kam auch ihr ironisches Wesen, das vom Fieber entstellt wurde, wieder zum Vorschein. Sie murmelte etwas, das er nicht verstand. Ada zupfte an seiner Hand, bis er ihr über die knotigen Zöpfe strich.

»Danke«, sagte der Chief, indem er Ada an sich drückte. »Sie bedankt sich. Und wir auch. Du bleibst doch noch zum Essen, wir haben gekocht!«

Das war keine Frage, so viel war klar. »Nur wenn es kein fettes Hammelfleisch gibt«, sagte er.

Jonathan lachte kehlig auf. Mehr aus Erleichterung über die gute Nachricht, kam Vincent vor, als wegen der Erinnerung an ihre Begegnung auf der Straße vor dem Haus. Als er an der Küche vorübergegangen war, hatte er ein paar der Mitbewohner kochen gesehen. Es hatte nicht übel gerochen, diesmal.

»Antilope mit Yamswurzeln«, sagte Jonathan.

Vincent schaute ihn an wie ein Mann in einem Ohne-Worte-Witz.

»Keine Angst«, sagte der Chief, grinste und brachte ihn ins

nächste Zimmer, wo bereits ein Teppich gedeckt war, um den die Mitbewohner alle im Schneidersitz hockten. »Nur Gemüse, Couscous und Hasenfleisch. Das verträgst du schon, oder? So etwas isst man doch auch hier?«

»Wo habt ihr den Hasen her?«

»Aus dem Wald natürlich«, sagte er.

»Na dann«, sagte er und setzte sich in die bunte Runde. Zwei Jemeniten in sandfarbenen Kaftanen trugen das Essen auf und schenkten allen Tee ein.

Er hatte bereits gearbeitet an diesem Tag, es war Mittag, es roch ziemlich gut, was wollte er mehr? Das Gesicht Marias, die Hoffnung geschöpft hatte, war mehr, als er erwarten durfte.

»Mahlzeit«, sagte er und sah sich um, »ich bin Vincent. Vincent Pygmali.« Alle Nuancen, von rehbraun über erdfarben bis schwarzviolett waren an dieser Tafel versammelt. Einige nickten ihm zu, andere nannten ihre klingenden Namen. Damit hatte er nun wirklich nicht gerechnet. Sie aßen mit den Fingern, nachdem eine Box mit Feuchttüchern reihum gegangen war. Er beobachtete ganz nebenbei, wie sie es machten. Man formte einfach ein Nockerl aus Fleisch und Couscous, das man in das weiche Fladenbrot wickelte, bevor man es sich in den Mund steckte. Bald hatte er den Dreh heraus. Es sah so aus, als wäre er seiner Integration in das fremde Afrika ein ganzes Stück näher gekommen, als ihm noch vor ein paar Wochen recht gewesen wäre.

Um sich von der Straftat abzulenken, die er vor Kurzem begangen hatte, stellte er Recherchen auf seinem Manager an. Nach dem Verschwinden Galas hatte er alles Mögliche versucht, um mit ihrer Mutter in London Kontakt aufzunehmen; was ihm aber bis jetzt nicht gelungen war. Er hatte sie anrufen wollen, in der Hoffnung, dass Gala zu ihr nach England geflüchtet war, weil sie von ihren Rollen, von Wien, der Stadt ihres Vaters, und – er setzte sich nach und nach auch diesem Verdacht aus – von ihm genug gehabt hatte. Worauf freilich, abgesehen von der Stimmung, in der sie an ihrem letzten gemeinsamen Tag gewesen war, nichts hingewiesen hatte. Nun kamen ihm aber auch Zweifel an diesem Befund. Er ließ ihren Geburtstag, den Ausflug in die Weinberge und die Aufführung des Stückes immer wieder vor seinem geistigen Auge Revue passieren und entdeckte dabei Dinge, die nicht der Routine entsprachen, die es in der Beziehung zweifellos schon gegeben hatte. Nebensächlichkeiten zwar nur, die jedoch unter dem Brennglas seines Kummers immer größer wurden, bis sie ihn schließlich sogar dazu brachten, sich zu fragen, warum er das alles nicht schon früher hatte kommen sehen.

Wie sie ihn angeschaut hatte an jenem Morgen, an ihrem Geburtstag, als er ihr von Buddy den Ring servieren ließ. Wie sie sich geweigert hatte, ihre Augen zu öffnen, als er am Morgen mit ihr schlief. Und wie sie sich verhalten hatte, nachdem er sie beim Heurigen seines Exkollegen Viktor zum ersten Mal als seine Verlobte bezeichnet hatte. Kleinigkeiten womöglich, sagte er zu sich, aber doch auch Zeichen, dass da etwas nicht gestimmt hatte an diesem Tag. Dass an diesem Tag etwas anders nicht gestimmt hatte als an anderen Tagen!

Dann verwarf er seine kleinlichen Selbstzweifel und versicherte sich, dass er nichts damit zu tun haben konnte, dass sie in jener Nacht verschwunden war. Und dass es nirgendwohin führte, wenn er sich beschuldigte. Und dass es ihn davon abhielt, doch noch Klarheit in diese Sache zu bringen. In diesen Fall, der nicht weniger mysteriös wurde, als er feststellen musste, dass Galas Mutter weder telefonisch noch über das Netz erreichbar war. Dass er eigentlich genau wusste, wie man im Netz nach Spuren suchte, auch nach solchen, die nicht gefunden werden sollten, half ihm auch nicht weiter.

Sein Vorhaben, nach London zu fliegen, um sie dort zu suchen, Mutter und Tochter, war an dem Verlauf gescheitert, den sein Leben nach der beruflichen Krise genommen hatte, die auf seine persönliche gefolgt war wie eine Serie von Nachbeben auf das verheerende Hauptbeben; und an den proportional zur Terrorgefahr gestiegenen Flugpreisen.

Er stand mit einem Bündel Schilling in der Hand vor einem Bankomaten, erleichtert, dass der was rausgerückt hatte, als sich sein Manager bemerkbar machte. Die Nummer kannte er zwar nicht, dafür aber die Stimme, die ihm entgegenschlug, als er das Gespräch ganz gegen seine Gewohnheit annahm. Zu oft wurde man von Umfragen belästigt, die wissen wollten, ob man auch alles so sah, wie die Regierung wollte, dass man es sah.

»Es ist so weit«, sagte sie, »wir können das Ding abholen, sobald du Zeit hast, Vincent.«

»Du bist ein Schatz, Rita«, sagte er. Wenn sie da gewesen wäre, hätte er sie in seine Arme genommen, ganz egal, wie schräg sie gerade hergerichtet gewesen wäre. »Und du bist dir sicher, dass es eins der Modelle ist, die ich dir genannt habe?« Er konnte es kaum glauben. Es war einfach zu schön, um wahr zu sein.

»Zweifelst du an meinen Fähigkeiten, trauriger Mann? Früher hab ich noch ganz andere Sachen gecheckt.«

Auf einmal war er richtig nervös. Wenn es ihr tatsächlich gelungen war, einen jener Quantencomputer aufzutreiben, den er benötigte, um Galatea zum Laufen zu bringen, würde sich bald zeigen, was sein Programm taugte, in das er viel Zeit und Hoffnung investiert hatte. Seine Nervosität hatte aber noch einen anderen Grund: Er würde ein virtuelles Geschöpf zum Leben erwecken, von dem er kaum wusste, wie es sein würde. Und wer? Was, wenn nun das Hologramm gar nichts mit seiner Erinnerung an Gala gemein hätte? Und was umgekehrt, wenn es ihr zum Verwechseln ähnlich war?

Beide Möglichkeiten machten ihm Angst, so sehr er sich auch wünschte, sein Programm möge funktionieren.

»Hat es dir wieder mal die Sprache verschlagen?«

»Natürlich nicht«, sagte er und schob alle Zweifel beiseite. »Wann können wir den Computer abholen?«

»So rasch wie möglich«, sagte sie. »Diese Ware ist noch so heiß, dass man sich leicht die Finger daran verbrennen kann. Am besten noch heute Nacht. Du wirst also Zeit haben müssen!«

»Zeit?« Die Frage ging an ihn selbst. Er hatte mehr Zeit als Möglichkeiten, mit dieser Zeit etwas anzufangen. Zum Beispiel nach London zu fliegen, um seine Suche auszuweiten. »Wann und wo treffen wir uns?«

Sie nannte ihm Zeit und Ort des Treffens. Er versprach ihr, pünktlich zu sein, hatte aber so seine Zweifel, ob sie dazu in der Lage wäre. Im Gegensatz zu ihm, der sich bemühte, die Struktur des Alltags eines Beschäftigten zu simulieren, um sich eingliedern zu können, wenn es wieder so weit war, hatte sie längst alle Konventionen hinter sich gelassen. Er hatte sie im Verdacht, meist nicht einmal zu wissen, in welchem Jahr sie sich befanden, von den Monaten und Tagen ganz zu schweigen.

In einem dieser Notmärkte für Arbeitslose, wo man sich relativ günstig mit den wichtigsten Lebensmitteln eindecken konnte, wenn man einen Pass vom Jobcenter vorwies, brauchte er diesmal doppelt so lange wie gewöhnlich, um seinen Wagen vollzupacken. Seine Gedanken schweiften immer wieder ab.

Wenn es das richtige Gerät war und falls es auch funktionierte, wie es sollte, erweiterte sich sein Handlungsspielraum beträchtlich. Nicht nur, dass er die Geliebte in Form eines Hologramms auferstehen lassen konnte; endlich konnte er auch in den Raum eindringen, auf den er bei Database gestoßen war, in dem er Informationen über oder sogar von Gala selbst vermutete.

An der Kassa stellte er fest, dass er einige Sachen zwei Mal in den Wagen gelegt, aber ganz vergessen hatte, Artikel zu nehmen, mit denen er Rita eine Freude machen konnte. Er drehte noch eine Runde und packte ein paar Hygieneartikel und Kosmetika dazu. Es tat gut, stellte er überrascht fest, wieder einmal Sachen für eine Frau zu kaufen, nachdem das weibliche Element fast ganz aus seinem Leben verschwunden war.

Fleisch gab es hier sowieso nie, doch von dem Posten Reis, den ein Praktikant gerade auf einer Palette an seinen Platz karrte, nahm er, so viel sein Kontingent hergab. Bei dem Essen im letzten Stock hatte er nebenbei mitbekommen, wie sich die Schwarzen darüber unterhielten, dass es immer schwieriger wurde, an richtigen Reis zu kommen. Seit Langem schon sorgte der Monopolismus der Konzerne dafür, dass Unmengen Reisersatz auf den Weltmarkt und in die Supermärkte kamen. Echten Reis, Naturreis oder Basmatireis aus dem Himalaya, fand man fast nur noch in ausgesuchten Delis.

Früher hatte er jede Woche in einem dieser versnobten Läden der Innenstadt eingekauft. Trüffelkäse zum Beispiel, oder Foie gras, oder Steaks von Rindern, die täglich massiert wurden. Aber jetzt, überlegte er, als ihn sein Ebenbild aus einem fleckigen Spiegel direkt in die Augen blickte, schlurfst du in abgetretenen Schuhen in einem Lager mit Futter für Arbeitslose im Kreis!

»Der Schein trügt«, flüsterte er so, dass ihn niemand hören konnte, seinem Spiegelbild zu. »Bald«, fügte er, nachdem er sich verstohlen umgesehen hatte, hinzu, »wird dich aus jedem Spiegel ein Mann anblicken, dessen Pläne in Erfüllung gehen.«

Die Aussicht auf den Computer ließ seine Erwartungen über jedes vernünftige Maß hinausschießen. Er musste sich selbst zureden, trotz allem auf dem Boden der Tatsachen zu bleiben. Immerhin würden sie heute Nacht noch einen Coup landen, der seinen Mut und seine ganze Aufmerksamkeit erforderte.

Warum sie auf diesem Treffpunkt bestanden hatte, wusste Rita allein. Wollte sie ihm etwa zeigen, dass sie trotz allem, was man sich über sie erzählte, ein richtiges Zuhause hatte?

Vielleicht war's ein Wink mit dem Zaunpfahl, kam ihm in den Sinn, als er über die Baustelle bis zu den Containern stapfte, wo sie verabredet waren. Es war bereits dunkel und er musste aufpassen, wohin er hier stieg. In manchen der unfertigen Wohnungen brannte Licht. Hunde waren zu hören. Schemen und Schatten, die ihn an sein Souterrain erinnerten, geisterten durch die kahlen Räume. Er fragte sich, wie so viele Menschen hier den letzten, trotz der immer heißer werdenden Sommer extrem kalten Winter überstanden hatten, und wie sie den nächsten überstehen würden.

Er vermutete, dass Rita in einem der Rohbauten ihr Lager aufgeschlagen hatte. Solche Trabantensiedlungen gab es überall an den ins Niemandsland ausfransenden Rändern der Stadt. Diese früher begehrten Spekulationsobjekte, deren Fertigstellung aber mit der Krise eingestellt worden war, weil Investoren, Baufirmen, Banken und mit ihnen die Käufer pleite gegangen waren, boten nun denjenigen Unterschlupf, die auf der Straße gelandet waren. Nur weil die Rohbauten immer wieder auch von um ihr Geld geprellten Käufern besetzt wurden, die hohe Anzahlungen auf Wohnungen geleistet hatten, hielt sich die Stadtverwaltung bisher mit Räumungen zurück.

Sie erwartete ihn. Wenn er sich nicht täuschte, war sie frisch geduscht. Sie roch nach Shampoo und Parfum, als er sie kurz drückte und auf die Wangen küsste, und trug ihr Haar offen, das über ihre Schultern auf seine Hände fiel, die auf ihrem zarten Rücken lagen. Etwas kochte in ihm hoch, sein Körper erinnerte sich an vergangene Wonnen. Sie erschraken und lösten sich aus der Umarmung, die bereits viel länger dauerte, als normale Begrüßungen zu dauern pflegen.

»Gut, dass du da bist«, sagte sie.

»Wohnst du hier?«

Es war dunkel, doch ihm fiel auf, dass sie über einer weißen Bluse ein malvenfarbenes Leinenkostüm trug, das ihre Figur betonte, Brüste und Hüften, und dazu halbhohe Schuhe in Indigo, die glänzten wie neu. Die schicke Aufmachung war ihr peinlich, kein Zweifel. Vielleicht aber war sie, die doch sonst vor Selbstvertrauen strotzte, auch ein wenig unsicher, was den Ausgang des Vorhabens anging, das sie für ihn eingefädelt hatte.

»Immer wieder«, sagte sie, »steige ich hier ab. Wenn ich in der Nähe bin oder in der Nähe zu tun habe.« Und dass es von hier nicht so weit sei zu dem Ort, wo sie das Corpus delicti in Empfang nehmen würden; wenn alles gut ginge natürlich. »Was schaust du so? Hast du noch nie eine Frau gesehen?«

Er steckte in einer löchrigen Cargohose, einem T-Shirt, einem Sweatshirt mit Kapuze und formlosen Sneakers. Für den Fall, dass er mit anpacken oder die Flucht ergreifen musste, ohne erkannt zu werden. »Du siehst ... gut aus«, zögerte er zu sagen, weil es ihn irritierte, »also rechnest du damit, dass es ein Spaziergang wird.« Es war ihm peinlich, einer Frau, die derart exquisit geschminkt war und nach teurem Parfum duftete, diese billigen Kosmetika zu schenken, die er im Notmarkt mit dem Pass vom Jobcenter ergattert hatte. Er ließ das Zeug lieber weiterhin die Taschen seines Sweatshirts ausbeulen.

Sie ging los. Er eilte an ihre Seite. Sie fuhren ein paar Stationen mit dem Bus, stiegen aus, gingen wieder zu Fuß weiter.

»Ich hatte einfach Lust auf dieses Kostüm«, sagte sie. »Manchmal muss ich mich wie der Mensch fühlen, der ich einmal war, verstehst du?«

»Schon«, sagte er. »Und wer warst du in deinem anderen Leben?«

»Eine erfolgreiche, aber auch zu naive Frau, die man ausnutzen und dann ohne Skrupel loswerden konnte.«

Sie forcierte das Tempo und hängte ihn ab, was hieß, dass sie es eilig hatten; oder dass sie jetzt nicht mehr über sich und ihre Vergangenheit reden wollte.

Er zog an und kam wieder an ihre Seite. »Wo gehen wir hin?«

»Wirst schon sehen«, sagte sie und hakte sich bei ihm ganz selbstverständlich unter.

Als er die goldene Kuppel der Müllverbrennungsanlage plötzlich nah vor sich sah, erinnerte er sich genau an ihre Worte. Ein Bekannter einer Bekannten, hatte sie bei ihrem letzten Telefonat gesagt, sei für die Entsorgung der Ware zuständig, die vom Ministerium für Information, Abteilung gläserne Bürger (ein klarer Fall für sein Wörterbuch), alle drei, vier Jahre erneuert werde, obwohl sie in der Regel noch tadellos funktioniere.

Vor der Anlage, die von einem Künstler in glücklicheren Zeiten zu einer Art Kathedrale der Ökologie umgestaltet worden war, trafen sie auf den Bekannten der Bekannten. Ein selbstsicherer Mann mittleren Alters in einem Overall. Auf seiner Brust prangte groß das feuerrote Logo der Stadtverwaltung. Sie stellten einander gar nicht erst vor. Es war bestimmt besser, nicht zu viel übereinander zu wissen.

Er rechnete es Rita hoch an, wie gut sie alles organisiert hatte. Sie nahm nicht nur ihren Mund voll, sondern ließ auch Taten folgen, wenn's drauf ankam. Er musste sich eingestehen, dass sie ihm in der Rolle, in die sie in dieser Nacht geschlüpft war, besser gefiel als sonst, wenn sie auf ihren krummen Pfaden in der Stadt unterwegs war; scheinbar unabhängig und frei von Wünschen, aber auch von Sorgen, die um diese Wünsche kreisten. Vielleicht war dies hier gar keine Rolle, fragte er sich, sondern ihr wirkliches Selbst? Und sie zeigte sich ihm von ihrer anderen Seite: nicht als Rita die Läufige, die über den Dingen stand, weil sie kaum noch was zu verlieren hatte, sondern als Frau, die wusste, was sie wollte und wie sie es erreichen konnte. Er nahm gerne an, dass dieses Coming-out nicht jedem zuteilwurde.

Der Führer durch die Unterwelt ging voran. Mit seinem Manager öffnete er Schleusen, Tore und Aufzugstüren, die immer tiefer in die Anlage führten. Je weiter sie eindrangen, kaum beachtet von anderen Mitarbeitern, die mitunter grüßten, desto lauter und heißer wurde es. Ein infernalischer Ort, stellten Rita und er fest, als er sie einen Blick in die Verbrennungskammern werfen ließ. Eine Kammer war weit offen. In diesem Tor zur Hölle loderte ein Fegefeuer, extrem heiß und in seinem Brennpunkt so grell, dass es in den Augen schmerzte. Er konnte den Blick nicht von dem Sondermüll abwenden, der in Zeitlupe im Schlund des Ofens verschwand. Die Hitze hier sei fast so hoch, informierte sie der Guide, wie im Inneren der Erde. Um den wertvollen Schrott in seine Elemente zu scheiden.

»Diesen Weg wäre auch der Computer gegangen, den ich für euch auf die Seite geschafft habe«, sagte der Hephaistos der neuen Zeiten. »Kommt jetzt mit, ich muss bald zurück auf meinen Posten, die Kameras wieder aktivieren, bevor es auffällt.«

Sie folgten ihm bis ans Ende eines Ganges. Er entriegelte eine Tür und schob sie hinein, nachdem er sich noch einmal umgeschaut hatte. Es schien sein Büro zu sein, so routiniert, wie er sich in diesem Raum bewegte, der Vincent mehr an ein Lager erinnerte. Allerhand Zeug in verschiedenen Größen stand überall herum, mit Tüchern abgedeckt, sodass man von der Form auf den Inhalt schließen musste.

Noch bevor der Mann in der Ecke war, wo der Computer auf einem Podest stand, verhüllt wie ein Objekt von Christo, hatten sie ihn bereits erblickt.

»Ta-ta«, sagte er, zupfte mit der pathetischen Bewegung eines Toreros das Tuch weg und präsentierte ihnen die Beute.

Ein QC Lightning 21.4. Ein Computer der letzten Generation, der auf der Basis von Lichtquanten operierte. Der erste rein optische Computer, ein Nachfolger des legendären Photronik 21.3, der noch ein opto-elektronischer Hybrid gewesen war. Vincent war schwer beeindruckt. Ein Qu-Bit dieser Maschine, man stelle sich das vor, konnte zur selben Zeit die Zustände 0 und 1 annehmen. Ein gewissermaßen Ding gewordener Widerspruch aus dem Geist der Quantenphysik. Dagegen, dachte er, waren die Wunder der alten Zeiten nicht viel mehr als eitler Kinderkram. Wenn diese Maschine auch noch funktionierte, standen ihm Tür und Tor zum Cyberkosmos weit offen.

Seine Komplizen sahen ihn neugierig an. Bis sie an seiner Miene erkannten, dass er hatte, was er brauchte. Und er schaute fragend zurück, mit großen Augen, als es ihm endlich gelang, den Blick vom Objekt seiner Begierde zu lösen. Durfte er das Wunderding einfach nehmen und damit in der Anonymität der Stadt verschwinden?

Der Führer nickte und schaute unruhig auf seinen Manager. Sie mussten sich beeilen, wenn er keine Schwierigkeiten bekommen sollte.

Vincent zog eine Tasche aus seinem Hosenbund, faltete sie auf, stülpte sie über den Computer und packte sich das Paket unter den linken Arm. Was er da hatte, war ja weder sehr groß noch schwer, wenn auch unglaublich leistungsstark und so schnell wie das Licht selbst.

Der Mann brachte sie zum Ausgang. Sie schüttelten seine Hand. Vincent konnte noch immer kaum fassen, dass er nun endlich hatte, was, wie er hoffte, sein Leben verändern würde. Er fragte, wie er sich erkenntlich zeigen konnte, und weil er chronisch pleite war, fragte er das vor allem sich selbst.

»Die Bekannte Ihrer Frau«, sagte der Guide, »hat mir versichert, dass dieser Computer in Ihren Händen einem guten Zweck dient. In Zeiten wie diesen kann es nicht schaden, wenn die Bürger sich mindestens so gut ausrüsten wie die Regierung. Passen Sie auf sich auf!«

Vincent verstand nur Bahnhof. Sie machten, dass sie weiterkamen. Im Bus fragte er Rita, was der Hüter des Feuers mit seinen letzten Worten gemeint hatte.

»Zerbrich dir nur darüber nicht den Kopf«, sagte sie und blickte ihn seltsam an. »Diese ehemalige Mitarbeiterin von mir, die den Kontakt hergestellt hat, musste sich etwas wirklich Außergewöhnliches einfallen lassen, um dir dieses Spielzeug zu verschaffen.«

Er verstand noch immer nur Bahnhof. Jetzt erst fiel ihm auf, dass sie auf dem Weg in die Siedlung waren, wo er sie getroffen hatte. Er war mit dem Verlauf der Nacht so zufrieden, dass er sich gern treiben ließ an der Seite Ritas, der er diesen Erfolg zu verdanken hatte.

»Hast du gehört, was er gesagt hat?«

Sie wurde immer schöner, je länger sie zusammen waren, kam ihm vor. »Was denn?«

»Er hat mich für deine Frau gehalten! Vielleicht hat er gespürt, dass du mir deine Seele versprochen hast, wenn ich dir helfe.«

»Die ist mir abhandengekommen«, sagte er. »Und was würdest du überhaupt damit anfangen? Falls ich sie noch hätte und dir überlassen würde.«

Sie schien ernsthaft über diese Frage nachzudenken. »Ich würde sie nur haben wollen, um sie freizulassen«, sagte sie, einen Ton dunkler als gewöhnlich, während sich ihr Blick in der Finsternis draußen verlor.

Wie er angenommen hatte, hauste Rita in einem der Rohbauten. Immerhin sei ihr Block noch an die Wasserversorgung angeschlossen, innen verputzt und sogar verglast worden, klärte sie ihn auf, als er ihr über die Baustelle folgte, vorüber an Hügeln aus Sand, Schotter und Bauschutt. Riesige Stapel Pfosten und Bretter, wie sie hier noch überall herumstanden, sagte sie, seien schon von den Bewohnerinnen in die Häuser gebracht und verbaut oder verheizt worden. Strom gebe es aber nur in jenen Häusern, deren Besetzerinnen – sie gebrauchte die weibliche Form, fiel ihm auf – in den Besitz eines Dieselgenerators gekommen seien.

Er wurde den Eindruck nicht mehr los, dass all das hier, die Rohbauten dieser Satellitenstadt für Tausende, ihr viel mehr am Herzen lag als der Umstand, dass sie nur einen Unterschlupf gefunden hatte, vermuten ließ. Sie identifizierte sich mit dem Ganzen wie mit einem Projekt, kam ihm vor. Aber als er sie darauf hinwies, lachte sie nur. Sie wechselte das Thema und zog ihn an der Hand hinter sich her über das unwegsame Gelände.

So weit er sehen konnte, flackerte in Hunderten Fenstern Licht von Kerzen, Petroleumlampen und Gasglühstrümpfen. Nur aus wenigen Häusern strömte, wie Rita gesagt hatte, elektrisches Licht. Unterwegs stießen sie auf ein paar Gruppen, Kinder mit Hunden an Leinen und Frauen, die auf eine lockere Art uniformiert waren. Sie änderten ihr Verhalten, sobald sie die beiden sahen, hörten auf zu reden. Sie grüßten auffällig höflich und distanziert, bevor sie zu tuscheln begannen, nachdem sie an ihnen vorüber waren.

An einer finsteren Ecke wurden sie angehalten und er musste seine Beute vorzeigen. Die Anführerin der kleinen Patrouille schüttelte nur den Kopf, als sie den Computer sah. Der QC-Lightning 21.4 war nicht auf ihrem Radar. Ihm fiel ein Stein vom Herzen. Als sie den Strahl der Taschenlampe auf Ritas Gesicht richtete, nahm sie plötzlich Haltung an, entschuldigte sich und zog mit den anderen weiter.

»Was war das?«

»Wir müssen uns hier um unsere Sicherheit kümmern«, sagte Rita.

»Das meine ich nicht«, sagte er. »Warum verhalten sich diese Patrouillen so, wenn sie dich erkennen?«

»Sie kennen mich eben«, sagte sie, und er konnte an ihrem Tonfall auch das hören, was sie nicht sagte, dass sie nämlich keine Lust hatte, jetzt mit ihm darüber zu reden.

Rita bewohnte eine ganze letzte Etage, von der aus man über eine Treppe auf das Flachdach steigen konnte. Sie hatte aus Bauholz eine Pergola errichtet, die unter dem Grün von Pflanzen fast nicht mehr zu sehen war, und ein aus Paletten gebautes Ensemble, zum Sitzen und Liegen. Wie der Tisch im Souterrain, dachte er, den sie mit dem Filz eines Billardtischs bespannt hatten. Der Duft der vielen Blüten in der lauen Nacht benebelte seine Sinne.

Sie zeigte ihm alles, führte ihn herum, erklärte ihm, wo sie dies und jenes her hatte, oder wie sie es gemacht hatte, bevor sie es sich mit einer Flasche Wein auf dem Dach bequem machten. Diese Nacht war derart klar, dass das Licht des Mondes und der Milchstraße ausreichte, einander in die Augen zu schauen. Wenn sie nur nahe genug zusammenrückten.

»Ist das hier dein Leben?«

Sie wich aus: »Das ist das, was du von mir kennst, aber auch das, was du noch nicht kennst oder zu kennen glaubst.«

Sie legte einen Arm um ihn und zog ihn an sich. In ihm brach etwas entzwei. Ein Damm, der die Wasser seines Kummers zu lange aufgestaut hatte. Um nicht inwendig zu ertrinken, musste er, ob er wollte oder nicht, seine Schleusen öffnen.

Rita küsste ihn, während eine Träne nach der andern über sein Gesicht lief. Sie wischte die Tränen mit ihren Daumen weg, bis er sich an ihren Hals sinken ließ, der nach dem roch, was er auf einmal wieder vermisste.

Etwas hatte sich verändert, da bestand kein Zweifel. Seit er, unbeschwert wie lange nicht mehr, Ritas Haus nach einem ausgiebigen Frühstück verlassen hatte, um mit seiner Beute nach Hause zu gehen, schaute er mit anderen Augen auf die Welt. Dass alles, was er wahrnahm, in einem speziellen Licht erschien, hatte nicht nur damit zu tun, dass dieser Tag den Hochsommer vorwegnahm. Er persönlich hatte ja nichts dagegen, wenn das halbe Jahr über Sommer war, so verheerend die Auswirkungen des Klimawandels in den sensiblen Regionen der Welt auch sein mochten.

Die Welt funkelte gerade wie die Oberfläche des Meeres bei Ebbe zur blauen Stunde, weil Rita sie für ihn verwandelt hatte. Als sie einfach so dagelegen waren, erschöpft und zufrieden, erzählte sie ihm, was es mit dieser Stadt am Rande der Stadt auf sich hatte und welche Rolle sie dabei spielte.

Sie wusste, wer in dieser Siedlung eine Anzahlung für eine Wohnung geleistet hatte und dann von den Kreditgebern, Baufirmen und zuletzt der Regierung im Stich gelassen worden war. Es war so etwas wie ein Vorzeigeprojekt der Regierung gewesen, ganz auf Frauen zugeschnitten, die ihre Kinder allein großzogen, weil die Väter nicht mehr greifbar waren. Trennungen. Scheidungen. Todesfälle. Schicksalsschläge aller Art. Manche waren von heute auf morgen verschwunden, wie Galas Vater.

Ein soziales Projekt für Alleinerzieherinnen, für das sie verantwortlich gewesen war, hatte Rita gesagt, gefördert durch günstige Kredite und lange Laufzeiten, die sich auch Frauen leisten konnten, die in Frauenhäusern lebten. Es wurde dann so sehr zu ihrem Projekt, dass sie, als es bereits den Bach runterging – die Anzahlungen, Kredite, Verbindlichkeiten – und die Baufirmen sich »eine nach der andern über die Häuser hauten«, ja dass sie noch zu diesem Zeitpunkt alles Mögliche und leider auch Unmögliche versuchte, um Geld aufzutreiben, und das hieß, auch ihr Vermögen in das scheiternde Projekt zu stecken. Jetzt war es wieder zu ihrem Projekt geworden, und sie dachte nicht daran, sich von den Behörden, die sie raushaben wollten, ein weiteres Mal über den Tisch ziehen zu lassen.

Hatte sie erst einmal herausgefunden, wo eine dieser Frauen lebte, machte sie sich auf die Suche. Meist konnte sie die Frauen davon überzeugen, zu ihnen in die Trabantenstadt zu ziehen, wo sie keine Miete zahlen mussten und Unterstützung von der Gemeinschaft bekamen. Waren die Frauen noch immer hoch verschuldet, weil sie ihr ganzes Geld in die Anzahlung einer Wohnung gesteckt hatten, dann waren sie wesentlich leichter zu überzeugen, als wenn es ihnen gelungen war, ein neues Leben zu beginnen. Manche von ihnen waren inzwischen im Prater, in den Auen oder im Wald gelandet, in Hütten oder Zelten. Die waren froh, endlich wieder ein Dach über dem Kopf zu haben.

Der Alltag in der Trabantenstadt war gut organisiert. Die Frauen hielten zusammen. Und gelegentliche Differenzen konnten der Gemeinschaft bisher kaum etwas anhaben. Was aber das Projekt noch jederzeit zum Scheitern bringen konnte, war ein Beschluss der Regierung, dort mit Baggern, Polizei und Militär anzurücken und die Rohbauten mit Gewalt zu räumen. Rita hatte noch alte Verbindungen, hatte sie ihm versichert, vielleicht auch mehr sich selbst, und zwar in der Hoffnung, dass sie rechtzeitig gewarnt werden würden, um etwas gegen eine Räumung zu unternehmen. Dieser Tage hatte die Regierung aber genug damit zu tun, gegen Demonstrationen vorzugehen, die mittlerweile zu allen möglichen Zeiten an allen möglichen Orten der Stadt aufpoppten.

Bevor er sich auf den Weg gemacht hatte, hatte sie ihm noch anvertraut, dass sie einen bereits erwachsenen Sohn hatte, der in Deutschland lebte. Ihm war es ja bisher versagt geblieben, ein Kind aufwachsen zu sehen. Wenn er sich das überhaupt je vorstellte, sah er jedes Mal ein Mädchen vor sich. Ein kluges, hübsches, schlimmes Mädchen, das Gala ähnelte.

Er nahm den schönen Weg, der gar nicht mehr so schön war. Die Donauinsel entlang, dann quer durch den Prater in Richtung Südosten. Dem Fluss folgen, über das Wasser, dann durchs Grüne.

Die Massen der Städter, die hier früher ihre Freizeit verbracht hatten, waren Scharen von Obdachlosen gewichen. Fast überall lagerten sie. In Buden und Zelten, sogar in Baumhäusern. Nicht wenige ertränkten den heillosen Kummer über ihren Abstieg in Alkohol. Aber die meisten, so schien ihm, wenn er genau hinsah, hatten sich mit den Verhältnissen abgefunden und frönten einer zynischen Lethargie. Einigen gelang es auch unter diesen Umständen, ein geordnetes Leben zu führen, indem sie sich von früh bis spät gegen die fast zwangsläufige Verwahrlosung behaupteten. Sie verwendeten ihre Zeit, von der sie viel zu viel hatten, auf die Instandhaltung ihrer provisorischen Immobilien und deren Ausbau.

Sogar hier, ganz unten, keimte die Hoffnung, und der Kampf um den nächsten Vorteil begann, wo der Kampf gegen den Abstieg endete. Weil er gehört hatte, dass die neuen Siedler ihr Hab und Gut zur Not auch mit Gewalt verteidigten, wanderte er in sicherer Entfernung an ihnen vorüber. Wachsame Augen und das Gebell von Hunden folgten ihm, bis er außer Sicht war.

Im Souterrain angekommen, packte er den QC Lightning 21.4 aus. Er parkte ihn auf dem grünen Filz seines Tisches. Buddy, kam ihm vor, sah ihn aus seiner Ecke traurig an, weil er sich, statt ihn endlich in Betrieb zu nehmen, nun mit einem andern Tool beschäftigte. Sollte der QC defekt sein, versicherte er sich im Voraus, so kannte er immerhin einen Techniker, der im Tweedledee verkehrte und sich mit der Hardware solcher Maschinen auskannte.

Er setzte ihn unter Spannung. Dioden blinzelten ihn der Reihe nach an. Rot. Orange. Gelb. Grün. Saphirblau. Der Desktop belebte sich zugleich mit dem Druck auf die entsprechende Taste. Er war aufgeregt wie ein Teenager, der zum ersten Mal ein Mädchen auf den Mund küsst. Die Impulse in dem Gerät waren um einiges schneller als die in unseren Nervenbahnen.

Das war es aber auch schon wieder. Der Computer war noch immer mit einem Passwort vor dem Zugriff Unbefugter geschützt.

Er aktivierte seinen Manager, löschte das alte Passwort – das den Humor der Beamten im Ministerium spiegelte, es lautete Regithcämlla, eine Umkehrung also von Allmächtiger – und setzte sein eigenes an dessen Stelle, das er sich auf dem Marsch durch die Donauauen ausgedacht hatte: Galatea@Bigelow. Das wäre wenig originell gewesen, hätte er das Passwort nicht mit der Auflage versehen, sich bei jedem Login in eine andere Variation seiner Zeichen zu verwandeln. Ein gefinkelter Algorithmus, den er im Kopf hatte, der kaum zu knacken war, würde die Abfolge der Variationen determinieren.

Dann war er auf einmal drin. Warum erstaunte es ihn nicht, dass man es verabsäumt hatte, die Inhalte zu löschen, bevor man das Gerät ausgemustert hatte? In der Abteilung für gläserne Bürger war man offenbar der Meinung, die Daten der Bürger seien nicht mehr viel wert, wenn man sie erst einmal hatte. Im Gegensatz zu jenen Daten, die man sich um jeden Preis und mit allen Mitteln erst noch beschaffen musste.

Bis jetzt funktionierte der QC genau so, wie es seine Entwickler beabsichtigt hatten. Wie er es bei Database gemacht hatte, nachdem ihm Herb den Tipp gegeben hatte, drang er, Schritt für Schritt, in die Regionen des Cyberkosmos vor, wo er auf das Schließfach gestoßen war.

Er erinnerte sich, wie seine feuchten Hände gebebt hatten, als er das letzte Mal vor dem Eingang zu dem kryptologisch verschlüsselten Schließfach hatte Halt machen müssen, weil er die durch die Flure des Büroturms näher kommenden Schritte der Securitys gehört hatte; aber auch, weil er nach dem Debakel dieses Tests gar nicht mehr in der Lage gewesen wäre, etwas zu verkraften, das mit Gala zu tun hatte.

Jetzt fühlte er sich stark genug, sich auch mit Wahrheiten zu konfrontierten, die ihm vielleicht gar nicht in den Kram passten. Mit Wahrheiten, die er sich bisher geweigert hatte, in Betracht zu ziehen, weil sie die Rolle, die er sich selbst (Galas Verschwinden betreffend) zugedacht hatte, in Zweifel ziehen würden. Und mit Wahrheiten, die er überhaupt nicht wissen wollte, weil sie womöglich die Lösung der Rätsel beschleunigen und ihm seine letzten Ambitionen rauben würden.

Er schob diese Gedanken beiseite, holte sich eine Dose Soma aus dem Kühlfach, bestellte sich mit vor Erwartung vibrierender Stimme Musik, *Also sprach Zarathustra*, und aktivierte die Lichteffekte, die Lukas installiert hatte, in dem nun rasch dunkler werdenden Raum, wo der Anstrich des Fußbodens in einem sanften Grün zu glimmen begann, während sich die über die Wände huschenden Schatten in nichts auflösten.

Die Programmierung eines E-Keys, der genau in das Schloss des Schließfachs passte, kostete ihn doch mehr Zeit, als er erwartet hatte. Die Sicherheitsstandards waren gestiegen, musste er zur Kenntnis nehmen, seit er als Programmierer in der Robotik-Abteilung eines Konzerns mit ähnlichen Problemen zu tun gehabt hatte.

Als es nach Mitternacht geworden und er noch nicht in die geschützte Zone eingedrungen war – erschöpft, aber auch überdreht und zugleich nervös vom Soma –, gab er sich einen Ruck, checkte Herbs Adresse und fragte bei ihm an, ob er ihm über das Hindernis helfen konnte, vor dem er damals bei Database kapituliert hatte. Ein toter Punkt, den er nun auch nicht zum Leben zu erwecken vermochte.

Er sah das lässige Grinsen Herbs vor sich, die Perlen seiner makellosen Zähne im Busch seines Bartes, während er die Lösung des Problems in seinen Manager diktierte; die so prompt bei ihm ankam, als hätte Herb nur darauf gewartet, ihm zu zeigen, wie es ging.

Wie so oft war es nicht komplizierter, sondern einfacher, als er gedacht hatte. Noch immer hatte er Angst davor, diese Büchse der Pandora zu öffnen. Aber der Wunsch, etwas über Gala zu erfahren und den Schleier zu lüften, der auf seinen letzten Jahren lag, war stärker als diese Furcht, und nachdem er auf allen möglichen Wegen durch seine Wohnung getigert war, fläzte er sich wieder in den Sitz des Opel Commodore und transkribierte den Code, den Herb geschickt hatte.

Lichtquanten flitzten mit ungefähr dreihunderttausend Kilometern pro Sekunde durch den Cyberkosmos, um zu tun, was er ihnen aufgetragen hatte. Und siehe da, plötzlich, keinen Gedanken später, öffnete sich das Schließfach wie von selbst und ließ ihn ein.

London, 17. Dezember

Liebe Gala,

es geht auf Weihnachten zu, und wie jedes Jahr um diese Zeit, die mich wie keine andere dazu zwingt, über die Vergangenheit nachzudenken, holen mich auch diesmal wieder allerhand Erinnerungen ein, gute wie schlechte. All die Jahre, die ich nun aus Wien weg bin, war ich der festen Überzeugung, dass ich gut daran tue, dich nicht über die Hintergründe des Verschwindens deines Vaters aufzuklären.

Du warst ein Mädchen in der Pubertät, voll Zweifel und Abscheu über diese Welt (die nun einmal ist, wie sie ist!). Ein kluges und allzu sensibles Mädchen an der Schwelle zu seiner Zukunft, die ich dir mit dem Enthüllen der Wahrheit nicht noch erschweren wollte. Heute, nach vielen Nachforschungen, die ich betrieben habe – aus zutiefst persönlichen Gründen zunächst, später dann immer mehr aus solchen, die mit meinem investigativen Beruf zusammenhingen –, bin ich mir nicht mehr ganz so sicher wie damals, dass alles genau so war, wie es den Anschein gehabt hat. Nun, vielleicht werden wir nie erfahren, was damals wirklich vorgefallen ist. Warum dein geliebter Vater auf einmal aus unserem Leben verschwunden ist, als ob es ihn gar nie gegeben hätte, kann ich noch immer nicht mit Sicherheit sagen. Dass er aber verschwinden musste, daran zweifle ich mittlerweile nicht mehr.

Wie dem auch sei, mein Kind, es gibt jedenfalls einen triftigen Grund, der mich dazu verpflichtet, dich über all diese Vorfälle aufzuklären, solange ich das noch tun kann. Du sollst nicht nur auf Mutmaßungen und Spekulationen angewiesen sein, mit denen ich dich, wie ich jetzt ahne, schon viel zu lange alleingelassen habe. Aber du sollst dir um mich auch keine großen Sorgen ma-

chen, wenn du das hier liest. Denn mir geht es, den dummen Umständen entsprechend, ganz gut, wenn mir nicht gerade die Chemikalien, die ich leider einwerfen muss, den Geist vernebeln. Als Journalistin habe ich immerhin gelernt, die Dinge zu nehmen wie sie sind und den Tatsachen ins Auge zu sehen. Hinter den Anschein zu gelangen und der verbrieften Wahrheit, oder was man dafür ausgab, in den Ausschnitt oder bloß nachlässig zugeknöpften Schritt zu spähen, war, was ich wollte, solange ich im Netz für das Recht auf authentische Informationen gekämpft habe, wenn es mich auch an so manchen Abgrund gebracht hat.

Und warum, frage ich nun, vielmehr mich als dich, sollte ich meinem einzigen Kind nicht schulden, was ich immer geglaubt habe, der Gesellschaft zu schulden, die doch wohl aus Menschen besteht, wenn ich mich nicht irre? Lauter Individuen, von denen jedes ein einzigartiges Leben hat, sogar wenn es immer weniger danach aussieht, und seinen eigenen Tod stirbt, mögen die Statistiken der Versicherungskonzerne auch das Gegenteil behaupten.

Wo immer du dich auf deinem Weg befindest, in dem ich mehr eine Flucht sehe, eine Flucht in deine ungelöste Vergangenheit nämlich, ich bin in Gedanken und mit ganzem Herzen bei dir. Wenn ich auch noch immer daran zweifle, dass du finden wirst, was du suchst.

Bis zu einem gewissen Grad kann ich dich über die Dinge aufklären, die dich seit mehr als zwanzig Jahren beschäftigen, wenn du das möchtest (ich möchte es!), allerdings glaube ich nicht, dass du dich mit meiner Sicht der Dinge zufriedengeben wirst. Immerhin bin ich befangen, würde es wohl vor Gericht heißen, und das gebe ich auch zu. Aber ich bin immer noch deine Mutter, und ich kenne dich, wie eben nur eine Mutter ihr Kind kennt. Vergiss das nicht auf der Suche nach der Wahrheit, die am Ende vielleicht auch nur deine Wahrheit sein wird, und damit nicht mehr als ein Teil der ganzen Wahrheit, die nur Gott kennen würde, gäbe es ihn. Falls es dich erstaunt, dass ausgerechnet ich, eine Atheistin mit Leib und Seele, seit ich denken kann, ein so schwammiges Wort benutze, um mich der Wahrheit zu nähern, so kann ich dazu nicht mehr sagen, als dass es mich in dunklen Stunden tröstet, ob ich nun daran glaube oder nicht.

Pass auf dich auf, mein Schatz! Die Welt ist klein geworden, aber Dummheit und Niedertracht leuchten in alter Größe! Wo spielt ihr gerade? Und was? Habt ihr immer noch den guten alten Brecht im Repertoire? Bist du mit deiner Suche, die ich dir nicht ausreden kann, ein Stück weiter gekommen? Vielleicht ist es am besten, wenn du deinen Vater so in Erinnerung behältst, wie du ihn gemocht hast. Diesen Strizzi, wie die Wiener einen liebenswerten Blender nennen. Ich weiß, ich wiederhole mich, aber lass bitte nicht zu, dass alte Geschichten deine Gegenwart bestimmen, und noch weniger deine Zukunft, die du – im Gegensatz zu mir – noch vor dir hast. Und vergiss nicht: Feet on the ground and head in the sky!

Deine Mom

P.S.: Hast du noch je etwas von deinem Freund gehört? Ich habe ihn schon gemocht, deinen Vincent, diesen stillen Mann mit dem tiefen Blick, auch wenn ich ihm das bei unserem einzigen Treffen nicht gezeigt habe, weil ich eifersüchtig war.

Bangkok, 23. Dezember

Liebe Mom,

es geht mir, den Umständen entsprechend, gut. Bei über dreißig Grad Hitze kommt aber kaum Weihnachtsstimmung auf, auch wenn die Thais dieses Geschäft hier mit einer Emsigkeit betreiben, als wäre es das wichtigste Fest im Buddhismus. Hauptstraßen und Alleen sind geschmückt, wie ich es bisher nur aus Wien kannte.

Alles glitzert und leuchtet um die Wette. Am schönsten sieht man es, wenn man mit dem Skytrain in die Sukhumvit Road fährt, wo wir am English Theatre gastieren. In dieser Stadt leben seit der großen Krise in Europa mittlerweile so viele Engländer, dass wir mit unserem doch recht anspruchsvollen Stück schon seit zwei Monaten auf dem Spielplan stehen. Und es ist kein Ende in Sicht! Wir würden ja gerne »Jedem das Seine« spielen, das ins Englische übersetzt worden ist, solange aber »Blick zurück im Zorn« so gut läuft, kommt das wohl nicht infrage. Du siehst, der gute alte Brecht, wie du ihn nennst, muss hier noch auf seine Chance warten. Wenn ich frei habe, zwischen den Aufführungen und an den spielfreien Montagen, mache ich mich auf die Suche nach Vater. Ich folge den Hinweisen und Spuren, die ich habe, viele sind es nicht. Die Cyberdetektei, die ich beauftragt habe, nach ihm zu suchen, hat seine Spur auf den Kanaren verloren. Dass er sich später hierher, nach Bangkok, abgesetzt hat, ist meine Vermutung, die aber auf nichts als meiner Erinnerung fußt. Papa war doch schon früher, bevor er dich kennengelernt hat, immer wieder in Thailand. Wenn er mir davon erzählt hat, habe ich das Gefühl gehabt, dass er lieber dort wäre als in Wien. In jenem Siam, wie er das schöne Land hartnäckig genannt hat. Viel lieber jedenfalls als im Sumpf der Wiener Baubürokratie, von der ich als Kind so gut wie nichts mitbekommen habe. Vielleicht weißt du ja Dinge aus diesen Tagen, die mir helfen? Du verschweigst mir doch noch immer die Wahrheit über Papas Verschwinden! Ich bin aber nicht mehr das kleine Mädchen, das du vor der bösen Welt beschützen musst. Du schreibst zwar davon, es sei Zeit für die Wahrheit, lässt dem aber keine Fakten folgen, wie du es doch dein Leben lang als Journalistin getan hast. Du eierst herum, Mama, lass dir das gesagt sein. Du wirst schon deine Gründe haben, sage ich mir, nicht mit allem herauszurücken, und das respektiere ich, aber trotzdem: Lass deinen Prophezeiungen Taten folgen. Du wirst sehen, es tut dir gut, endlich reinen Tisch zu machen mit deiner, mit unserer Vergangenheit. Wir können nicht länger so tun, als wäre Dad ganz einfach nur verschwunden und sonst nichts. Wenn ich etwas herausgefunden habe, dann dass er uns nicht einfach verlassen hat, von einem Tag auf den anderen, sondern dass er geflohen ist. Dass er sogar flüchten musste, weil er in großer Gefahr war. Weil vielleicht auch wir in Gefahr waren, seine Familie. Von wem diese Gefahr ausgegangen ist und warum wir in Gefahr waren, das weiß ich nicht, aber ich werde es herausfinden. Darauf kannst du dich verlassen, ob du mir nun hilfst oder nicht. Du kennst mich doch! Einiges deutet sogar darauf hin, dass Papa auf der Flucht seinen Tod inszeniert hat. Irgendwie ist ihm das gelungen. Auch wenn er offiziell nie für tot erklärt worden ist und man natürlich seine Leiche nicht gefunden hat. Die Inszenierung und der Umstand, dass er verschwunden blieb, haben seinen Verfolgern offensichtlich gereicht, um von ihm und uns abzulassen. Ohnehin sind nach den Wahlen andere Leute an die Macht gekommen, und jene, die hinter ihm her waren, hatten wohl nicht mehr die Mittel, ihr falsches Spiel zu Ende zu spielen. Ein paar sind auch verurteilt worden, pro forma, nach dem Regierungswechsel. Ich bin mir sicher, dass du, Mama, einiges von dem weißt, was ich entdeckt habe, vielleicht mehr, vielleicht weniger. Wenn du mehr weißt, musst du es mir jedenfalls sagen! Friss nicht alles in dich hinein, du musst eine Menge Ballast abwerfen, um bald wieder gesund zu werden. Hier hab ich einen Detektiv engagiert, der mir hilft, nach Dad zu suchen. Ein attraktiver Thai, der mich mit seiner Melancholie und seinem Blick an Vincent erinnert, womit wir bei deinem Postskriptum wären. Wenn ich jetzt daran denke, dass ich ihn ohne jede Erklärung verlassen habe, an meinem Geburtstag damals, bin ich mir nicht mehr so sicher, dass ich so gar keine andere Wahl hatte. Ich bin nicht nur nach Wien zurückgekehrt, um deiner erdrückenden Obhut zu entge-

hen, sondern auch um herauszufinden, was du mir vorenthalten hast. Dein Schweigen über diese Dinge hat meinen Wunsch, mehr zu erfahren, immer stärker werden lassen. In London hätte ich vielleicht leichter Engagements bekommen als in Wien, aber Wien ist die Stadt meines Vaters. Dort beginnen die Spuren, die mich letztlich nach Bangkok geführt haben. Vielleicht hätte ich Vincent anvertrauen sollen, dass ich nach meinem Vater suche. Bestimmt hätte er mir dabei geholfen. Vielleicht hätte ich seinen Ring als das nehmen sollen, wonach sich ein Teil von mir so sehr gesehnt hat. In jenen fernen Tagen und Monaten ist mir aber alles über den Kopf gewachsen. Die Proben zu »Jedem das Seine«, die Erwartung, dass ich bei meinem Freund einziehe, um plötzlich mehr zu sein als seine Geliebte, eine Verlobte und künftige Frau nämlich, und dann die Recherchen, die ich betrieben habe. Und immer wieder dein Schweigen, das einer falschen Rücksichtnahme geschuldet war. All das hat mich am Ende so handeln lassen, wie ich gehandelt habe. Völlig irrational von außen betrachtet, im Grunde aber doch nur meiner inneren Logik folgend, um endlich einen Weg aus diesem Chaos der Erwartungen zu finden. Meiner Erwartungen und der so anderen Erwartungen der anderen. Deiner. Der der Kolleginnen. Vincents. Der Erwartungen Papas sogar, der sich, und das habe ich mir oft vorgestellt, nichts mehr wünscht, als dass ich nach ihm suche. Älter werden, so kommt es mir vor, heißt vor allem auch, mit seinen Entscheidungen leben zu lernen. Den falschen und den richtigen, die ja noch lange nicht die besten sein müssen. Vincent auf diese Weise den Rücken zu kehren, war eine falsche Entscheidung, wie ich heute weiß. Wenn ich an ihn denke, und es vergeht kein Tag, an dem das nicht der Fall ist, färbt sich meine Zuneigung dunkelrot. Aus Scham über den Mangel an Vertrauen in einen Menschen, der mich geliebt hat. Und es vergeht keine Nacht, in der ich mich nicht frage, wie es ihm geht, wo er ist, was er macht und ob es vielleicht noch nicht zu spät ist, ihm das alles zu erklären. Dann stelle ich mir manchmal vor, dass er eine Frau hat, Kinder und ein geregeltes Leben, soweit das in Europa zur Zeit überhaupt noch möglich ist, und es erscheint mir unangemessen und egoistisch, ihn nach allem, was ich ihm angetan habe, wieder zu behelligen. Dass mir nichts anderes eingefallen ist, als von deiner Cybersecurity unsere Spuren im Netz tilgen zu lassen, damit er mich nicht findet, um mich für mein Verhalten zur Rede zu stellen, kommt mir jetzt, nach all der Zeit, auch nicht mehr richtig vor. Eine Zeit lang hat er es versucht, wie wir wissen. Dann hat er es aufgegeben, weil er mich abgeschrieben hat, wie ich vermute. Aus und vorbei! Die Zeit lässt sich nicht zurückdrehen, für keinen von uns. Zeitreisen in unsere Vergangenheit sind nicht möglich, hat mir Vincent einmal erklärt, weil Korrekturen daran zu einer anderen Gegenwart führen würden als der, in der wir uns befinden. Was wiederum nicht der Fall sein kann und immer so weiter. However. Bleibt uns nur die ungewisse Zukunft! Pass auf dich auf, Mom, nimm deine Medikamente ein und verkriech dich nicht in dir selbst. Verabrede dich an den Feiertagen mit Freunden, damit du nicht zu sehr ins Grübeln kommst. Und übrigens, unser Nachbar John Thackeray hat längst mehr als nur ein Auge auf dich geworfen, falls du es noch immer nicht bemerkt hast. Und rede endlich mit mir über das, was du weißt.

Deine Gala

London, 27. Dezember

Mein liebes Mädchen,

hier schneit es seit drei Tagen. Es ist so kalt, dass mir die Haare in der Nase gefrieren. Die Stadt liegt unter einer Decke aus Pulverschnee. So still, dass ich sie in manchen Momenten für ausgestorben hielte, wenn ich es nicht besser wüsste. Auf beinahe schon tropische Sommer folgen immer öfter nordische Winter. Frühling und Herbst sind bloß noch Episoden im Jahreskreis.

In der Vorstadt ziehen Kinder auf Schlitten durch die Gegend, und in der City habe ich sogar Leute auf Langlaufskiern gesehen. Seit es schneit, gibt es so gut wie keine Demonstrationen mehr. Die Straßen Londons liegen so friedlich da, als würden sie auf den Einzug des Erlösers warten.

Ich bin deinem Rat gefolgt, mein Kind, und habe die Feiertage mit Freunden verbracht. An Heiligabend habe ich den Single John Thackeray und die Gordons eingeladen. Du siehst, ich höre auf meine Tochter. Wir haben eine Menge geredet, gegessen, getrunken und die alten Zeiten hochleben lassen, als wir noch voll naiver Zuversicht auf unseren weitverzweigten europäischen Baum geblickt haben, dessen Früchte wir in einer besseren Zukunft ernten wollten. Dessen Stamm aber längst von den Tories und ihren Steigbügelhaltern angesägt worden war, sodass es nur mehr eine Frage der Zeit war, bis er umstürzen würde.

Als wir ein Weihnachtslied angestimmt haben, waren wir schon so betrunken, dass wir uns auf keinen gemeinsamen Text einigen konnten. Grundgütiger! Was für ein Tohuwabohu. Und erst recht, als die Singhs dazugekommen sind. Du kannst dir vorstellen, wie originell Harjoot Singh sein kann, wenn es darum geht, die Stimmung einer kranken Frau an einem solchen Tag zu heben. Manchmal denke ich, dass mir der Gin viel besser bekommt als all diese Medikamente. Mister Beefeater, der mich immerhin beflügelt, während mich die Chemikalien in ein Kriechtier verwandeln, das nicht recht von der Stelle kommt.

Aber nun zu dir, Sweetheart. In deiner letzten Nachricht, das gebe ich gern zu, steht viel Richtiges. Aber auch, aus mangelnder Kenntnis der Umstände, wie ich vermute (woran ich deiner Überzeugung nach sogar die Hauptschuld trage), etwas, das nicht der Wahrheit entspricht. Etwas ganz Wesentliches.

Dass ich mit Informationen über das Verschwinden deines Vaters so gegeizt habe, verdankst du nämlich keiner falschen Rücksichtnahme, wie du annimmst, jedenfalls nicht mehr, seit du erwachsen bist, sondern einem Versprechen, das ich deinem Vater gegeben habe, ja geben musste, bevor er das Weite gesucht hat, um uns aus der ganzen Affäre herauszuhalten, die ihm immer mehr entglitten ist. Dabei sind zwei Männer umgekommen, musst du wissen, und alle beide durch Selbstmord, angeblich. Beide waren Mitarbeiter und Vertraute von Jakob, deren Familien bedroht wurden. Er hat es nicht mehr nur mit korrupten Kollegen aus der Politik zu tun gehabt, sondern mit dem organisierten Verbrechen, das sich damals in Europa ausgebreitet hat wie ein Virus. In einem schwächelnden Europa, dessen Schwäche sich auch dem Umstand verdankt hat, dass global agierende Kriminelle (in erster Linie Wirtschaftskriminelle, Morde waren Kollateralschäden) den Kontinent bis in seine höchsten politischen Institutionen hinein infiltriert und ausgehöhlt haben.

Das sind die Gründe, weshalb dein Vater es vorzieht, weiterhin untergetaucht beziehungsweise tot zu bleiben, obwohl die Interessen der Kriminellen sich seit dem Fall Europas in lukrativere Weltgegenden verlagern, wo nun mehr zu holen ist als in poor old Europe.

Sollte er tatsächlich in Bangkok sein, wie du vermutest, könnte er auch dort bald nicht mehr sicher sein. In Südamerika, Asien und Afrika wächst die Wirtschaft weiterhin, falls dort die Frommen noch nicht das Sagen haben jedenfalls, und wo die Wirtschaft wächst, wachsen Parasiten mit, die ihren Wirt aussaugen, bis er zugrunde geht. Dann ziehen sie weiter. Zum Glück, mögen sie denken, ist die Erde eine Kugel, die man immer wieder aufs Neue umrunden kann.

Vergiss also nicht, dass du deinen Vater mit deiner – verständlichen – Neugier in Gefahr bringen kannst. Falls jemand, der kein so lauteres Motiv hat wie du, den Spuren folgt, die du auf deiner Suche hinterlässt, führst du ihn womöglich auf Jakobs Fährte und erreichst das Gegenteil von dem, was du dir erhoffst. Allein dass wir einander offen über diese Dinge berichten, bereitet mir Unbehagen. Ein E-Schließfach wie dieses sei das Sicherste, was es gebe, um weltweit und diskret zu kommunizieren, hat mir Wanda Cole geschworen, unsere Expertin für Datensicherheit, aber ich weiß nicht so recht. Viel zu vieles, was gewiss erscheint, überlebt sich, wenn man nur das zweifelhafte Glück hat, in die Jahre zu kommen.

Stell dir vor, Liebes: John, dem ich mit meiner Einladung Mut gemacht habe, hat mich gebeten, den Start ins neue Jahr mit ihm in der City zu feiern. Zwei Plätze in einem schicken Restaurant hat er schon bestellt gehabt, als er mich gefragt hat. Er ist also entweder ein Optimist, oder eine andere Frau ist ihm abgesprungen und ich bin nur der Ersatz. So viel zu den beiden Augen, die er angeblich auf mich geworfen hat!

Und noch etwas. Du wirst dich ja in Bangkok manchmal im Netz in unseren Newsroom verirren und es vielleicht schon wissen: Die National Party ist drauf und dran, sich bei den nächsten Wahlen mit den Tories die absolute Mehrheit zu sichern und den Anspruch auf den Premier zu stellen. Die meisten trauen es nur mehr diesen schon zum Frühstück Kreide fressenden Nationalisten zu, das Land aus der Krise zu führen. Das nenne ich nun den Bock zum Gärtner machen!

Pass du nur auf dich auf, ich komme hier ganz gut zurecht! Und versprich mir, nicht nach London zu fliegen, solange es noch so viele Anschläge auf britische Bürger, Einrichtungen und Flugzeuge gibt! Wenn einen der Körper im Stich lässt, beginnt man sich ein anderes Leben zurechtzulegen. Eins, das zu einem passt, ob es einem nun passt oder nicht. Aber solange man mir im Britannia Hospital nicht die Behandlung verweigert, weil ich zum alten

Eisen gehöre, werde ich wohl noch ein wenig unbequem bleiben müssen. Und dass ich es nicht vergesse: Happy New Year! Das wünsche ich dir hiermit schon jetzt, falls wir nicht mehr dazu kommen, einander zu schreiben. Ich habe in den nächsten Tagen ein paar invasive Untersuchungen zu überstehen. Drück mir die Daumen!

Deine Mom

P.S.: Verbohr dich bloß nicht allzu sehr in die Suche nach deinem Vater. Ich glaube, dass es sicherer ist, wenn er sich mit uns in Verbindung setzt, sobald er es für angebracht hält. Und was diesen Vincent Pygmali angeht, so denke ich kranke Hexe immer mehr, dass es besser ist, die erste große Liebe irgendwie zu überstehen, um dann in einer Beziehung, die auf Sympathie und gemeinsamen Interessen fußt, sein langfristiges Glück zu finden.

Verzeih mir, dass ich dir mit den Ansichten einer mitunter auch frustrierten Alten komme. Tu einfach, was du für richtig hältst, woran ich dich ohnehin noch nie hindern konnte!

Bangkok, 1. Jänner

Liebe Mom,

gestern, nach der Abendvorstellung, war der Detektiv bei mir in der Garderobe und hat mir zu verstehen gegeben, dass er womöglich auf eine Spur gestoßen ist, die zu Papa führt. Noch ganz aufgeputscht vom Ende des Stücks und dem Applaus, bin ich dem armen Mann um den Hals gefallen, dessen Blick mich wieder an Vincent erinnert hat. Herr Deng hat meine Begeisterung aber auch gleich wieder gedämpft und zu bedenken gegeben, dass es sich zur Zeit um nichts als eine vage Spur handle, von der er nicht sagen könne, wohin sie uns führen werde. Er sei, über einen Kontakt bei der Polizei, auf die Akte eines Ausländers gesto-

ßen, der sich seit ein paar Jahren in Thailand aufhalte, was aber noch lange nicht gegen das Gesetz verstoße. Und dieser Mann sei hierorts auch erst einmal mit dem Gesetz in Konflikt gekommen, hat Herr Deng mir berichtet, nämlich als er beschuldigt wurde, nach einem kleinen Sachschaden Fahrerflucht begangen zu haben. Nachforschungen bei einer Leihwagenfirma hätten ergeben, dass es sich um einen Ausländer handeln dürfte, der schon mehrere Male, unter verschiedenen Namen und mit gefälschten Papieren, Autos und Unterkünfte gemietet habe. Was sagst du dazu, Mama? Das heiße aber noch lange nicht, dass es sich um den Mann handle, den wir suchen. In Thailand würden sich seit jeher Verfolgte, Gesuchte und Abenteurer aus aller Welt tummeln, die eine fragwürdige Vergangenheit hinter sich zu lassen hätten. Trotzdem. Dass sie vermuten, es könnte sich um einen Österreicher handeln, lässt mich hoffen. Zugleich aber fürchte ich, wovor du mich gewarnt hast: dass ich meinen Vater mit meinen Recherchen aus seinem Versteck treiben könnte, wo er bis jetzt einigermaßen sicher war. Soll ich meinen Auftrag bei dieser Detektei zurückziehen, was meinst du? Andererseits wird er von den Behörden gesucht, was in Anbetracht des Delikts und der Laxheit der Behörden hier nicht viel heißen muss. Bisweilen beschleicht mich das Gefühl, was immer ich auch mache, könnte falsch sein, und es wäre vielleicht besser, wie Buddha nur unter einem Baum zu sitzen und die Welt an sich vorüberziehen zu lassen. Ich danke dir für die offenen Worte in deiner letzten Nachricht, mit denen du mir zugestanden hast, dass ich mit meinen Mutmaßungen über Papa nicht ganz falsch liege. Warum du mir nach wie vor verschweigst, was es war, das Papa damals zur Flucht gezwungen hat, kann ich nicht verstehen. Welche Art von Geschäften? Aus seiner Tätigkeit als Baustadtrat kann ich nur schließen, dass es vielleicht etwas mit der Stadtplanung oder einem Bauvorhaben zu tun hatte. Aber das muss ja nicht so sein! Was meinst du?

Falls ich dir mit meiner Verbohrtheit, wie du meine Bemühungen um Papa nennst, auf die Nerven gehe, hier ein kleiner Trost: Ein Frohes Neues Jahr! Apropos, wie sind denn die Untersuchungen gelaufen? Und wie war es zu Silvester mit dem guten John? Hat er dir den Hof gemacht? Wollte er dich etwa rumkriegen, der alte Schwerenöter? Amüsiere dich ruhig, Mom, das tut dir gut, vergiss aber dabei nicht ganz, dass Papa wieder auftauchen kann. Ich hab mit unserer Truppe die Nacht durchgefeiert, in einem trendigen Schuppen in der Khao San Road, und mir dann ein Tattoo stechen lassen, das ich schon immer haben wollte. Was für eins, das verrate ich dir aber erst, wenn du mir wieder etwas über meinen Vater erzählst, was ich noch nicht weiß.

Kisses, Gala

P.S.: Was Vincent angeht, so ist mir erst nach und nach klar geworden, was ich aufgegeben habe, als ich ihn verlassen habe. Er war der erste Mann, der mich nicht ummodeln wollte. Hinter seinem verhaltenen Benehmen verbirgt sich ein toleranter und kluger Mensch, auf den man sich verlassen kann. Ich stelle mir manchmal vor, wie die Krise, die ja auch seine Branche getroffen hat, sich auf sein Leben ausgewirkt haben mag. Was er jetzt macht, in diesen Zeiten, Tagen und Stunden? Und ich versuche mir einzureden, dass er mein Verschwinden mittlerweile nur mehr auf jene Art kommentiert, die ich so an ihm gemocht habe. Distanziert, klar und trocken. Wer ein heißes Herz hat, braucht sicher einen kühlen Verstand, damit die Sicherungen nicht durchbrennen. Heute bin ich mir ziemlich sicher, dass ich mich ihm mit der ganzen Last, die mich damals fast erdrückte, hätte anvertrauen können. Dass er mir geholfen hätte, Papa zu suchen. Am meisten Angst hatte ich damals vor dem Kind, das er sich gewünscht hat. Ein Baby hätte mich bei dem, was ich wollte, derart eingeschränkt, dass ich am Ende wieder so depressiv geworden wäre wie damals, als Vater verschwunden ist. Diese Angst hat mich ja schließlich auch dazu gebracht, über Nacht zu türmen und alles, was ich mit dieser Angst in Verbindung gebracht habe, hinter mir zu lassen. Ich hoffe, dass du mich verstehst, du weißt Bescheid, und ich schreibe dir das nur, weil ich es Vincent nicht erklären kann.

London, 1. Jänner

Mein Schatz,

ein Frohes Neues Jahr! Mögen deine Wünsche alle in Erfüllung gehen, jedoch nicht meine Befürchtungen. Zuerst die schlechte Nachricht, dann die gute: Man hat eine pathologische Wucherung gefunden, in meinem Kopf ausgerechnet, den ich bis dato für unfehlbar gehalten habe. Man hat eine Biopsie gemacht, wobei man mir bei vollem Bewusstsein mit einer Nadel mitten ins Gehirn gestochen hat. Ich konnte die Operation mit eigenen Augen auf einem Monitor mitverfolgen. Wie auch immer. Es war jedenfalls interessanter als das meiste, was über unsere E-Tapeten oder durch unsere Wohnungen flimmert, das kann ich dir sagen.

Nun gilt es, die Ergebnisse der Laboruntersuchungen abzuwarten. Ich werde es wohl nehmen müssen, wie es kommt. Noch ist nicht sicher, ob ich mir, wenn es ans Eingemachte geht, diese Laseroperation überhaupt werde leisten können, nachdem meine Krankenversicherung Konkurs angemeldet hat. Hilf dir selbst, dann hilft dir Gott! Ja, gut und schön, von mir aus. Wie soll ich mir aber selbst dabei helfen, diesen Schaden auf meiner Festplatte zu beheben? (Sarkasmus off.) Ich muss jetzt ein wenig heulen, dann schreibe ich weiter.

Ach ja, die gute Nachricht bin ich dir noch schuldig. John Thackeray hat sich als das entpuppt, wofür ich ihn immer gehalten habe. Ein Gentleman und Sportsman in Personalunion. Das soll heißen, er weiß, wann er sich zu benehmen hat, aber auch, wann er angreifen muss. Zweifellos gehört er zu einer andern Sorte Männer als dein Vater, der noch auf seinen Charme gesetzt hat, wenn bereits Feuer am Dach war. Ich bin aber nicht so weit gegangen, wie du vielleicht glaubst, und habe John gerade so viel von der Beute zu kosten gegeben, dass es seinen Appetit steigert. Dass aber die Beute vielleicht bereits dem Untergang geweiht ist, habe ich verschwiegen. Ich war nahe dran, ihm von der Untersuchung zu erzählen, doch dann hat er mir leidgetan. Ich wollte seine guten Absichten und Hoffnungen nicht gleich derart auf die Probe stellen.

Dass ihr in Bangkok anständig gefeiert habt, freut mich zu hören, mein Kind. Aber dass du dich tätowieren hast lassen, na ja, ich weiß nicht so recht. Macht man das überhaupt noch? Ich war mir sicher, es wäre ein Relikt aus den zehner Jahren, all die mehr oder weniger gelungenen Stempel zur Fleischbeschau, die sich nicht ändern, wenn du dich veränderst, die aber verwelken und verblassen, wenn deine Haut mit dir altert. Ich würde aber trotzdem gern wissen, was du dir wo hast machen lassen, um mir nicht die verrücktesten Sachen vorstellen zu müssen.

Der Schaden ist womöglich schon angerichtet, aber dennoch: Als ich meinem Gehirn auf dem Monitor dabei zugesehen habe, wie es von einer Nadel aufgespießt wird, hat sich mir der Entschluss aufgedrängt, es besser gut sein zu lassen. Ich meine damit, dass wir zwei im Cyberspace keinerlei Informationen mehr über deinen Vater austauschen sollten! Die Gefahr ist zu groß, dass irgendein Informatiker dahinterkommt, der für jene Leute arbeitet, vor denen dein Vater flüchten musste. Ich bitte dich, diese Entscheidung zu respektieren. Wenn du wieder nach London kommst, dann rede ich mit dir über alles, was ich weiß, versprochen. Wenn ich auch glaube, dass du dir mehr erwartest, als ich dir überhaupt sagen kann.

Ich muss mich hinlegen, bin schrecklich müde, und mir ist seit

Neuestem oft so kalt. Es schneit auch schon wieder, und die Eisblumen blühen auf allen Fenstern des Hauses. Wer eine solche Blume zu pflücken vermag, heißt es, wird nie mehr frieren.

P.S.: Ich wüsste Bescheid, schreibst du über deine Beziehung zu Vincent, und das stimmt nicht ganz. In gewisser Weise weiß ich Bescheid, wie Eltern eben über die Liebe ihrer Kinder zu anderen Bescheid zu wissen pflegen. Doch im Grunde bist du in diesen Dingen die Einzige, die wirklich Bescheid weiß.

Er brauchte eine Zeit lang, um sich von den Informationen zu erholen, auf die er gestoßen war. Während er in das Schließfach eingedrungen war, hatte er sich keine Gedanken darüber gemacht, was ihn dort erwarten würde. Ein Lebenszeichen von Gala immerhin, das hatte er gehofft, alles andere war zweitrangig. Nun hatte er nicht nur die Gewissheit, dass sie am Leben war, er war sogar mitten in ihr Leben geplatzt. Die Mails, die sie mit ihrer Mutter gewechselt hatte, waren kein halbes Jahr alt. Terrorgefahr hin oder her, dachte er, wenn er Geld hätte, würde er sich trotz der wegen der Sicherheitsvorkehrungen horrenden Ticketpreise ins nächste Flugzeug nach Bangkok setzen.

Nachdem er alles gelesen hatte, wieder und wieder, fand er bis zum Morgen keinen Schlaf mehr. All die Befürchtungen, die er jahrelang über ihr Verschwinden gehegt hatte, verursachten ein veritables Chaos in seinem Bewusstsein, als sie auf einmal wieder da waren. Manches sah er derart klar, als wäre es gestern geschehen, und doch blieb diese Klarheit rätselhaft. Die Erleichterung, dass es ihr gut ging, wo immer sie auch war, in Bangkok oder sonst wo, die ihn endlich von seinen Skrupeln erlöste, wurde immer wieder von alten Zweifeln infrage gestellt. Mochte es nun auch so aussehen, als hätte er bei ihrem Verschwinden nur eine Nebenrolle gespielt, weil es ihr vielmehr darum gegangen war, herauszufinden, wo ihr Vater geblieben war, als ihn zu verlassen (eine Folge ihres hartnäckig gehegten Vorhabens, ein Kollateralschaden gewissermaßen), es beruhigte ihn jedenfalls nur so lange, bis ihm wieder bewusst wurde, dass er dann für sie nicht der gewesen war, der er zu sein gehofft hatte.

Immer wieder erhob er sich, um sich eine Dose Soma aus

dem Kühlschrank zu holen, bevor er sich auf dem Futon ausstreckte, mit hinter dem Kopf verschränkten Fingern, und in sein Zimmer starrte.

Denn wenn es so war, er konnte es drehen und wenden, wie er wollte, hatte sie ihm jedenfalls nicht zugetraut, ihr bei ihren Problemen und Sorgen zu helfen, was er, ohne auch nur zu zögern oder lästige Fragen zu stellen, jederzeit getan hätte. War es aber so, dass doch er es gewesen war, der sie mit diesem Ring in die Enge getrieben hatte, und mit seinen Andeutungen, dass er es sich durchaus vorstellen konnte, Vater zu werden, sodass sie keinen anderen Ausweg mehr gesehen hatte, als einfach zu verduften, dann war die Suche nach ihrem Vater vielleicht nur ein Vorwand (für sie selbst?) gewesen, um sich aus dem Staub zu machen und ihre Spuren zu verwischen.

Wahrscheinlich war es ja ein Gemenge aus allem Möglichen, dachte er, wenn ihm trotz des Somas vor Erschöpfung die Augen zufielen. Bis er wieder hochschreckte, von einem anderen Verdacht in Unruhe versetzt, den es in die Ungleichung seiner Befürchtungen einzusetzen galt. Er lag auf dem Futon, auf dem Rücken, im Zwielicht eines neuen Tages, und ließ sich vom Neustart der Erinnerungen überwältigen, während draußen die ersten Beine vorüberspazierten. Allmählich absorbierte das Tageslicht die Fluoreszenz des Fußbodens, und die über der Gasse erscheinende Sonne drängte die verblassende Beleuchtung in die Ecken des Souterrains. Irgendwann schlief er dann doch noch ein.

Er träumte, dass er träumte, dass er träumte.

Als er erwachte, vom Lärm einer Demonstration, die zum ersten Mal direkt an seiner Wohnung vorüberführte, hatte er das Gefühl, er sei programmiert worden. Neu aufgesetzt oder auf einen Zeitpunkt zurückgesetzt, der vor der Krise lag. Vor dem Verschwinden Galas und seinem beruflichen Abstieg.

Er fühlte sich wie neugeboren, nachdem er sich die Müdigkeit aus dem Körper geduscht hatte. Er kochte sich ein Essen, dessen Schärfe ihn in die Gänge kommen ließ. Plötzlich verspürte er die Kraft, seinem Leben, das ihm fremd geworden war, eine neue Richtung zu geben. Eine, die ihn aus dem Labyrinth der Spekulationen herausführen würde, um ihn einem Ziel, das ihm vorschwebte, näher zu bringen.

Als er mit zwei Säcken echtem Reis in die Wohnung im vierten Stock einfiel, wurde er empfangen wie ein Befreier. Begeisterte Gesichter und Stimmen nahmen seine Beute in Empfang, während ihn gut gemeinte Schläge der Anerkennung auf die Schultern bis ins Zimmer der Mbembes lenkten.

Jonathan hockte im Schneidersitz am Fenster und las in einem Fachbuch über Tropenkrankheiten. Ein französisches Buch, stellte Vincent fest, als Jonathan im einige Bilder zeigte, die eine beängstigende konkrete Vorstellung von diesen Krankheiten ihn ihm auslösten. Sie begrüßten einander, als der Chief das Buch zur Seite gelegt hatte und aufgestanden war.

Ada ließ von einem Blatt Papier ab, auf das sie mit einem Bleistift allerhand Zeichnungen gekritzelt hatte, und reichte ihm artig ihre schmale Hand. Er versuchte an den Gesichtern der beiden zu erkennen, wie es um Maria Mbembe stand. Bevor er noch fragen konnte, kam ihm Ada mit einem Luftsprung zuvor, dem sie den Ausruf »Mama geht es besser!« folgen ließ.

Der Chief nickte zur Bestätigung, aber die Skepsis war nicht völlig aus seinem Blick gewichen. Ganz so sicher wie die Kleine, die ihren Wunsch in Erfüllung gehen sah, war er sich offenbar noch nicht.

»Gott sei Dank!« Er wollte etwas zum Aufkeimen des Optimismus beitragen. Wenn ihm diese Floskel entfuhr, gegen seinen Willen und in Situationen, die sich der Vernunft entzogen, dann weil er mit seinem Latein am Ende war. »Was haben die Tests ergeben?«

»Man hat ihre Blutprobe ins Tropeninstitut geschickt und auf alle möglichen Krankheiten untersucht«, sagte Jonathan. »Fest steht, dass es weder Malaria noch die Schlafkrankheit ist, sondern eine Abart des Dengue-Fiebers. Eine mutierte Variante jenes Virus, das in Nigeria im vorigen Jahr zahlreiche Todesopfer gefordert hat.« Er schaute, trotz der nicht ganz so schlechten Nachrichten – immerhin wusste man nun, was sie hatte – finster drein.

»Dann wird sie jetzt also behandelt«, sagte er, um die Hoffnung zu beschwören.

»Sie geben sich Mühe, wissen aber nicht, wie sie das neue Virus ausschalten können. Vor Kurzem ist es zum ersten Mal gelungen, das Virus in einem Organismus zu beseitigen, nachdem es bereits für den Ausbruch der Krankheit gesorgt hatte. Gegen die neue Variante sind sie nun wieder ziemlich machtlos, sagen sie. Immerhin ist die Krankheit nicht von Menschen auf Menschen übertragbar und wir können Maria jeden Tag besuchen. Sie tun jetzt alles, was möglich ist, um ihr Immunsystem zu stärken, damit es von sich aus mit dem Virus fertig wird.«

»Mama lacht«, sagte Ada. Sie zeigte Vincent eine Zeichnung mit ihrer Mutter im Bett, auf der sie aussah wie eine Comicfigur, mit hochgezwirbeltem Haar und verschränkten Armen, als würde sie Hof halten und nicht vielmehr todkrank sein.

»Für dich lacht sie immer«, sagte Jonathan, seufzte und schickte sie mit einem Klaps auf den Hintern in die Küche hinaus; um den andern zu helfen, die sich mit viel Tamtam an die Zubereitung eines Reisgerichts machten. »Ich habe nichts«, sagte er dann, wobei er es vermied, Vincent anzusehen.

»Das trifft sich gut«, sagte der, um ihm nicht seinen Stolz zu nehmen, »ich hab nämlich auch nichts.« Während er das noch sagte, wurde ihm schon bewusst, dass er sehr viel hatte. Gala schien am Leben zu sein und es ging ihr, den Umständen entsprechend, nicht schlecht, und sie hatte ihn offenbar nicht verlassen, weil sie ihn nicht mehr geliebt hatte, sondern weil sie damals mit einigen anderen Dingen nicht zurechtgekommen war. Die Frage, ob er sie mit seinen Erwartungen an ein gemeinsames Leben in die Enge getrieben hatte, setzte ihm aber noch immer zu. Er war sich nicht sicher, ob er sie nicht ungewollt unter Druck gesetzt hatte. Mit Anspielungen, Vermutungen und Bemerkungen das Verschwinden ihres Vaters betreffend. Und vielleicht sogar mit Geschenken, einem Ring zum Beispiel, der ein Verlobungsring sein konnte (aber nicht musste!). Jedenfalls, und vor dieser Einsicht konnte er sich nicht drücken, war es ihm damals nicht gelungen, in jene Regionen ihres Wesens vorzudringen, wo sich ihm ihre Misere offenbart hätte. Dieses letzte Vertrauen hatte sie ihm (noch?) nicht gewährt, und er war zu unfähig gewesen – oder *blinded by love,* wie es in einem Song hieß –, um hinter die Kulissen ihrer rätselhaften Bühne zu blicken.

Hatte da nicht einer seinen Namen ausgesprochen? Er stolperte über seine Gedanken wie über einen Haufen altes Zeug, das er schon längst hätte aus der Welt schaffen sollen. »Was hast du gesagt?«

»Ich habe gesagt«, sagte der Chief, dem das peinlich zu sein schien, »dass wir in deiner Schuld stehen und nicht wissen, wie wir uns revanchieren sollen, Ada und ich.«

Vincent klopfte ihm auf die Schulter. »Ich hab's nicht so mit der Schuld«, sagte er. »Lass es gut sein. Das Wichtigste ist doch, dass sie gesund wird.«

»Und wenn sie dir draufkommen, was du getan hast? Was hast du überhaupt gemacht? Sie behandeln uns in dieser Klinik wie afrikanische Diplomaten.«

»Wie Diplomaten? Das ist gut«, sagte er. »Sehr gut. Ich hab nur dafür gesorgt, dass der hippokratische Eid nicht ganz aus der Mode kommt«, sagte er.

»Du bleibst doch zum Essen?«

»Heute nicht«, sagte er, »ich hab noch etwas vor.« Was, das wusste er zwar selbst nicht genau, aber er wurde das Gefühl nicht los, dass dies ein besonderer Tag war, der noch etwas für ihn auf Lager hatte.

Jonathan Mbembe, dieser kräftige Mann, drückte ihm mit Augen, in denen vor lauter Dankbarkeit und Erleichterung das Wasser stand, die Hand. Er begleitete ihn zur Tür.

In der Küche ging es hoch her. In der Ecke am Tisch hockte der alte Hadza – denn das musste er sein, nach allem, was man ihm über ihn erzählt hatte –, der Säufer, Beschwörer der Geister und Heiler. Eine knorrige Erscheinung, die Vincent an einen alten Baum in der Steppe erinnerte, der geduldig auf den nächsten Regen wartet; der jedoch, falls überhaupt noch, vielleicht erst im nächsten Jahr kommt. Mit den dürren Zweigen seiner knotigen Finger bosselte er an einem Musikgerät herum, das aus der Requisitenkammer einer Vergangenheit stammte, an die sich außer ihm fast niemand mehr erinnerte.

»Ich komme mit«, sagte er zum Abschied, »wenn ihr Maria in den nächsten Tagen einmal besucht.«

Nicht einmal, dass es im Stiegenhaus wieder nach Schweinshaxen stank, störte ihn an diesem Tag. Eine Melodie holte ihn ein, als er beschwingt treppab stieg. Er hielt inne und horchte auf. Es war das zauberhafte Intro, mit dem Weather Report und Joe Zawinul auf ihrem gleichnamigen Album die bunte und ausgelassene Atmosphäre eines Black Market heraufbeschworen.

Am Nachmittag nahm er sich ein Herz und reparierte Buddys Hardware. Er führte Messungen an allen Spannungspunkten durch, bis er die bei seinem Sturz ins Souterrain beschädigten Stellen fand. Dann lötete er, was kaputt gegangen war und setzte die Festplatte auf einen Zeitpunkt vor dem Crash zurück.

Als er ihn endlich in Betrieb nahm, bewegte Buddy sich durch die Wohnung, als wäre er nicht offline, sondern tot gewesen. Steifer, umständlicher und viel eckiger als früher. Er stieß ein paar Mal an, als er ihn sich selbst überließ, am Tisch, am Türrahmen, in der Küche am Herd. Vincent war sich nicht sicher, ob er ihm in diesem Zustand in der nächsten Zeit bei der Zubereitung eines Risottos zur Hand gehen würde können. Manchmal fragte er sich, ob er sich mit der Arbeit an und mit diesem Roboter etwas beweisen wollte. Wollte er sich (oder vielmehr Gala?) beweisen, dass es nicht nur ein Spleen war, dem er so hartnäckig frönte? Hatte er in seiner Einsamkeit bereits eine ungesunde Beziehung zu diesem Ding entwickelt? In Buddy steckten noch eine Menge Daten, die mit ihr zu tun hatten. Jedenfalls wuchs ihm der kleine Kerl mit dem Hundeblick immer mehr ans Herz. Dass Buddy im Grunde wohl nur ein Pendant der Sehnsucht seines Schöpfers war, tat dem auch keinen Abbruch.

Auf jeden Fall, dachte er, musste er die Koordinaten der für Buddy neuen Umgebung in seinem Programm verorten, damit er sich besser zurechtfand. Dann würde er versuchen, mithilfe des QCs Parameter seiner Fuzzylogik in die Schaltkreise und Bewegungsabläufe zu integrieren, um über Feedbacks und Schleifen die Eleganz seines Auftretens zu erhöhen.

Bevor er ihn ausschaltete, appellierte er an seine Speicher und fragte ihn, ob er sich an etwas erinnere, nachdem er so lange defekt gewesen sei.

Buddy legte eine Greifhand auf seine Plastikstirn, als würde er nachdenken.

»Raus damit, Buddy«, sagte Vincent.

Er schien zu zögern und ruckelte ein wenig im Stand herum, bevor er machte, womit Vincent überhaupt nicht gerechnet hatte. Mit einer Imitation seiner Stimme, die er ihm vor Jahren verpasst hatte, begann er nun zu singen. »Happy birthday to you, happy birthday to you, happy birthday, dear Ga-ala, happy …«

Er drückte auf seinen Manager und schaltete ihn ab, bevor er »du darfst die Augen jetzt öffnen, Liebes« sagen konnte und die Arme mit dem Tablett, das er jetzt gar nicht vor sich her trug, weit von sich strecken würde, um Gala sein Geschenk zu präsentieren. Mit rotierendem Rotlicht, das schwächer und schwächer wurde, gab er schließlich den Geist auf.

Täuschte er sich, oder hatte Buddy sich nur ungern abschalten lassen? Er war es wohl nicht mehr gewohnt, mit ihm zu kommunizieren. Und dieser Blick, was wollte er ihm damit noch sagen, nachdem er ihm bereits den Saft abgedreht hatte?

Als es zu dämmern begann und der Takt der Schritte vor seinem Fenster sich verlangsamte, bis nur noch vereinzelt Tritte zu hören waren, deren Weg er in Gedanken nachging, zog er seine besten Hosen an, duschte und rasierte sich, applizierte anstelle der normalen Linsen die VR-Linsen, brachte sein Haar in Form und legte eine dezente Dosis jenes teuren britischen Parfums aus der Savile Road auf, das ihm Gala einmal zu Weihnachten geschenkt hatte. Die Linsen warfen ihm sein Spiegelbild zurück – überarbeitet von einem Programm, dessen Algorithmus einen perfekten Mittelwert produzierte –, das ihn musterte, als wäre mit ihm etwas nicht in Ordnung. Je mehr er sein Konterfei da im Spiegel vor sich anlächelte, um es sich gewogen zu machen, desto vorwurfsvoller blickte es zurück.

Er quetschte ein Bündel Schillingnoten in seine Börse, steckte sie mitsamt dem unvermeidlichen Taschenbuch (Notizen von Jules Renard) und dem Manager in seine Umhängtasche, klatschte sich die Kappe auf den Kopf und machte sich auf den Weg.

Altmodisch, wie er war, gehörte er zur beinah ausgestorbenen Spezies derer, die noch immer Bücher lasen, die man in die Hand nehmen, in denen man blättern und die man beschnüffeln konnte, wenn einem danach war. Er liebte den Geruch seiner Bücher, den Duft des Papiers, die Farben dieser Düfte, getönt nach Alter, Herkunft und Verarbeitung, wie der Duft von feinen Weinen, und er mochte Satz und Druck, die er wie mit einer Lupe studieren konnte, wenn er beim Lesen weder Linsen noch seine Brille trug und sich das Buch ganz nah vors Gesicht hielt, sodass er die Struktur des Papiers und der gedruckten, unregelmäßigen Buchstaben beinahe mit seinem Blick berühren konnte. Er ahnte, dass er in dieser Nacht wohl kaum zum Lesen kommen würde, aber das (dieses!) Buch in seiner Tasche gab ihm ein Gefühl von Sicherheit, wie es andere verspüren mochten, die sich eine Waffe in die Tasche steckten, bevor sie das Haus verließen.

Die Gebäude und der Asphalt der Straßen gaben einen Teil der in den letzten Tagen gespeicherten Hitze wieder ab, die in der Luft lag wie ein Gas, als er sich mit seinem Ziel vor Augen durch die abendliche Stadt treiben ließ. Die kleinen Läden in der Hauptstraße, die türkische, asiatische und arabische Lebensmittel und allerhand anderen für eine Kultur offenbar unverzichtbaren Kram feilboten, waren schon fast alle geschlossen. Das lautstarke Treiben, das sich tagsüber bis auf die Gassen, Plätze und Straßen erstreckte, drang nun aus den offenen Fenstern der Häuser. Ein nahezu babylonisches Gewirr von Stimmen jeden Alters. Im Hintergrund das Klappern von Töpfen und die professionellen Stimmen der Nachrichtensprecher, die fast alle über dasselbe zu sprechen schienen. Es war die Sprache der Krise. Einer Welt in der Krise. Mehr als die Bedeutung der Worte und Sätze sagte ihm der Tonfall, in dem über dies und jenes berichtet wurde. Das Dur der Fronten und das Moll der Trauer, das sich über die Katastrophen legte wie ein Leichentuch, das den Schmerz erstickte. Was blieb ihm anderes übrig, als eine tröstliche Melodie zu pfeifen auf dem Weg in die eigene Zukunft?

Im Tweedledee empfing man ihn wie einen König. Toni kam hinter der stark belagerten Bar hervor, um ihn zu umarmen. Und sogar Mariella steckte ihren mit einem weißen Häubchen geschmückten Kopf aus der Küche, unten, am Fuße der Wendeltreppe. Er ließ es sich nicht nehmen, hinabzusteigen und sie auf die Wangen zu küssen, die sie ihm mit geschlossenen Augen in kindlichem Vertrauen anbot. In einer Hand hielt sie einen Kochlöffel und in der andern einen Parmesanhobel.

»Schön, dich wieder einmal zu sehen, Vinc«, sagte sie. »Was machst du immer so?«

Er konnte Mariella nicht ansehen, ohne dass sich seine Stimmung hob. Als wären sie Geschwister oder Komplizen, die süße Geheimnisse miteinander teilten. In einsamen Momenten hatte er sich auch schon gefragt, ob dieser Zauber auch anhielte, wenn er mit ihr leben würde. »Ich bin noch immer auf Jobsuche«, sagte er und zog dabei ein Gesicht, das seine Erfahrungen zusammenfasste.

»Du bist doch ein Fachmann auf deinem Gebiet!«

»Ein opportunistischer Idiot ist ihnen, wie es aussieht, um einiges lieber als ein widerspenstiger Fachmann«, sagte er.

»Lukas und Esther sind oben.« Mit diesen Worten beendete sie seine Audienz bei ihr und wandte sich wieder den simplen Raffinessen der mediterranen Küche zu.

Esther und Lukas klebten, dicht an dicht wie lange nicht

mehr in einer Ecke. Sie unterhielten sich bei einem Bier, das sie gemeinsam tranken. Und zwar derart intim, wie es aussah, dass er sich schon fragte, ob sie wieder zusammen waren. Wenn er die beiden beobachtete, ohne daran zu denken, was sie hinter sich hatten, gaben sie ein recht passables Paar ab. Eins aber, das man erst auf den zweiten oder dritten Blick für möglich hielt.

Lukas verkörperte in fast allem das Gegenteil von Esther. Auftreten, Aussehen und Temperament der beiden lagen so weit auseinander, dass es für die meisten, die sie gemeinsam erlebt hatten, ein Rätsel gewesen war, wie sie als Paar funktionierten. Er verströmte eine natürliche Eleganz, wiewohl er weder auf sein Aussehen noch auf seine Aufmachung besonderen Wert legte. Kleider würden Leute machen, hieß es ja, aber in seinem Fall war es genau umgekehrt. Lukas konnte man in Klamotten aus den Containern stecken, die vom Ministerium für Gerechtigkeit seit Neuestem in den ärmsten Vierteln der Stadt aufgestellt wurden, er würde darin immer noch eine gute Figur machen. Ob er eine Montur, ein Handtuch um die Hüften, einen Nadelstreif oder gar nichts trug, es war der Mensch, der die Dinge adelte, und nicht umgekehrt. Seine ganze Haltung war ein Spiegelbild der ironischen Sympathie, mit der er auf die Menschen und ihre Welt sah. Wenn Vincent sich vorstellte, wie Buddy sich geben sollte, falls ihn sein noch zu schreibendes Programm optimieren würde, hatte er Lukas im Sinn, seinen schönen Freund, der nichts auf die Schönheit gab. Esthers Attraktivität lag mehr im Verborgenen. Ihr musste Vincent, wie einem Star, nicht nahe kommen, um sie zu mögen; was sie ohnehin nach Kräften zu verhindern suchte, indem sie ihren scharfen Verstand wie eine Waffe vor sich hertrug. Sie setzte sich gegen alle möglichen Vereinnahmungen zur Wehr, und das oft schon, bevor sie überhaupt für andere abzusehen waren. Angriff war die von ihr bevorzugte Form der Verteidigung. Dass sie jemanden angriff, hieß nun aber noch lange nicht, dass sie ihn oder das, was er machte, nicht mochte. So hatte sie, das behauptete sie jedenfalls, wenn die Sprache darauf kam, die ersten Hologramme, die Lukas im öffentlichen Raum installiert hatte, in den Medien nur deshalb so verrissen, weil sie dem Künstler helfen wollte, seine Irrtümer zu erkennen und sich zu entwickeln. Früher musste sie etwas zerstören, um sich treu zu bleiben, um etwas Neues, anderes, Besseres möglich zu machen, und so hatte sie die ersten Arbeiten von Lukas mit vernichtender Kritik gestraft – viel zu ironisch und abstrakt seien seine Laserhologramme gewesen, die nächtens in den Himmeln von Sils Maria, New York, Berlin, Brüssel, Wien und Dubai erschienen waren wie Phantasmagorien eines über die Menschen spottenden Gottes –, bis sie sich, als sie den Künstler bei einem Interview kennengelernt hatte, dazu durchrang, auch der Evolution in der Kunst eine Chance zu geben, nicht bloß der Revolution. Während sie aber dann, an seiner Seite, immer mehr darauf drängte, die Dinge zu verstehen, statt sie zu beurteilen, wurde er unter ihrem Einfluss radikaler. Seine letzte große Installation, *Das vorletzte Abendmahl,* zu Ostern in den Himmel über dem Vatikan projiziert, hatte ihm nicht nur den Vorwurf der Blasphemie, sondern auch Drohungen vonseiten der Bewegung und der Frommen eingebracht, die in diesem Fall wohl zum ersten Mal einer Meinung gewesen waren. Auch Esther, die damals nicht mehr an seiner Seite war, fand, dass er mit der Idee, Jesus und seine Jünger als in der Öffentlichkeit bekannte Finanzhaie, Politiker, Oligarchen, Terroristen, Mafiosi und Kalifen beim großen Fressen darzustellen, in die falsche Richtung, auf jeden Fall aber zu weit gegangen war.

Als die beiden sahen, wie Toni Vincent im Tumult vor der Bar ein Pilsner über die Theke schob, winkten sie. Vincent drängte, das noch schäumende Bier, das ihm über Finger und

Hand rann, über dem Kopf haltend, durch die brodelnde Menge zu ihnen durch.

Sie begrüßten einander mit den üblichen Fragen, was wer in der letzten Zeit gemacht hatte. Lukas sagte, er sei noch immer in Bereitschaft, aber die mittlerweile mit großer Ungeduld herbeigesehnten Ideen wollten sich nicht einstellen, seit er für sein letztes Werk verurteilt, ja sogar verdammt und vernichtet worden sei, nicht so von einigen Kritikern, die im *Vorletzten Abendmahl* eine innovative Darstellung der Religionen gesehen hatten, sondern von Institutionen, weltlichen wie kirchlichen, die ihn beschuldigten, Vorurteile in den Nachthimmel zu projizieren. Und natürlich von den stets professionell entrüsteten Meinungsmachern, die auf dem, was Feuer in sich hatte, gern ihr schales Süppchen kochten.

Esther nahm ihr strenges Urteil über das *Abendmahl* unter dem Eindruck der Hexenjagd gegen ihren Freund teilweise zurück. Aber nur in moralischer Hinsicht, wie sie mehrmals betonte, und auf keinen Fall in ästhetischer. Dieses Hologramm sei misslungen, beharrte sie und forderte, mit einem zwingenden Blick auf Vincent, seine Zustimmung ein, die er ihr bei aller Wertschätzung verweigern musste. Und zwar sei es nicht misslungen, insistierte sie, weil es etwa schlecht gemacht sei, o nein, sondern weil man ihm die Absicht angesehen habe! Entrüstung von der falschen Seite würde an ihrem Urteil auch nichts mehr ändern, sagte sie mit der ihr eigenen lasziven Strenge, wobei sie ihrem einst geliebten Künstler einen Kuss auf die Wange gab; um ihm die ihrer Meinung nach notwendige Wahrheit nicht ganz so hart erscheinen zu lassen, wie Vincent dachte.

»Du hast mit deiner Arbeit den himmelblauen Himmel beschmutzt«, sagte der zu Lukas. »Unseren sakrosankten, mit Weltraumschrott, CO_2, dem Blut der von uns gekillten Götter und zahlreichen falschen Hoffnungen versifften Himmel, in den wir immer glotzen, als würden Engel herabschweben, um uns von unseren schmutzigen Geschäften reinzuwaschen. Oder als könnte sich in jedem Augenblick ein Fingerzeig Gottes offenbaren, damit wir nicht für alles verantwortlich sind, was wir in unserer Dummheit und Gier verbrochen haben. Ich mag deine letzte Arbeit«, sagte Vincent und prostete ihm zu, »du solltest aber nicht so viel darüber grübeln. Lass es endlich hinter dir und mach etwas Neues!«

Esther machte ein höchst skeptisches Gesicht, enthielt sich aber einer weiteren Bemerkung über das *Vorletzte Abendmahl,* und Vincents Feedback, die Expertise eines Dilettanten, wie sie wahrscheinlich dachte, war es erst gar nicht wert, ernst genommen oder widerlegt zu werden.

»In meinem Kopf wirbelt alles durcheinander«, sagte Lukas, »wenn ich mich auf was Neues konzentrieren will. Und dann bricht in mir das reine Chaos aus. Aber statt dass dieses Chaos irgendwann in einer Idee, einem konkreten Werk kulminiert, wie doch früher immer, verschwindet es wieder aus meinem Bewusstsein und lässt mich leer zurück. So als hätte mich jemand ausgeraubt.«

Esther und Vincent spielten ihre Argumente noch eine Weile gegeneinander aus. Sie verstrickten sich in immer gewagtere Vermutungen über das *Vorletzte Abendmahl* und seine Folgen, bis sie der Künstler, der dem Disput über große Strecken mit einem Lächeln gefolgt war, auf den Boden seiner Tatsachen holte. Er selbst, sagte er, der das umstrittene Werk geschaffen habe, könne mit beiden Standpunkten nicht viel anfangen. Weder habe er religiöse Gefühle verletzen wollen, noch sei es ihm darum gegangen, nur zu provozieren. Vielmehr jedoch habe er mit diesem Hologramm sein diffuses Unbehagen über die Zeit, in der sie lebten, zum Ausdruck bringen wollen. Die Unkultur der Alternativlosigkeit! Obwohl es mehr Möglichkeiten zur Entfaltung geben könnte als je zuvor, wenn nicht alles auf dem Altar der Profitmaximierung geopfert würde: Demokratie, Bürgerrechte, Menschenrechte, Datenschutz, Solidarität. Leider schon historische Begriffe!

Lukas machte, gegen den Mainstream der Zeit, offenbar eine Wandlung durch. Der alte Skeptiker, der er stets gewesen war, der immer gern mit den Möglichkeiten und Unmöglichkeiten des Schönen gespielt hatte, begann nun auf einmal Stellung zu beziehen. Die gute Esther witterte Verrat, so wie sie seit Neuestem an ihm und seinen Ansichten herumdokterte.

Vincent nahm sich vor, sich den Begriff *Alternativlosigkeit* für sein *Wörterbuch des Zeitgeists* zu merken, als er sah, wie ein alle überragender Hrabal das Tweedledee betrat.

Er holte sich bei Toni ein Pilsner ab und nahm Kurs auf sie. Vincent kam vor, die Sorgen über seine Zukunft waren nun einem Gleichmut gewichen, der Kraft daraus schöpfte, dass man ihm, trotz seines Alters und der Krankheit, die er mit jedem Tag mehr hinter sich ließ, noch eine Chance gegeben hatte. Diese Sorgen hatte er unter Verschluss gehalten. Nur manchmal, wenn er schon einen sitzen gehabt hatte, waren sie zum Vorschein gekommen, um sich Gehör zu verschaffen.

Sie alle wollten wissen, wie es ihm bei seiner saudischen Familie erging, in der Villa im achtzehnten Bezirk draußen, deren profane Angelegenheiten man ihm zu treuen Händen überlassen hatte.

Er wischte sich mit dem Rücken einer Hand den Schaum des Bieres aus den Mundwinkeln und musterte sie der Reihe nach. Ob sie bereit wären für das, was er ihnen nun mitteilen würde? Dann warf er sich in Position, strich sich die graue Mähne zurück, bestellte bei Toni – über den Lärm hinweg – per Zeichensprache eine Runde Bier und erzählte, wie es so lief.

Maßgeschneiderte Dienstkleidung hing bereits im Schrank,

als er mit seinen Sachen in die Dachwohnung der Villa eingezogen war, auf seinem Konto war ein Vorschuss eingelangt, und sein Dienstplan für die nächsten Monate stand schon fest. In einem Vier-Augen-Gespräch mit dem Ältesten jener Familienmitglieder, die sich ab und zu in Wien und in der Villa aufhielten, wurde er ein letztes Mal gebrieft, bevor er den Dienst antrat. Der Alte – unter dem Turban stach die Physiognomie eines Bartgeiers hervor –, der eine seiner schwerberingten Hände auf einen Stock mit silbernem Knauf stützte, gab ihm zu verstehen, dass man über ihn auch in Erfahrung habe bringen müssen, was nicht in seinem Lebenslauf stand.

Ja, habe er gesagt, sagte Hrabal, er verstehe! Wobei er sich gar nicht vorstellen konnte, was man über ihn herausgefunden hatte. Dass er für die Gaddafis gearbeitet hatte, alte Feinde der Familie, war aber offenbar kein Problem. Nun, die Gaddafis seien längst perdu, Libyen sei ein mit Saudi-Arabien befreundetes Kalifat, die Union nur mehr Schnee von gestern, aber seine Erfahrung, sagte Hrabal, sei offenkundig noch immer etwas wert! Die meiste Zeit über sei ohnehin niemand im Haus, und er sei fast unterfordert, habe lediglich dafür zu sorgen, dass Haustechniker und Gärtner alles in Schuss hielten und ein Chauffeur und ein Kindermädchen sich bereit hielten für den Fall, dass jemand aus der Familie in der Stadt zu tun habe oder eine ihrer vielen Frauen Lust auf eine Shoppingtour über Graben und Kohlmarkt. Am wichtigsten sei jedoch, habe man ihm zu verstehen gegeben, stets immer gleich alles zu beseitigen, was darauf hinweisen könnte, dass die Männer, wenn sie unter sich waren, sich allzu westlichen Ausschweifungen hingaben. »Bis jetzt«, sagte Hrabal und bestellte eine Runde Grappa, »genieße ich die Ruhe dieses luxuriösen Hauses, in dem ich alles benutzen darf, was sich nicht in den Gemächern der Familie befindet. Ein türkisches Bad zum Beispiel, oder ein Fitnesscenter, zwei der sieben Autos in der Garage, ein HV-Gerät der nächsten Generation, das noch gar nicht auf dem Markt ist, Virtual-Reality-Brillen und allerhand anderen technischen Schnickschnack, auf den diese Leute«, sagte Hrabal mit tschechischem Akzent, der arabisch getönt war, »die vor ein paar Generationen, von Wasserloch zu Wasserloch, als Beduinen durch die Wüste gezogen sind, fast so versessen sind wie die Kinder.«

Er frage sich schon, was sein werde, wenn das Öl dort bald nicht mehr sprudle wie aus den famosen Springbrunnen der Renaissance, denen ja ausgeklügelte Kreisläufe zugrunde liegen würden.

Das fragten sie sich mit ihm nun auch. Die Orgie der Dienstleistungen für die königliche Großfamilie und ihre verwandten Clans, verrichtet von einer anonymen Masse rechtloser Ausländer, die wie Sklaven gehalten wurden, würde irgendwann zu Ende sein. Spätestens dann, wenn es kein Öl und keine Petrodollars mehr gäbe, um diese Exzesse zu finanzieren.

Schon in absehbarer Zukunft, warf Esther ein, die seit ihrer Jugend als Gothic Vamp ein Faible für apokalyptische Szenarien hatte, würde der scharfe Wüstenwind Denkmäler, Zehn-Sterne-Hotels und Bürotürme schleifen, die auf nichts als Sand gebaut seien, mit der steten Kraft, die Kreisläufen der Natur innewohne, und all die Anmaßungen in einstürzende Sandburgen verwandeln, die sich als Fata Morgana in der Hitze des öden Landstrichs spiegeln würden.

Hrabal erheiterte die Runde eine Zeit lang mit Anekdoten aus seinem Berufsleben, als drüben, auf der fast leeren Seite der Milchbar, plötzlich Rita auftauchte. Vincent war ein wenig mulmig zumute, als er sah, wie sie sich zu ihnen durchdrängte.

Sie löste seine Befangenheit, indem sie ihn, wie die andern auch, wie früher begrüßte; nicht aber, ohne ihm beim zweiten Küsschen auch noch »mein Liebling« ins rechte Ohr zu flüstern. Peinlich berührt – alle wussten ja, wie sehr er Gala noch immer vermisste –, war er dennoch froh darüber, Rita zu sehen und diese Worte aus ihrem Mund zu hören. Er war sich nicht sicher, ob er sich nicht in sie verlieben würde, wenn das mit ihnen so weiterginge; immerhin fehlte sie ihm, seit er sie nicht mehr gesehen hatte. Es tat gut, ihre Stimme zu hören und ihre Nähe zu spüren, die in seinem Bauch ein Kribbeln auslöste, das er lange nicht gespürt hatte. Wenn er an die Informationen dachte, auf die er gestoßen war, fragte er sich schon, ob Gala ihn, zwischen den Zeilen, nicht dazu ermutigt hatte, die Enttäuschung über ihr Verschwinden in den Armen einer andern Frau zu überwinden. Immerhin hatte sie ihn mit all seinen Vermutungen alleingelassen, und er würde noch immer nicht wissen, dass es ihr gut ging, wenn er nicht in das Schließfach eingedrungen wäre. Vor Glück darüber, wieder etwas zu spüren, waren ihm die Tränen gekommen, als er mit Rita geschlafen hatte.

Er war erleichtert über die Ablenkung, als tatsächlich Herb auftauchte, dem er die Koordinaten des Tweedledee auf seinen Manager geschickt hatte. Mit der ihm eigenen Lässigkeit, die an Nachlässigkeit grenzte, machte er sich mit den andern bekannt. Es dauerte nicht lange, bis ihn Bier, Grappa und kleine Rituale in die Clique integriert hatten.

Wie fast immer im Tweedledee explodierte die Stimmung um Mitternacht und flaute dann rasch ab, wie nach einem Geselligkeitsorgasmus. Bis sie sich dann, bevor die Allerletzten gingen, zu einer ultimativen Klimax aufschaukeln würde, begleitet von melancholischen Liedern, deren Texte Vincent nicht verstand, die Toni mit Gästen aus seinem Land im Süden zum Besten gäbe. Sogar Mariella käme aus der Küche herauf, ohne ihren Gastrokittel, und zeigte sich ihnen, nach einer Nacht in der Hitze der Küche und im Schweiß ihres Angesichts, in ihrer ganzen Attraktivität, geschminkt, frisiert und gut gekleidet. Auch sie würde in diese Lieder einstimmen, während es draußen zu dämmern beginnen, die Nachtschwärmer nach Hause schleichen und die Schritte der Frühaufsteher durch die hohlen Gassen hallen würden.

Aber noch war es nicht so weit, dachte Vincent, als sie wie gewöhnlich um Mitternacht das Lokal verließen, um eine ruhige Ecke zum Rauchen zu suchen.

Seit er auf die Lebenszeichen von Gala gestoßen war, schien ihm alles nicht mehr so trostlos zu sein: sein Alltag als Arbeitsloser, das Souterrain, das er sich mit einem Roboter teilte, die Lage der Nation, die sich im freien Fall befand, gar nicht zu reden von den Demos und Aufmärschen, in die man mittlerweile zu fast jeder Zeit geraten konnte. Diese neue Zuversicht verdankte er in erster Linie der Erlösung von seinen Zweifeln, dass Gala womöglich etwas Schreckliches zugestoßen war, an dem er durch sein Verhalten (oder eben auch Nichtverhalten!) vor Jahren nicht unschuldig gewesen war. Nun war er von diesen Zweifeln befreit worden und konnte endlich tun, was er tun musste! Aber er hatte noch immer keine Mittel, um nach Bangkok zu reisen und dort nach Gala zu suchen. Und wenn er an Rita dachte, war er sich gar nicht mehr so sicher, ob er das überhaupt noch wollte.

Was er aber auf jeden Fall wollte, erklärte er Lukas und Herb, nachdem er ein paar Züge vom Joint mit Esthers Soma genommen hatte: Deep Green, das tropisch roch, nach Ananas und Mango, bevor es sich, ganz hinten am Gaumen, mit einem Hauch von Walderdbeeren festsetzte. Es fuhr ihm sogleich in die Beine und verankerte ihn in der Erde wie einen antiken Koloss, bevor es über Geschlecht, Bauch und Magen in den Solarplexus hochkroch, um von da aus zum Sturm auf das Gehirn und die Sinne zu blasen.

»Ich brauche eure Hilfe!«

Mit derart drastischen Worten reklamierte er sich in ein Gespräch hinein, das Lukas mit Herb über die Programmierung immer komplexerer Hologramme führte, womit er sich aus dem Disput über den Kampf der Kulturen ausklinkte, in den Esther Rita und Hrabal verwickelt hatte. Hrabal, der nun Gefahr lief, zwischen der Loyalität zu seinen Brötchengebern und Esthers Kritik an den Frommen aufgerieben zu werden.

»Was ist heute los mit dir? Du bist anders als sonst«, sagte Lukas, der ihn gut genug kannte, um auch zu bemerken, was Vincent sich nicht anmerken lassen wollte.

Herb gab ihm mit einem Grinsen zu verstehen, dass Esthers selbst gezogenes Soma hielt, was sie in den höchsten Tönen versprochen hatte, während sie die Tüte reihum gehen ließen.

»Ich brauche eure Hilfe.« Aber hatte er das nicht schon gesagt? Egal. Jetzt kam es jedenfalls bei ihnen an, wie er an ihrer Aufmerksamkeit erkannte.

Lukas musterte ihn mit besorgtem Blick, so als könnte er in Flammen stehen oder irgendwie in Gefahr sein, und Herb kniff beide Augen zusammen, als würde er direkt in die Sonne blicken.

»Brauchst du Geld?« Lukas, der mit dem *Vorletzten Abendmahl,* das zur Zeit in den Südhimmel lateinamerikanischer Metropolen projiziert wurde, noch immer gut verdiente, fragte ihn das nicht zum ersten Mal.

»Natürlich brauche ich Geld«, sagte er und lachte, um zu zeigen, dass er es vielleicht doch nicht so dringend brauchte. »Wer nicht in diesen Zeiten, aber es geht um etwas ganz anderes.«

»Na dann«, sagte Herb, als wäre der Ruf nach Hilfe damit für ihn erledigt. Das Programm in Herbs Hirn zog die Notbremse und verweigerte sich jedem weiteren Zusammenhang.

Ein Phänomen unter Informatikern, dachte Vincent, eine Berufskrankheit: mangelnde Geduld mit den Möglichkeiten der Sprache, die über den kürzesten Code hinausgingen. »Ich will eine von mir entwickelte Fuzzylogik in zwei unterschiedliche Programme implementieren«, sagte er.

»Was für Programme?« Lukas Neugier war immer auf der Suche nach etwas, das seine Kunst bereichern könnte. Und jetzt erst recht, da er keine brauchbare Idee mehr gehabt hatte, seit man ihn offiziell für »engagiert« und »agitatorisch«, ja sogar für »politisch« erklärt hatte.

Herb war auch wieder da, im Hier und Jetzt.

»Du kennst ja Buddy«, sagte Vincent zu Lukas, »mein altes Faktotum. Ich möchte ihn so programmieren, dass er in der Lage ist, auch ohne meine Hilfe ein ausgezeichnetes Risotto zu kochen.«

Alle, auch Rita, Esther und Hrabal, die nur seine letzten Worte mitbekommen hatten, brachen in ein Riesengelächter aus, in das er, als ihm klar wurde, dass er nur wenig dagegen ausrichten konnte, selbst mit einstimmte.

»Echt?« Herb nahm als Erster den Faden wieder auf, der im Labyrinth ihres sich sukzessive ausbreitenden Highs verloren gegangen war. »Ein Risotto? Was denn für eins?«

»Ist doch wurscht«, sagte er. »Im Prinzip kann er das ja jetzt schon, nur fehlt es ihm an der Geschmeidigkeit, mit der ein Koch sein Risotto umrühren muss, damit es al dente bleibt und doch so sämig wird wie bei Mamma.«

»Eine Frage des Feedbacks«, sagte Herb, »der Rückkopplungen, Schleifen und einer komplexen mehrwertigen Logik.«

Jetzt war er auf das Problem aufgesprungen! Schon sah Vincent ihm an, wie es in ihm zu arbeiten begann.

Lukas war enttäuscht. Das mit Buddy war nun nichts, was einen Künstler wie ihn vom Hocker riss. »Und das andere? Ich meine«, sagte er gelangweilt, »die zweite Sache, bei der du Hilfe brauchst. Worum geht es da?«

Er zögerte. Jetzt, wo er die nötige Hardware hatte, um die Visionen, die ihn seit Langem in Unruhe versetzten, Wirklichkeit werden zu lassen, war er sich nicht mehr so sicher, ob er nicht Gala am Ende verriet, wenn sie umsetzen würden, was ihm in einsamen Stunden im Souterrain vorgeschwebt war, während er mithilfe der Linsen den Wegen der Passanten, ihren Schatten und Möglichkeiten gefolgt war.

Er zwinkerte, um seine Linsen zu aktivieren und sich selbst eine Vorstellung von dem zu vermitteln, wofür er nun Lukas gewinnen wollte. Vor seinem geistigen Auge erschien Galas Gestalt, als Betty Beamish allerdings, ganz so wie er sie aus der Serie von *Immer wenn sie Pillen nahm* abgekupfert hatte. Obwohl er sie in dieser trashigen Rolle nicht besonders gemocht hatte, verschlug es ihm die Worte, als er sie wieder einmal in ihrer ganzen virtuellen Attraktivität sah.

»Mach diese verdammten Linsen aus, Vinc, und sag mir, worum es bei deinem Projekt gehen soll«, sagte Lukas, der ihm anmerkte, dass er wie hypnotisiert auf das starrte, worüber er eigentlich mit ihm sprechen wollte.

Er zwinkerte erneut. Das Bild löste sich auf. Worte kehrten nach und nach in seinen noch immer verblüfften Kopf zurück und bahnten sich irgendwie ihren Weg ins Freie. Er dämpfte die Stimme und räusperte sich zweimal, so wenig geheuer war ihm das, was er gesehen hatte. »Ich möchte das virtuelle Ebenbild eines Menschen erschaffen«, sagte er, während er mit Blicken den Nachthimmel absuchte, als könnte er dort bereits die Umrisse eines Hologramms erkennen.

»Eines Menschen also«, sagte Lukas, mit etwas süffisantem Unterton, während Herb so tat, als wäre er die Diskretion in Person und in Gedanken anderswo. »Und dabei handelt es sich nicht zufällig um jemanden, den ich kenne?«

»Also gut«, sagte er, laut und deutlich nun, um sich selbst Mut zu machen, »wenn du es schon so genau wissen willst: Ich möchte eine Doppelgängerin von Gala erschaffen!«

Lange Zeit hatte er gehofft, sein Vorhaben allein verwirklichen zu können, aber dann waren ihm Zweifel gekommen, ob es nicht doch besser wäre, bei der Ausgestaltung des Hologramms das Talent seines Freundes zu Hilfe zu nehmen. Ohnehin ertrüge er es nicht, mit dem Vorhaben hinter seinen Ansprüchen zurückzubleiben und womöglich ein Geschöpf zu erschaffen, das ihm nur die eigene Verbohrtheit vor Augen führen würde. Wozu hatte man Freunde? Was er sich erträumte und erhoffte, war ja nichts weniger als die Auferstehung des Subjekts seiner verschmähten Liebe und Begierde.

Jetzt spitzten auch die anderen ihre Ohren.

»Das ist doch deine Ex!«

Täuschte er sich, oder schwang in Ritas Stimme so etwas wie Eifersucht mit? Sie drohte ihm mit dem Zeigefinger ihrer linken Hand, in der schon wieder eine Rauchzeichen in die Luft schreibende Tüte steckte.

Esther und Lukas kannten Gala von früher. Sie und Vincent hatten einander meist genügt und waren abseits der Arbeit selten mit anderen zusammen gewesen. Ein paar Mal jedoch hatten sie gemeinsam etwas unternommen, daran konnte er sich noch gut erinnern.

Einmal waren sie auf den Schneeberg gewandert und hatten dort, weil Gala es »so very amusing« fand, im sogenannten Kaiserzimmer übernachtet, das so spartanisch war wie das Image des letzten Kaisers. Als sie im Morgengrauen erwacht waren und vom Balkon aus nach Osten schauten, wo sich die Sonne über den Horizont schob, hatten sie weit draußen, an der Krümmung des Horizonts, in der flachen Landschaft einen See liegen gesehen, der im Licht schimmerte wie getriebenes Silber, und unter ihrem Hotel waren Gämsen mit traumhaft sicheren Schritten aus einer steilen Wand gestiegen.

Gala war wohl eine Stunde lang dagestanden, wortlos, und

war nur Auge und Ohr, gewesen bis sie zu ihm ins Bett gekommen war und sich an ihn kuschelte, als hätte er dieses Schauspiel für sie inszeniert.

Ein andermal waren sie alle zusammen mit seinem Cabrio übers Wochenende nach Grado, Cividale und Triest gefahren. Gala war begeistert gewesen von den altösterreichischen Spuren, auf die sie dort auf Schritt und Tritt stießen. Später vertraute sie ihm an, dass sie schon mit ihren Eltern dagewesen war. Ihr Vater hatte diese Gegend gemocht wie kaum eine andere. Den Karst, die Leute dort, die Weine des Collio, das Essen vor allem, in dem sich die Einflüsse der italienischen, slowenischen und österreichischen Küche vermengten. Ihre Zuneigung füreinander, mit der sie kaum hinter dem Berg halten konnten, obwohl sie sich schon über ein Jahr kannten, nervte jene, die unnötig fanden, was für sie beide selbstverständlich war. Um hingegen zu erkennen, dass Lukas und Esther so etwas wie ein Paar waren, musste man ihnen schon sehr nahe kommen.

Hrabal, der nicht so genau wusste, worum es ging, drängte darauf, in Tonis Bar zurückzugehen, wo er sich endlich wieder ein schäumendes Pilsner bestellen konnte, um seine ausgetrocknete Gurgel zu befeuchten.

Herb dachte wohl bereits über die logischen Implikationen eines Programms nach. Aber auch Lukas schien sich immer mehr mit der vielleicht doch nicht so verrückten Idee anzufreunden. Die in die Konturen seines Lächelns ziselierte Ironie zerfiel, und er beobachtete, nach einem Zug aus der Tüte, den undurchdringlichen Himmel über ihnen, als suchte er bereits nach den Koordinaten für sein nächstes Hologramm.

»Du willst sie doch nicht einfach so generieren, wie du sie in Erinnerung hast, oder etwa nach einem Foto?«

Wenn Lukas anbiss, dachte Vincent, war er seinem Ziel einen

großen Schritt näher. »Ich weiß noch nicht so genau«, sagte er. »Was meinst du?«

»Wenn schon, dann müssen wir sie in einen größeren Zusammenhang stellen«, sagte Lukas, »sonst ergibt das alles keinen Sinn.«

»Eigentlich wollte ich ja nur ihr virtuelles Double ins Leben rufen«, sagte er. Was ihm nun, unter den verständnislosen Blicken von Esther und Lukas, denen auch Rita beipflichtete, wie ein Ausbund an Egoismus vorkam. »Weil sie mir so fehlt!«

»Das ist die beste Voraussetzung, um ein Kunstwerk zu schaffen, Vinc«, sagte Lukas, der immer größeren Gefallen an der Sache zu finden schien, die Vincent, dem sie sich im Stillen und in der Einsamkeit aufgedrängt hatte wie eine Offenbarung, auf einmal zu entgleiten drohte. »Dein Schmerz. Dein vergebliches Ausharren. Und dann deine Schuldgefühle!«

Es war ihm unangenehm, ihn vor den andern so über sich reden zu hören.

»Doch darüber unterhalten wir uns einmal in aller Ruhe«, sagte Lukas. »Jetzt hast du diese Sache angestoßen, lassen wir sie sich also entwickeln und schauen einfach, was dabei herauskommt.«

Er hatte nichts dagegen, wieder ins Tweedledee – und damit auch das Thema – zu wechseln.

Der Rest der Nacht verlief, wie derlei Nächte zu verlaufen pflegten. Im Osten der Stadt wurde es hell über dem Horizont, als sie sich auf der Straße vor dem Lokal trennten und in verschiedene Richtungen aufbrachen.

Hrabal lud sie noch alle ein, ihm in der Villa einen Besuch abzustatten, wenn bis auf das Personal und ihn wieder einmal niemand zu Hause sei, was sie in ihrer illuminierten Verfassung begrüßten; ahnend, dass es sich dabei um eine jener Ideen handelte, die man anderntags wieder verwarf. Esther und

Lukas fuhren mit einem Taxi davon. Herb schwang sich auf sein Rad, das er wieder in Schuss gebracht hatte, winkte und trat in die Pedale, als hätte er noch eine ganze Menge vor. In der Stille der Stadt, die wie ausgestorben wirkte, hörte Vincent das Klickklack der Schaltung und das Rasseln der Kette, wie er bis in den achten Gang hochschaltete. Er konnte den Blick nicht vom Blinken des Rücklichts lassen, bis Herb um ein Haar in eine der Straßenbahnen krachte, die ohne Fahrer auf Autopilot unterwegs waren. Mit dem Ausbruch der Krise war die Umstellung der U-Bahnen, Busse und Straßenbahnen auf einen vollautomatischen Betrieb eingestellt worden. Ein paar Prototypen aber waren noch immer im Einsatz.

Mit einem waghalsigen Schlenker und erhobenem Stinkefinger, der wohl dem Programm des Autopiloten galt, verschwand Herb in einer Quergasse.

Auf einmal fand er sich an Ritas Seite wieder, die sich bei ihm unterhakte. Er fand nichts dabei, noch weiter mit ihr zu gehen, als er sich bereits verabschieden hätte müssen, um zu sich ins Souterrain abzubiegen. Fast wie von selbst liefen sie nebeneinander her. Sie kannte die Stadt von ihren Streifzügen nach Frauen, die auf der Straße gelandet waren, wie kaum jemand, das wusste er. Als er die Orientierung wiederfand, wurde ihm klar, dass sie auf dem Weg in die Satellitenstadt waren.

Als er nach ein paar Tagen und Nächten in der Satellitenstadt in sein Haus zurückkehrte, traf er im kühlen Stiegenhaus zufällig auf Jonathan Mbembe, der, die Kleine an der Hand, gerade auf dem Weg in die Klinik war, in der seine Frau lag. Vincent konnte, als er einen Händedruck lang sein Gesicht nach Zeichen abgesucht hatte, nur schwer deuten, wie es mittlerweile um Maria bestellt war.

»Wie geht es ihr?«

»Schön, dich zu sehen«, sagte er. Und dass es Maria allmählich besser gehe, die Ärztin aber befürchte, dass das tückische Fieber jederzeit wieder aufflammen könne. »Und wie geht's dir?« Jetzt lächelte er sogar. »Du siehst aus, als würde es dir zugleich gut und schlecht gehen. Mann, wie ist das möglich?«

Vincent wusste, worauf er anspielte, auch wenn er nur sein äußeres Erscheinen interpretierte. »Die Quadratur des Kreises«, sagte er, um die Kurve zu kratzen, ohne ihm (und auch sich!) gegenüber im Moment allzu deutlich werden zu müssen.

»Ich weiß nicht, was das ist«, sagte der Chief, »Geometrie war nie mein Fach. Meist ist es besser, sich zu entscheiden, wenn du zwischen die Fronten gerätst. Oder zwischen zwei Frauen vielleicht? Für die eine, für die andere, oder für gar keine. Denn tust du das nicht, wird es dich verwirren. Und du wirkst, als wärst du, excuse-moi, ziemlich verwirrt, mein Freund!«

Vincent ahnte, dass er sich nur selbst aus der Zwickmühle befreien konnte, in die er in den letzten Tagen, die er bei Rita verbracht hatte, geraten war, wozu er im Moment aber weder den Willen noch die Kraft hatte.

Warum hatte er noch immer das Gefühl, Gala zu betrügen, wenn er sich mit einer andern einließ? Nach all der Zeit!

Nachdem immerhin er es gewesen war, der verlassen worden war. War er daran vielleicht nicht ganz unschuldig gewesen? Und nun deshalb nicht in der Lage, mit der Vergangenheit abzuschließen und sich etwas Neuem zuzuwenden? Anderem. Jemandem. Jemand anderem. Rita hatte ihn von den Scheintoten auferstehen lassen, und was wollte er mehr? Sie hatte ihm schließlich sich selbst zurückgegeben, gebraucht und beglückt, wenn auch nur für Stunden und Tage. Aber daraus könnte noch mehr werden, dachte er, wenn er sich nur von seinen Altlasten befreien würde, die er mit sich herumschleppte wie sie ihre Rucksäcke auf den Streifzügen durch die Stadt. In ihrer Nähe war auf einmal alles klar gewesen, doch nun holte ihn die alte Verwirrung wieder ein.

Allein im Souterrain, hätte er sich dieser Verwirrung stellen müssen. Also schloss er sich dem Chief und seiner Tochter kurzerhand an. Er hatte ja versprochen, sie einmal in die Klinik zu begleiten.

Ada freute sich besonders, dass er mitkam. An seiner rechten und Jonathans linker Hand hüpfte sie mit wippenden Zöpfen, in denen die bunten Perlen rasselten, bis zur nächsten U-Bahn-Station. Für einen Moment überwältigte ihn die Fantasie, sie sei die Tochter, die er sich mit Gala gewünscht hatte.

Auf ihrer Reise ans andere Ende der Stadt – dort irgendwo musste auch die Villa sein, in der Hrabal als Mädchen für alles fungierte – durchquerten sie einige Krisenzonen. Vom Notstandsgebiet, wo sie wohnten, über das Areal zwischen Ring und Gürtel, ein altes Studentenviertel, wo es immer wieder zu Auseinandersetzungen zwischen den Studenten, der Regierung, der Bewegung und den Frommen kam, bis weit hinaus zu den wohlhabenderen Bezirken im Nordwesten, wo Infrastruktur und Alltag noch intakt zu sein schienen. Auf den ersten Blick jedenfalls, der zweite offenbarte freilich schon die unübersehbaren Symptome der Ansteckung. Kontrollen von Polizei und Militär an allen Ecken und Enden verstärkten diesen Eindruck mehr, als dass sie ihn zu zerstreuen vermochten.

Vor der Klinik lungerten die üblichen Security-Typen herum. Ehemals arbeitslose, gewaltbereite Kerle mit einem, darauf hätte er gewettet, fetten Vorstrafenregister, die man eigentlich nur rekrutiert haben konnte, um andere vor ihnen zu schützen. Das fiel ihm auf, als er, während sie die Klink durch eine Schleuse betraten, in der sie gescannt wurden, kurz in ihre Visagen blickte. Die glotzten sie an, als würden sie nur zu gern über sie herfallen. Vincent konnte sich ein Grinsen nicht verkneifen. Man merkte ihnen an, dass sie nicht genau wussten, wen oder was genau sie hier im Auge behalten sollten, und das machte sie noch unsicherer (aber auch unberechenbarer), als er es an diesem Tag war.

Man kannte die Mbembes bereits. Sie gelangten ohne Zwischenfälle bis zu der Station, wo Maria lag, nachdem sie mit Mundschutz und sterilisierten Plastikmänteln und -schuhen ausgerüstet worden waren. Und das nicht, erklärte der Chief, damit sie sich nicht ansteckten, sondern damit die Kranke nicht infiziert würde. Ihr Immunsystem habe keine Kapazitäten mehr frei, sagte er, nicht mal für einen kleinen Sommerschnupfen.

Ein freundlicher Pfleger führte sie in einen sterilen Raum, alles Weiß in Weiß, bis auf die Gestalt der dunklen Kranken, die in ihren Laken lag, als konzentrierte sie sich auf etwas, was alle anderen nicht kannten.

Maria nickte ihnen zu, als sie sich, auf den Abstand bedacht, auf den sie der Pfleger aufmerksam gemacht hatte, an ihr Bett stellten. Jonathan drückte Ada an sich. Zappelig, wie sie war, würde sie sich sonst irgendwann auf ihre Mutter stürzen, was fatale Folgen haben konnte. Maria lächelte und setzte sich mühsam auf.

Beim Blick aus dem Fenster sah Vincent, weit weg am Rand des Wienerwalds, die Schemen einer Ansammlung jener Behausungen, die nach dem harten letzten Winter an den Stadträndern wie die Pilze aus dem Boden gewachsen waren.

»Was guckt ihr so bedrückt?« Maria Mbembe ging in die Offensive, nachdem sie dastanden wie Trauernde auf einem Begräbnis. »Mir geht es ja besser, und ihr habt allen Grund, euch mit mir zu freuen«, sagte sie. Entschlossen rückte sie sich in den Kissen zurecht, um ihnen eine Lektion in Sachen Optimismus zu erteilen. »Wenn ihr keine Hoffnung mitbringt, dann bleibt besser zu Hause! Entschuldigen Sie, Vincent«, wandte sie sich, nun milder gestimmt, an ihn: »Ich danke Ihnen für das, was Sie für mich, für uns und für Ada natürlich vor allem, getan haben, von ganzem Herzen. Möge Allah Sie beschützen! Ich hoffe, Sie kriegen deshalb keine Probleme.« So wie sie jetzt keuchte, überstieg das Sprechen in ganzen Sätzen noch ihre Kräfte, aber sie riss sich zusammen.

Vincent legte einen Zeigefinger über seine Lippen und sagte: »Reden wir nicht mehr darüber.« Jonathan war Christ, das wusste er, und er hatte nicht geahnt, dass sie eine Muslima war. »Werden Sie bald wieder ganz gesund! Die Kleine hier braucht Sie, und wir brauchen ja auch einen Grund«, sagte er mit einem Seitenblick auf Jonathan, »um bald wieder eine Party steigen zu lassen.«

»Wenn ich heimkomme«, sagte sie und rang sich ein Lächeln ab, »werde ich mich auch um Sie kümmern, Vincent. Sie wirken heute auf mich, als könnten Sie sich weder für noch gegen Ihr Leben entscheiden. Gegen diese Art von Krankheit kennen wir in Afrika ein paar gute Therapien.«

»Maria hetzt dir noch den alten Hadza auf den Hals«, sagte

der Chief, »wenn wir sie nicht daran hindern. Diesen Säufer, Blender und animistischen Gaukler, der von der Naivität der andern lebt. Hier muss er ja froh sein, wenn er keine Prügel bezieht mit seiner falschen Medizin, und über jeden gefüllten Teller, den ihm die Caritas spendiert. Ich frage mich, wo er sein Geld für Zigaretten und Schnaps bekommt, wahrscheinlich führt er die Dummköpfe, bei denen er wohnt, mit seinem Hokuspokus an der Nase herum.«

Die Empörung des Chiefs über die Rituale seiner Heimat kostete Maria nur ein müdes Lächeln, bevor sie zum Angriff überging und ihn mit der Frage überfiel, ob er endlich eine Arbeit gefunden habe.

Es sei ja ganz allgemein schwer genug, konterte er, aber für einen schwarzen Akademiker sei es zur Zeit fast unmöglich, einen Job zu finden, sodass eigentlich nur mehr jene Branchen infrage kämen, die sich mit Schwarzarbeit über Wasser hielten: Dienstleistungen und Bauarbeit vor allem, aber da gebe es wiederum viel zu viele Arbeitslose ohne Qualifikationen, die man ihm jederzeit vorziehen würde, klagte er und wurde auf einmal so laut, dass alle erschraken: »Nicht einmal Schwarzarbeit für einen Schwarzen!«

Was für eine Ironie der Geschichte, mochte der Chief denken, dachte Vincent und machte zu seiner Beruhigung geltend, dass es auch für ihn – weiß, einheimisch, spezialisiert, Informatiker – fast unmöglich sei, eine Stelle zu bekommen, die weder seine Rechte noch seine Würde verletze. Der unglaublich gefräßige Markt, sagte er, habe sich in letzter Konsequenz selbst aufgefressen, und niemand wisse nun, ob und wann er sich davon erholen werde, ob er daran krepieren oder überleben und sich fangen werde, damit dieser Kreislauf erneut beginnen könne. Die Wiederkehr des Ewiggleichen! Vincent untersagte sich jedes weitere Wort. Das schien nun wirklich kein Thema für eine Kranke zu sein, der sie ganz andere Dinge in Aussicht stellen sollten: Genesung, Chancengleichheit, Prosperität, Liebe, Gerechtigkeit, Demokratie, ein gutes Leben, Glück.

Maria winkte ab, mit einem Fächer, den sie, Vincent wusste nicht woher, plötzlich aufschlug wie ein Pfau sein Rad, um sich mit letzter Kraft aufzusetzen, nachdem sie sogar seine Gedanken zum Schweigen gebracht hatte, die im Kreis herumirrten wie afrikanische Rennmäuse.

»Ich sage euch«, sagte sie unter Aufbietung ihres ganzen Willens, und zu Ada gewandt, die von einem Fuß auf den andern trat, »ja, auch dir, mein liebes Mädchen, und passt gut auf: Es ist alles Gottes Wille! Was natürlich nicht heißt, dass wir uns nicht einmischen dürfen und sollen. Aber wir sollten auch nicht verdrängen, wer wir sind und woher wir kommen, um Gottes Schicksal und damit auch unser eigenes zu erfüllen. Und dir, Jonathan, rate ich, nicht zu hochnäsig über die Heilkünste des alten Hadza zu urteilen. Immerhin habe auch ich ihn gebeten, sie für mich anzuwenden, während ich in der fremden Klinik bin. Allahu akbar! Und jetzt lasst mich alle allein, ich bin müde.« Erleichtert sank sie auf das Bett zurück und schloss die Augen. Der Arm mit dem Fächer hing an der Seite des Betts herab, als wäre kein Leben mehr in ihm.

»Amen«, sagte Jonathan, sich mit über Stirn und Brust huschenden Fingern bekreuzigend.

Ada hielt einen Moment lang still und tat es ihm nach.

Allein Vincent wusste nicht, was er tun und sagen sollte.

»Ich bitte Sie, jetzt zu gehen«, sagte der Pfleger, der nur seinen Kopf in das Zimmer steckte und schon wieder weg war, als sie sich nach ihm umsahen.

Auf dem Rückweg trennte er sich von Ada und Jonathan, setzte sich in ein fast leeres Kino, in dem eine Retrospektive lief, und ließ sich von dem Film *Die Kinder des Olymp* in eine andere Zeit entführen. Die suggestive Kraft des Films war stärker als die Verwirrung, die ihm zusetzte, seitdem er Ritas Rohbau in der Satellitenstadt verlassen hatte.

Als er aus dem Kino kam, holte ihn die Gegenwart wieder ein, die so gar nichts gemein hatte mit der Poesie des Films, in dem sogar das Schreckliche noch großartig gewesen war.

Er trabte weiter, zu Fuß in Richtung Souterrain. Nicht den kürzesten Weg, der spielte in seinem Leben kaum noch ein Rolle, sondern von Schatten zu Schatten. An den Mauern die Fluchten der Gassen und Straßen entlang, um der Hitze des Mittags zu entgehen, die über der Vorstadt brütete. Offenbar streikte die Müllabfuhr wieder einmal. Überall quoll Müll aus den Containern, die nicht pünktlich geleert worden waren. Es stank nach Vergärung, nach Verfall und Verwesung.

Szenen aus dem Film holten ihn ein, dann wieder Momente, die er mit Rita geteilt hatte. Als er ihr vom Verschwinden von Galas Vater berichtet hatte, als Gala zwölf gewesen war, war ihm zumute gewesen, als fiele nun, da er wusste, dass es Gala gut ging, ein zweites Mal eine Last von ihm ab.

Wenn er daran dachte, dass Rita gesagt hatte, sie werde sich, sobald sie Zeit dazu habe, auch um diese Sache kümmern, die womöglich etwas mit ihren eigenen Problemen zu tun habe, drängte sich ihm der Verdacht auf, dass sie mehr wusste, als sie ihn hatte wissen lassen. Kannte sie den Baustadtrat persönlich? Hatte sie etwas in dieser Richtung angedeutet?

Endlich in seiner Gasse ließ er diese Fragen fahren. Er rief sich mühsam – als lägen Jahre dazwischen – in Erinnerung, was er alles vorgehabt hatte, bevor es ihn an den Stadtrand verschlagen hatte.

IV

In den folgenden Wochen arbeitete er die To-do-Liste ab, die er innen an seine Stirn gepinnt hatte, wo er sie bei jedem Blick in seine Zukunft sah; wenn er nicht gerade in Gedanken anderswo war.

Er brachte sein *Wörterbuch* auf den aktuellen Stand. Datenkrieger, kreativer Steuerzahler, Gottespsychose, Leichtlohngruppe, Jahresendhohlkörper, Demokratieflexibilisierung, Lohnpause, Ökoterror und sozialverträgliches Frühableben. So lauteten seine letzten Einträge, die er jeweils mit einer Erklärung für die Nachwelt versah. Das waren Begriffe, Schlagworte und Variablen, die ihm noch in der ungewissen Zukunft verraten würden, wie es damals um die Welt bestellt gewesen war.

Viel Zeit und Energie verwendete er darauf, mithilfe des Quantencomputers seinen Programmiercode Galatea zu entwickeln, mit dem er den noch ziemlich plumpen Buddy (ganz gegen Galas Prophezeiung!) in den Fred Astaire unter den Haushaltsrobotern verwandeln wollte.

Seit die Erlebnisse mit Rita seine Erinnerungen an Gala überschrieben, wurde er die Vorstellung nicht los, dass er es Gala schuldete, ihre Vergangenheit in etwas Besonderes zu verwandeln, um das, was sie miteinander gehabt hatten, vor dem Verblassen zu bewahren.

Lukas arbeitete mit frischem Elan, an dem auch Esther ihren Anteil zu haben schien, an der Umsetzung ihres Konzepts, das er immer mit ihm abglich, wenn er einen Schritt weiter gekommen war. Und Herb unterstützte ihn in logischen und technischen Fragen, auf seine widerspenstige Art, aber trotzdem jederzeit hilfsbereit und effektiv, wenn es drauf ankam.

Wenn er sonst nichts zu tun hatte, schleppte er sich, trotz der

Hitze und der offenbar damit ansteigenden Schwerkraft, in die Wohnung im letzten Stock hoch um sich nach Maria Mbembes Befinden zu erkundigen. Es gehe ihr besser, bekam er zu hören, von Tag zu Tag, und bald schon würde sie nach Hause kommen. Ein paar Mal begleitete Ada ihn in den Notmarkt. Die Afrikaner im ganzen Haus legten zusammen, was sie hatten, und diesen Haufen Papier investierten sie in Lebensmittel, bis das ihm als Arbeitslosem zustehende Kontingent erschöpft war. Im Gegenzug luden sie ihn manchmal zum Essen ein.

Kaum noch ließ er sich von den Schritten draußen, den Schatten an seinen Wänden und der Brille oder den Linsen dazu verführen, in ein virtuelles Szenario einzutauchen. Er war so sehr mit konkreten Dingen beschäftigt, dass er weder Zeit noch Lust hatte, sich Hirngespinsten hinzugeben.

Einmal allerdings – er arbeitete gerade daran, mit dem QC einen Algorithmus für Lukas zu erstellen – riss es ihn förmlich aus seiner Konzentration. Er starrte wie gebannt auf die Wand, auf der sich eine ihm vertraute Silhouette abzeichnete. Er rannte hinaus. Tatsächlich war es Rita, wie er gehofft hatte, die von einem Amtstermin nach Hause ging. Ohne dass sie genau wusste, wo er wohnte, hatte es sie in seine Gasse verschlagen. Sie war zurechtgemacht wie damals, als sie in der Müllverbrennungsanlage den Computer besorgt hatten.

Er ließ die Arbeit sein und lud sie zu einem Essen ins Souterrain ein. Ohnehin wollte er einmal testen, welche Fortschritte Buddy mit seinem neuen Programm bei der Zubereitung eines Risottos machte, wobei ihm niemand gelegener kam als Rita.

Buddy sollte, nun fast ohne seine Hilfe, ein Rote-Rüben-Risotto kochen, was ihm mittlerweile ziemlich gut gelang. Allein das Rühren zum Zwecke der Sämigkeit, der größte Schwachpunkt, musste noch verbessert werden. Während sie sich das Reisgericht schmecken ließen, das Buddy perfekt servierte, wusste er auch schon, wo er ansetzen musste, um auch das noch hinzukriegen.

Rita blieb bis zum nächsten Tag. Als sie ihn dann verließ, um weiter ihren Recherchen nachzugehen, verschwand mit ihr zugleich etwas, das er augenblicklich vermisste. Es war mehr als die Sinnlichkeit ihres weiblichen Wesens.

Betrübt und beglückt zugleich wandte er sich wieder seinem Alltag zu.

Frau Vombichl vom Jobcenter schickte ihm einen weiteren Termin auf sein E-Konto, dem er unbedingt Folge leisten müsse, stand dort noch, wenn er wolle, dass die Sperre seines Bezugs endlich aufgehoben werde. Er hatte sich schon fast daran gewöhnt, seinen Kontorahmen bei der Bank illegal immer höher hinaufzusetzen, wusste aber auch, dass es nur eine Frage der Zeit war, bis man ihm auf die Schliche käme. Es war also dringend notwendig, das verflixte Minus, das mittlerweile aufgelaufen war, mit der bald fälligen Nachzahlung vom Jobcenter etwas zu reduzieren. Dann könnte er eine Anzahlung auf seine Mietrückstände tätigen, um die Delogierung fürs Nächste abzuwenden. Oder sollte er alles Geld, das er sich vielleicht ausleihen konnte, zusammenraffen und sich in einen Flieger setzen, um das Unmögliche zu wagen? Vielleicht wäre Gala gar nicht mehr vor Ort, wenn er ankäme, wie aus dem Himmel gefallen, und womöglich würde alles, was er an Erwartungen und Befürchtungen angehäuft hatte, in sich zusammenfallen. Fragte er sich, ob er sich auf die Suche nach ihr begeben oder Zeit und Energie in sein Vorhaben stecken sollte, das sich zu einem Teamwork entwickelt hatte, dann entschied er sich, unter Berücksichtigung aller relevanten Punkte, stets dafür, in der Stadt zu bleiben. Dass Rita hier ihr Projekt verfolgte, mochte den entscheidenden Ausschlag geben. Und hätte Gala ihn, wenn sie das wirklich wollte, fragte er sich immer wieder, nicht längst kontaktieren oder sogar aufstöbern können? Er war ja noch immer da, wo sie ihn verlassen hatte, wenn auch nicht mehr in einem Penthouse in der Innenstadt, sondern in einem Souterrain in der Vorstadt.

Zum ersten Mal seit Monaten zogen Wolken über den Himmel, als er sich zu Fuß auf den Weg ins Jobcenter machte. Dunkle Wolken, die sich durchs tiefe Blau wälzten wie Wale in einem Ozean. Und ein Nordwind kam auf, eine kühle Brise, die den Unmut kühlte, der ihn jedes Mal befiel, wenn er dorthin musste. Täuschte er sich, oder war die Warteschlange der Neuzugänge, die nun bis auf die Straße reichte, schon wieder länger geworden?

Er hatte einen Termin und ging, an ihnen vorüber, in das hässliche Gebäude, stieg in den zweiten Stock hoch und setzte sich, in Erwartung seines Namens, mit einer Zeitung hin. Falls er seinen Namen übersähe, wenn er über das Display lief, würde er ihn hoffentlich hören, dachte er sich, wenn ihn die Vombichl aufrief.

Er überflog nur, was in einer der Zeitungen der Regierung stand, während die Wartenden aufgerufen wurden. Die Leute kamen und gingen. Wenn er eine dieser Zeitungen las, wusste er nie, ob er nun lachen oder weinen sollte. Was einem da geboten wurde, war so weit weg von der Realität der Menschen in dieser Stadt, dass man es nicht ernst nehmen konnte. Zum Heulen war jedenfalls, dass es dennoch ernst genommen wurde, zumindest von jenen, die das Blatt machten und finanzierten. Wie sonst hätte man diese Mischung aus Naivität, Fehlinformation und Borniertheit hinkriegen sollen, die einen aus jeder Zeile dieser Elaborate ansprang? Er war froh, die Zeitung endlich weglegen zu müssen, als er zu seinem Termin gerufen wurde.

Er fragte sich, ob die Vombichl vielleicht krank geworden

war, so freundlich klang ihre Stimme aus dem Lautsprecher; wurde aber enttäuscht, als er in ihr Büro trat, wo sie in gewohnter Manier auf ihrem blauen Ball hockte. Zum ersten Mal fiel ihm auf, dass ihr Büro mit Fotos von ihren Kindern und Katzen, von ihrem Mann, ihrem Haus, ihren Urlauben und anderen Sternstunden geradezu tapeziert war. Wie nur hätte hier ein Kaffeehäferl mit dem Namen *Heide,* umrahmt von einem roten Herzen, fehlen können?

Es fehlte auch nicht. Sie umklammerte es nämlich gerade mit der linken Hand, während sie mit der rechten auf dem Computer die Maske mit seinen Daten öffnete.

Home sweet home, dachte er, als er seinen Blick über die Galerie ihres Lebens gleiten ließ, bis er an einer Pinnwand hängen blieb, die mit allem Möglichen gespickt war: kleinen Teddybären, Post-its mit Namen und Nummern, einer Liste mit zu Erledigendem, einer Telefonliste, einem Organigramm, das sich krakenartig verzweigte, und einem Blatt, auf dem, fett, unterstrichen, mit je drei Rufzeichen versehen, die von ihr bevorzugten Weisheiten standen. Eine Warnung, kam ihm vor, an alle, die das lasen. Damit sie wussten, mit wem sie es zu tun hatten und was von ihnen erwartet wurde.

Sie folgte seinem Blick, nachdem sie einander begrüßt hatten, bis hin zu dem zwischen zwei Aphorismen eingeklemmten volkstümlichen Spruch, an dem er etwas ratlos hängen blieb.

Ein guter Abend kommt heran, wenn ich den ganzen Tag getan.
Johann Wolfgang von Goethe

Kannst du Karren schieben, kannst du Arbeit kriegen!!!
Volksmund

Wie gut anständ'ger Scherz der Arbeit ziemt.
William Shakespeare

»So war das immer schon, Herr Pygmali!«, sagte sie. »Die Frage ist einfach, ob Sie auch dazu bereit sind, Karren zu schieben, wenn es sonst nichts mehr für Sie zu tun gibt.«

»Es kommt vor«, sagte er mit viel Geduld in der Stimme, »dass der Karren so tief feststeckt, im Morast auf dem Weg ins Schloss, dass es keinen Sinn mehr hat, ihn überhaupt noch weiterschieben zu wollen.«

Sie vollführte eine in Relation zu ihrer Leibesfülle verblüffend flinke Drehung auf dem blauen Ball und schaute ihn direkt an. Verständnislos. Ein wenig skeptisch. Und ziemlich ungehalten. War er etwa nur gekommen, um ihr an diesem Tag die Laune zu verderben? Das sprach sie zwar nicht aus, aber es stand als Vorwurf in ihren großen blauen Augen, die in einem See aus rauchblauer Schminke schwammen.

Mit ihm über anderes zu reden als das, was die Pflicht von ihr forderte, war also nach wie vor sinnlos, sie hatte es geahnt! Es war besser, das Thema zu wechseln und gleich zur Sache zu kommen, mochte die auch, wie gewöhnlich, unangenehm sein. »Was machen Ihre Bewerbungen?«

Pro forma war er den Auflagen des Jobcenters nachgekommen und hatte die vereinbarte Anzahl Bewerbungen an Firmen aus seiner Branche verschickt. Bis dato allerdings ohne Ergebnis. Was auch daran liegen mochte, dass er sich immer weniger vorstellen konnte, einfach nur dort weiterzumachen, wo es ihn beim Ausbruch der Krise kalt erwischt hatte – der einzige Haushaltsroboter, der ihn noch interessierte, war Buddy –, vielmehr lag es aber daran, dass er lieber mit Rita um die Häuser ziehen und obdachlose Frauen rekrutieren würde, als wieder für eine der Firmen zu arbeiten, die genau das machten, mittlerweile nur um einiges effizienter, wogegen er sich in seinen jungen Jahren engagiert hatte. Dass er in seinen Bewerbungen auf die Anrechnung der Vordienstzeiten gepocht hatte, was, wie er wusste, auf keinen Fall mehr berücksichtigt wurde, musste er der Vombichl ja nicht auf die Nase binden, die sich ohnehin nicht die Mühe machen würde, diese Bewerbungen im Detail anzusehen. Weil sie keine Zeit oder ganz einfach keine Lust dazu hatte.

»Es kommt so gut wie nichts zurück«, sagte er und setzte eine Miene auf, in der sich Enttäuschung spiegelte; die jedoch anderen Chancen galt, die er in seinem Leben bereits vermasselt hatte. Gala hatte ihm, als er ihr einmal bei Übungen vor dem Spiegel zugesehen hatte, gezeigt, mit welchen Tricks man seine Physiognomie dazu bringt, etwas auszudrücken, was man im Moment gar nicht empfindet. »Und wenn, dann nur nichtssagende Absagen, ohne jede Begründung, die Sie jederzeit in meinem E-Konto nachlesen können«, sagte er noch, um sie nur ja nicht an seinem guten Willen zweifeln zu lassen.

Mit dem Pochen auf Rechte, denen man längst jede politische und gesetzliche Grundlage entzogen hatte, hatte er sich bisher nur Probleme eingehandelt. Warum also nicht die Taktik ändern? Die Emotionen unter Kontrolle halten, gute Miene zum bösen Spiel machen und alles vermeiden, was zu Konfrontationen führen konnte.

»Tut mir leid«, sagte sie, »aber wir wissen beide, dass der Markt sich in einem kolossalen Umbruch befindet, was vor allem für«, sie räusperte sich, als würde sie ungern sagen, was sie sagen musste, »also für ältere Arbeitslose (er war vierundvierzig!), wozu Sie halt leider auch schon zählen, große Probleme mit sich bringt.«

Diese Leier kannte er zur Genüge, das brachte sie nicht weiter. »Dann wird also die Sperre aufgehoben«, sagte er, »und ich bekomme rückwirkend ausbezahlt, was mir zusteht?«

Sie zögerte, argwöhnisch, weil er nicht auf ihr Lieblingsthema eingegangen, sondern gleich mit einer Forderung vorgeprescht war. »Theoretisch, ja«, sagte sie. Zugleich schien sie darüber nachzudenken, was genau sie damit meinte.

»Theoretisch? Soll also heißen …?« Er fragte sich, worauf sie nun mit diesem *Theoretisch* hinauswollte.

»Keine Angst, Herr Pygmali«, sagte sie und nahm einen kleinen Schluck aus der *Heide*-Tasse, »Doktor Krautwaschl hat verfügt, Ihren Bezug aufzusperren, falls Sie Ihren Verpflichtungen uns gegenüber nachkommen, aber …« Sie sah ihn an, als wäre er soeben erst hereingekommen.

»Was denn noch?«

»Auch wir haben unsere Auflagen, von der Landesgeschäftsstelle, und zur Zeit schreiben uns die vor, dass Sie bereit sein müssen, an einer geförderten Maßnahme zur Qualifizierung teilzunehmen, um Ihr Anrecht auf den Bezug Ihres Geldes geltend zu machen.«

Jetzt war es also so weit, dachte er. Man würde ihn in einen dieser Kurse stecken, von denen er bereits gehört hatte. Dort würden ihm Trainer, die selbst von Arbeitslosigkeit bedroht waren, beibringen, wie man seine Unterlagen auffrisierte, wie man im Netz nach Jobs suchte, wie man sich im Bewerbungsgespräch verhalten musste, um sich von der Masse an Bewerbern abzuheben, wie man seine Bereitschaft steigern konnte, auch jene Angebote anzunehmen, die einen in den Abgrund treiben würden, zum Leben zu wenig, zum Sterben zu viel, wozu man sich gegebenenfalls umschulen lassen konnte (vom Informatiker zum Callcenter-Agent, der Umfragen für die Regierung durchführt?), wie man seine Skills verbesserte, hard und soft, wie man sich zu kleiden hatte, warum seine Schwächen immer auch Stärken waren, und man würde sich zweifellos auch nicht zu blöd dafür sein, ihn in einen EDV-Kurs zu stecken, damit er endlich wissen würde, wie man eine Tabelle erstellt, in die er die zahlreichen Absagen eintragen konnte, die er weiterhin erhalten würde.

»Herr Pygmali!«

Er war in Gedanken versunken und schreckte hoch, als Frau Vombichl ihn ansprach.

»Bitte?«

»Nehmen Sie das nicht persönlich. Das gilt auch für unsere anderen Kunden.«

»Ich bin hier also ein Kunde?« Das wollte er doch genauer wissen.

»Wie meinen Sie das?« Sie wollte nicht einmal seine Frage verstehen.

Er sah ein, dass es keinen Sinn hatte, mit ihr über solche Dinge zu streiten. »Ach nichts«, sagte er. »Wie war das noch mal mit diesem Kurs, den ich besuchen muss, wenn ich mein Geld haben will? Das mir doch zusteht, weil ich zwanzig lange Jahre dafür eingezahlt habe«, konnte er sich, und war es auch zwecklos, nicht verkneifen hinzuzufügen.

Jetzt verschränkte sie die Arme unter ihrem beachtlichen Busen und fixierte ihn, als hätte sie noch etwas mit ihm vor. »Allerdings«, sagte sie, »es gibt auch noch eine andere Möglichkeit.« Ihr Busen hob und senkte sich im Rhythmus ihres Sprechens.

Er fühlte sich an die Gezeiten erinnert, das Wogen von Ebbe und Flut, das ihn auf eine Weise beruhigte, die in seinen Genen stecken musste, etwas aus der Zeit vor allen Zeiten. Als würde eine Rieseninsel gegen das Festland drängen, den Himalaya aufwerfen und endlich als indische Landmasse zur Ruhe kommen.

Er rief sich selbst zur Ordnung. »Eine Möglichkeit also?« Immerhin stammte er aus der Generation mit den unbegrenzten Möglichkeiten. Dabei schaute er sie nur groß an.

»Die Regierung«, sagte sie, »hat beschlossen, Personen zu unterstützen, die sich mit einer brauchbaren Geschäftsidee selbstständig machen wollen.«

»Was heißt das im Detail?« Er vermutete, dass der Teufel,

wie so oft bei dem, was die Regierung in den letzten Jahren beschlossen hatte, wieder einmal im Detail steckte.

Sie löste ihre verschränkten Arme, lehnte sich zurück und sagte, ohne ihn dabei anzusehen: »Sie gründen ein Start-up, allein oder zusammen mit anderen, und wir unterstützen Sie dabei, indem Sie ein halbes Jahr lang keinerlei Verpflichtungen mehr haben, sich anderweitig zu bewerben. Vielleicht haben Sie schon einmal daran gedacht, sich mit einer Geschäftsidee auf eigene Beine zu stellen?«

»Ich werde darüber nachdenken«, sagte er. Im Moment überforderte ihn die Vorstellung, eine jener Ich-AGs zu gründen, die seit Jahren wieder so schnell vom Markt verschwanden, wie sie entstanden. Viele dieser Kleinunternehmer, die mit den verrücktesten und absurdesten Projekten auf einen nur mehr vor sich hin siechenden Markt drängten, stießen sehr bald an die Grenzen des Machbaren. Dass es immer wieder welche gab, die sich gegen die Zeichen der Zeit durchsetzten, bewies gar nichts. Die meisten jedenfalls blieben bald mit nichts als einem Haufen Schulden auf ihren Ideen sitzen.

»Falls Sie da schon etwas in petto haben«, sagte sie, »lassen Sie es mich wissen. Sie müssen uns natürlich ein brauchbares Konzept vorlegen, das von drei Experten geprüft wird, bevor die Geschäftsleitung zustimmt. Wenn alles Hand und Fuß hat, sind Sie damit aller anderen Pflichten bis auf weiteres entledigt.«

»Kein Kurs?«

»Kein Kurs, solange Sie dabei sind, Ihr Geschäft zu etablieren.«

»Und das gesperrte Geld?«

»Wird demnächst auf Ihr Konto überwiesen.« Es gefielt ihr offensichtlich, sich vor ihm endlich auch einmal als gute Fee zu präsentieren und nicht immer nur in der Böse-Hexe-Rolle, in die sie doch nur von den ihr auferlegten Weisungen gezwungen wurde.

Auf dem Nachhauseweg, begleitet von einer Brise, die zwar nicht kühl, aber immerhin eine Brise war, dachte er unter anderem auch darüber nach, ob er weiter über ihren Vorschlag nachdenken sollte.

Das Wichtigste im Moment war, dass bald Geld auf seinem Konto landete, sodass er der Hausverwaltung eine Anzahlung auf die mittlerweile aufgelaufenen Mietschulden überweisen konnte, bevor sie ihm eins jener Inkassobüros an den Hals hetzte, die in der Stadt seit Jahren aus dem Boden schossen wie giftige Pilze. Erst wenn er seine Finanzen einigermaßen im Griff hatte, durfte er überhaupt daran denken, sich selbständig zu machen. Ihm fiel zwar ein, womit er es versuchen konnte, aber die Idee war so ungewöhnlich, dass er sie mehr als Scherz betrachtete denn als seriöse Geschäftsidee. Andererseits, fragte er sich, was alles hatte nicht schon Erfolg gehabt?

Er untersuchte die Idee von allen Seiten, das Für und Wider, ließ das Szenario vor seinem geistigen Auge erstehen, kam aber immer wieder nur zum Schluss, dass das noch nicht spruchreif war. Vielleicht war die Idee nicht schlecht, das mochte sein, aber spruchreif war sie auf keinen Fall! Er würde mit seinen Freunden darüber reden müssen, wie sie diese Sache sahen, ob da etwas dran war. Und überhaupt musste er erst Buddys Programm vervollkommnen, wenn das etwas werden sollte. Da fehlte nicht mehr viel, daran sollte es also nicht scheitern, dachte er, als er die Tür zur Milchbar des Tweedledee aufstieß, um seine Trinkgewohnheiten nicht nur bloß infrage zu stellen, sondern einmal auch zu ändern.

Als Maria Mbembe endlich genesen und wieder zu Hause war, ließ der Chief ein Fest steigen. Da auch seine Freunde willkommen waren, wie er ihm versichert hatte, stiegen Hrabal, Esther, Lukas und er, mit Geschenken beladen, in den vierten Stock hoch, nachdem sie sich im Souterrain bei einer Flasche altem Bordeaux über die Idee unterhalten hatten, mit der er beabsichtigte, den Schikanen der Vombichl vom Jobcenter zu entkommen. Rita war mit Problemen in der Trabantensiedlung beschäftigt und hatte nicht kommen wollen.

Der kostbare und nicht weniger köstliche Wein stammte aus der (inoffiziellen!) Vinothek der Saudis, auf die Hrabal freien Zugriff hatte. Bis auf die hyperkritische Esther fanden die Freunde seine Idee gar nicht so schlecht: Er wollte versuchen, Buddy und sich als Duo für Kochshows anzubieten, wobei sie die Rollen tauschen und Vincent als Hilfskoch fungieren würde, sobald das Programm seinen Erwartungen entsprach. Sie könnten auf Messen auftreten, im Kabarett, als Vorgruppe auf Events, vielleicht sogar in einer richtigen Show, in einer Holovision. Kochshows waren das einzige HV-Format, das sich trotz der Krise ungebrochener Beliebtheit erfreute. Je schlechter es den Massen ging, desto mehr verlangten sie nach einer Welt, in der alles so war, wie es sein sollte. Der letzte Schrei waren Shows, in denen nur zubereitet werden durfte, was die Leute selbst angebaut und gewildert hatten, und Shows, in denen seltene oder andere Tiere verarbeitet wurden, die bis dato auf keinem zivilisierten Speiseplan gestanden waren. Haustiere, aber auch Raubtiere, und Menschenaffen vor allem. Wer jetzt noch Geld hatte, der konnte das zeigen, indem er sich hin und wieder auch einen Schimpansen gönnte, oder zumindest einen Bonobo; wobei das Fleisch der Jungtiere höchst begehrt war, sollte der rituelle Verzehr doch vor bösen Geistern und Unglück in jeder Form schützen und nebenbei die Potenz steigern. Viele Krisengewinnler, das war ein offenes Geheimnis, waren jederzeit bereit, auch Unsummen zu bezahlen, um an das begehrte Fleisch unserer nächsten Verwandten zu kommen, für das es einen global agierenden Markt gab. Der letzte Sieger der größten Kochshow in England hatte Dodo in Mintsauce zubereitet, im Rohr gegrillt wie ein Huhn, einen flugunfähigen Vogel, der als längst ausgestorben gegolten hatte. Auf fast allen Kanälen und in vielen Newsrooms wurde kolportiert, dass es sich hierbei doch wohl nur um ein mithilfe der Genetik auferstandenes Geschöpf gehandelt haben konnte. Wem es jedenfalls gelang, so viel stand fest, ein Exemplar einer vom Aussterben bedrohten Tierart auf die Teller der Juroren zu bringen, der hatte die Nase vorn. Und keiner der überaus beliebten Charity-Event-Sender, die rund um die Uhr durch die Räume der Bürger flirrten, konnte es sich noch leisten, nicht auf diesen Trend zu setzen. Mit der Krise hatten sich die Ambitionen, Tieren so etwas wie Artenrechte zuzugestehen, in ihr Gegenteil verkehrt, und die in die Enge getriebenen Massen fanden es nur recht und billig, dass in Notzeiten auf alle möglichen Ressourcen zurückgegriffen wurde.

Nur weil klar war, dass Buddy der Star in seiner fleischlosen Show sein und im Rampenlicht stehen würde, konnte er sich schließlich mit dem Vorhaben anfreunden und Esthers Zweifel besänftigen, die ihm jedes Talent zur Schauspielerei absprach. Womit sie natürlich vollkommen recht hatte, wie er selbst am besten wusste. Aber sie wäre nicht Esther gewesen, wenn sie ihm nicht trotz ihrer Bedenken in Aussicht gestellt hätte, vielleicht einen Journalisten aus der HV-Branche, den sie persönlich kannte, für diese Sache interessieren zu können.

Eine Sache, die sie nichtsdestotrotz für »deiner nicht würdig, lieber Vinc« hielt.

Er wusste, was sie meinte, aber er ahnte auch, dass er von seiner Würde nicht mehr lange würde leben können.

Der Chief begrüßte sie wie Staatsgäste. Sie überreichten die Geschenke aus dem Notmarkt. Erstauntes Gelächter verbreitete sich wie ein Lauffeuer durch die Wohnung, deren Türen und Fenster offenstanden, als Hrabal eine Kostprobe seines bereits etwas eingerosteten Suaheli zum Besten gab.

Jonathan führte sie herum und stellte sie vor. Er zeigte ihnen, was es zu essen und zu trinken gab. Dann brachte er sie zu seiner Frau, die mit Ada im Arm auf der mit einem afrikanischen Patchwork bezogenen Matratze lag. Die Krankheit hatte sich aus ihrem Körper zurückgezogen, sie wirkte jetzt jünger, entspannter, kräftiger. Und jene Ironie, mit der sie sich gegen ihr Schicksal gestemmt hatte, wurde von einer auf dem dunklen Gesicht ruhenden Dankbarkeit im Zaum gehalten.

Sie standen da wie vertriebene Könige aus einem fernen Abendland, profane Gaben (Vitaminpillen und Medikamente) in den Händen, und wussten nicht viel zu sagen. Im Angesicht der Überwindung des Todes schien es nur angebracht, demütig zu schweigen.

Bis sie auf einmal lauthals loslachte, Ada einen Kuss gab, das Kind vom Lager scheuchte und sich energisch aufsetzte. Sie hatte sich schön gemacht. Für das Fest, für sie, für ihr neues Leben. Ein bunter und kunstvoll geschlungener Turban erhob sich als Zeichen der Zuversicht auf ihrem wie geschnitzten Kopf.

»Ich freue mich, dass es Ihnen wieder gut geht«, sagte Vincent, um dieses betretene Schweigen endlich zu brechen.

»Afrika wollte mich töten«, sagte sie, »weil ich weggegangen bin!« Ihr Gesicht strahlte vor Energie. »Ein paar Mal schon wollte es uns zu Hause töten, und weil ihm das nicht gelungen ist, hat es mich bis hierher verfolgt. Doch gegen das Andere hier, das Fremde, hat es keine Chance gehabt. Gegen solche Menschen wie Sie, Vincent, merci«, setzte sie nach.

Vincent fühlte sich wie der gute alte Bartleby. »Soviel ich weiß, war es bestimmt Ihr Lebenswille, der Ihnen am Ende am meisten geholfen hat«, sagte er, um von sich abzulenken.

Esther sprang ihm bei. »So eine Krankheit hat zwar keinen Sinn, wenn man darüber nachdenkt, aber sie kann die Probleme, die sich in der Fremde auftun, in einem milderen Licht zeigen. Jetzt wissen Sie, dass Sie sehr stark waren, aber auch, dass Sie es wieder sein können, wenn's drauf ankommt.«

»Ich habe den Hadza gebeten, sich heute um Sie zu kümmern«, sagte Maria mit einem Lächeln zu Vincent. Ein Lächeln, mit dem man Ungläubigen vergibt, die es ganz einfach nicht besser wissen können.

»Das ist nicht nötig«, sagte er, nachdem er hatte sagen wollen, dass das auf keinen Fall infrage komme.

Sie war es wohl gewohnt, sich durchzusetzen und ging gar nicht darauf ein. »Sie wirken weniger traurig als früher«, stellte sie fest, »aber Ihre Sorgen sind größer geworden!«

»Da haben Sie vollkommen recht«, fiel ihm Lukas in den Rücken, der bis jetzt geschwiegen hatte.

So wie Lukas dreinschaute, war er in Gedanken schon wieder einmal überall, nur nicht da, wo sein Körper war. Vincent war jedes Mal verblüfft, wenn er dann doch noch die Kurve kratzte und eine Abkürzung durch Zeit und Raum nahm, die ihn ins Hier und Jetzt beamte.

»Der Bursche macht sich zu viele Sorgen«, mischte sich Hrabal ein, der doch bis vor Kurzem selbst nicht gewusst hatte, wie er sein durch die Krankheit und die Last der Arbeitslosigkeit immer komplizierter werdendes Leben wieder auf die Reihe kriegen sollte.

»Wer reich ist, hat Angst, aber wer arm ist, hat Sorgen«, sagte Maria Mbembe, während sie sich von ihrem Lager erhob, langsam und umsichtig, so als wollte sie keine bösen Geister wecken.

Mit dem Spruch, den Vincent beim besten Willen nicht auf sich anzuwenden vermochte, und einem »Bis später« überließ sie sie der Fete, die nun überall in der Wohnung Fahrt aufnahm, wozu die Rhythmen aus einer Stereoanlage, die man eher in einem Hi-Fi-Museum vermutet hätte, einiges beitrugen.

Während manche zu tanzen begannen, inspizierten sie das Buffet. Hrabal half ihnen dabei, dieses und jenes zu identifizieren, bevor sie es wagten, davon zu kosten. Als eingefleischter Biertrinker hatte er es sich nicht nehmen lassen, auch eine Kiste Pilsner mitzubringen, auf die sie erleichtert zurückgriffen, als sie feststellten, dass es zwar Tee, Wein und Schnaps, aber kein zumutbares Bier gab, um den Durst zu löschen.

Diesen metaphysischen Durst, der sie meist befiel, wenn sie zusammen waren.

Nachdem sie von allem, bis auf etwas, das aussah wie ein glacierter Hamster, gekostet hatten, schwärmten sie in verschiedene Richtungen aus und mischten sich unter das fremde Volk.

Mit einer Flasche Pilsner in der Hand ließ sich Vincent durch die Räume treiben, schnappte hier und dort etwas auf, plauderte ein wenig mit, wenn er angesprochen wurde, und war sonst ganz Ohr und Auge. Er wollte hören und sehen, ob das Allgemeine, das sie als Menschen verband, ihm auch das Besondere erklären würde. Die Sprachen, die ihn umschwirrten wie unbekannte Programmiersprachen, überwältigten ihn.

Esthers aktuelle Ernte *(Blue Dream)*, von der sie großzügig

Kostproben an alle Interessierten abgab, sorgte bald dafür, dass die zahlreichen europäischen Grenzen, die Frontex mit fast unüberwindbaren Hindernissen markiert hatte, sich für eine Weile auflösten.

Er tauchte in ein tiefblaues Meer, umgeben von Delfinen, Schwertfischen, silbrigen Schwärmen, kunterbunten Rifffischen, aber auch Haien. Sie umkreisten ihn in einem schwerelosen Tanz, bis sie genug gesehen hatten und weiterzogen. Ein paar Mal blitzte Rita in seiner Vorstellung auf, er vermisste sie, und dann wiederum Gala, die ihm ebenfalls fehlte, auf einer anderen Wellenlänge allerdings. Als er merkte, wie sich in der Wohnung hinter seinem Rücken was zusammenbraute, war es schon zu spät.

Maria Mbembe und Esther hakten sich bei ihm unter und verschleppten ihn, bevor er protestieren konnte.

Sie bugsierten ihn in das Zimmer, wo der alte Heiler, dem er bis jetzt aus dem Weg gegangen war, bereits auf ihn wartete.

Er musste sich auf eine Matte legen, und man schob einen großen, kühlen, runden Stein unter seinen Nacken. Die Versuchung, einfach die Augen zu schließen und sich tiefer ins Meer sinken zu lassen, war groß. Aber nachdem er sich schon hatte abführen lassen, wollte er doch ein wenig Widerstand leisten, bevor er alle, die ihn jetzt umringten, ihren Spaß haben ließe: Hrabal, Maria, Lukas, Ada, Esther und Jonathan in der ersten Reihe, alle andern in der zweiten und dritten.

Der Hadza kniete neben ihm und legte seine heiligen Dinge zurecht, bevor er in einen Singsang verfiel, der Vincent erneut unter Wasser drückte, wo es ihm besser gefiel als inmitten der lautstarken Menge, die plötzlich, auf einen Wink des Alten hin, verstummte.

Er sah ihn wie durch eine Lupe, erschreckend nah, all die Falten und Runzeln seiner schwarz gefleckten Haut, das Gelb seiner Augäpfel, die Klauen seiner dürren Hände, die sich über ihm zu schaffen machten, und er roch seinen nach Schnaps stinkenden Atem, während er seinen Kopf und seinen Körper, von oben bis unten und zurück, systematisch mit dem Rauch bestrich, der aus seinem zahnlosen Mund strömte. Die alten Formeln – die er zwischen den Zügen aus einer Pfeife, die Esther ihm gereicht hatte, murmelte – schwebten mit dem Rauch auf ihn herab, der sich auf das Wasser legte, durch das er von unten blickte. Er spürte, wie es ihn in die dunkle Tiefe zog. Wie die ihn Umstehenden aus dem Hintergrund seines Bewusstseins verschwanden, bis irgendwann nur mehr das Meer da war. Das große, tiefe Meer. Dieses sanfte Ziehen der Ebbe, die ihn mit sich hinabzog.

Er sank und sank, tiefer und tiefer, durch einen Raum absoluter Stille. Kaum merklich veränderte sich seine Umgebung, die immer dunkler wurde, während nach und nach Dinge aus dieser Dunkelheit hervortraten. Dinge, die er, als sie nun an ihm vorbeischwebten, auf einmal erkannte: Die Handtaschen Galas, die er ihr geschenkt hatte, Stück für Stück, aber auch andere Sachen trieben an ihm vorbei in die Tiefe, nach denen er als Kind immer gesucht hatte: Fußbälle, die er ins Gebüsch oder in den nahen Fluss geschossen hatte, Kleidungsstücke, die ihm abhandengekommen waren, Schulsachen, Schätze, die er so gut versteckt hatte, dass er sie nach ein, zwei Jahren nicht mehr fand. Und dann jene Dinge, die von den Liebhabern seiner Mutter geblieben waren: Wegwerfrasierer, Mützen, Handschuhe, Zahnbürsten, Feuerzeuge und Zigaretten, aber auch das eine oder andere Fläschchen Parfum, das er öffnete wie eine Flaschenpost. Er roch daran, und auf einmal erschien ihm, als Geist aus der Flasche, Gala. Jetzt trieb sie wie aus dem Nichts auf ihn zu, fast wie ein Astronaut bei einem Weltraumspaziergang. Sie streckten ihre Arme aus, um einander zu fassen zu kriegen, und während er in ihr Gesicht schaute, um zu sehen, was sie sah, schwebten sie so knapp aneinander vorüber, dass sich die Spitzen ihrer Finger berührten, bevor sie wieder im dunklen Nichts verschwand, aus dem sie aufgetaucht war.

Dann erfasste ihn ein Sog, der ihn aus der Tiefe zog, nach und nach, höher und höher, über Fauna und Flora eines Riffs hin, das im Licht der Sonne glitzerte, bis ihn die ansteigende Flut ans Ufer spülte, wo er auf einer Matte landete, umwabert von Rauch und umringt von einer Menge Leute. Ein paar Schwarze schauten mit einer Ehrfurcht auf ihn herab, die wohl den Rätseln ihres eigenen Lebens galt. Der Chief vertrieb sie mit einer strengen Handbewegung, in der seine ganze Ungeduld mit den Ritualen aus der alten Heimat lag.

Bis auf seine Freunde und den alten Zauberer zerstreute sich die Menge. Als das Saxofon Fela Kutis aus den antiken Boxen zu tröten begann, beschloss er dort weiterzumachen, wo er vor Kurzem (oder vor Jahrzehnten?) aufgehört hatte. Was sonst hätte er tun sollen?

»Wie geht's dir, Vinc?« Esther, die doch so bereitwillig assistiert hatte, schien nun tatsächlich besorgt zu sein. »Kannst du dich an etwas erinnern? Und kannst du aufstehen?« Sie reichte ihm eine zarte, aber kräftige Hand und half ihm auf. »Du hast ja ausgesehen, als würdest du dich in das Kind zurückverwandeln wollen, das du mal warst.« Und sie beteuerte: »An meinem Soma allein kann das aber nicht liegen!«

Es ging ihm ausgezeichnet. Der Alte strich ihm mit seinen trockenen Händen über Stirn und Wangen, murmelte ein paar afrikanische Worte und hinkte in Zeitlupe davon. Er fühlte sich, als wäre er gesäubert worden. Von irgendetwas reingewaschen, das an ihm gehaftet hatte und das er nie ganz losgeworden war.

»Was war denn los?« Lukas, der neben Hrabal stand, beide

mit einem Bier in der Hand, war neugierig, ob er etwas erlebt oder gesehen hatte, das sie vielleicht für ihr Projekt verwenden konnten.

»Nichts«, sagte er nur, weil er im Moment nicht darüber reden wollte.

Sie feierten, bis ein neuer Tag anbrach. Irgendwann klopfte die Polizei an die Tür im vierten Stock, alarmiert von der Alten unter ihnen.

Die Polizei war nicht unfreundlich, bloß übertrieben korrekt. Die Schwarzen wurden alle aufgefordert, sich auszuweisen – Pass oder Personalausweis, Meldezettel, Asylantrag, Aufenthaltsbewilligung –, und drei Gäste aus der Wohnung gegenüber, die nichts vorweisen konnten, wurden unter dem Protest aller anderen abgeführt. Die Anzeige wegen Lärmbelästigung werde in den nächsten Tagen im Postfach zu finden sein, wurde Hrabal mitgeteilt, der einen letzten Protest einlegte, während er die Beamten zur Tür begleitete.

Dann fiel die Stimmung in den Keller. Das Fest löste sich auf. Es wurde noch eine Weile über dies und jenes gezetert, bis sie mit den Gastgebern zurückblieben.

»C'est la vie«, sagte der Chief und meinte, so sollte es gerade nicht sein. »Um die drei Männer von drüben kümmern wir uns morgen. Wir sind es schon gewohnt, der seltsamsten Dinge verdächtigt und beschuldigt zu werden.«

Sie verabschiedeten sich von Maria und Jonathan. Ada war vor Stunden in einer Ecke im Sitzen eingeschlafen. Maria drückte ihm noch eine Art Amulett in die Hand. Ein Tier aus Messing, das in der freien Wildbahn nicht mehr existierte, ein Nashorn. Damit die bösen Geister nicht so bald zu ihm zurückkämen, die der Alte vertrieben hatte, sagte sie. Wenn Vincent die Kleine dort schlafen sah, Kopf an Kopf mit ihrem Stoffhippo, überhitzt und unruhig, ein junger Mensch, in dem die Zukunft drängte wie etwas, das unbedingt gelöst werden wollte, war er heilfroh, dass ihre Mutter die Krankheit überwunden hatte.

Als er aus dem Souterrain in die Gasse hochspähte, sah er vor dem Fenster die Beine von Lukas und Esther, die ein Taxi gerufen hatten, auf und ab schlendern. Auf einmal blieben sie dicht an der Mauer stehen, und sein Bein schob sich zwischen ihre Schenkel, die dem Druck, so kam es Vincent vor, bereitwillig nachgaben. Und dann wurde ihr Rock gelüpft, von zwei Händen, die es einfach wissen wollten, woraufhin ein Höschen auf ihren Schuhen landete.

Er wandte sich ab, hängte den Talisman über den Rahmen mit einem Foto, das er von Gala behalten hatte, zog sich aus und legte sich, die Hände hinterm Kopf verschränkt, auf den Futon. Nicht einmal das Ende der Party hatte ihn aus der Ruhe gebracht, die ihn erfüllte, seit er aus der Tiefe seines ganz persönlichen Meeres aufgetaucht war. Nichts in seinem Leben war in Ordnung, und dennoch wurde er das Gefühl nicht los, dass die Dinge sich wieder einrenken würden.

Er fragte sich, wie es seinen Freunden ging, als ihm sein Manager mitteilte, dass er eine Nachricht für ihn hatte.

Einladung stand in der Betreffzeile. Und dann, gleich danach, dass Hrabal von ihnen verlangte, ihn kommenden Freitag in der Villa der Ölmagnaten zu besuchen. Zeit und Ort, nichts weiter, bis dann, MfG, Euer H. Das Ganze glich weniger einer Einladung als vielmehr einem Befehl zum Rapport. Er muss beängstigend nüchtern gewesen sein, dachte Vincent, als er das verfasst hat. Sonst ließ er sich doch kaum eine Gelegenheit entgehen, die nackten Informationen mit Metaphern, Geschichten und rhetorischem Tand zu verzieren.

Seit Lukas wieder mit Esther zusammen war, waren seine Blockaden verflogen und er arbeitete unermüdlich an ihrem gemeinsamen Projekt, hatte Esther Vincent vor Kurzem im Tweedledee verraten. Ob Lukas aber da weitermachte, wo er mit dem *Abendmahl* aufgehört hatte, verriet er nicht einmal ihr; oder gerade ihr nicht, hatte sie vermutet und Vincent gefragt, wie sie bloß an die verschlüsselten Dateien in seinem Kopf herankäme. Worauf der sich mit einem Themenwechsel aus der Affäre zog.

Die Stadt hatte sich erneut verändert, als er sie durchquerte. Die Gesichter in der U-Bahn sprachen Bände. Krisengewinnler sah man hier kaum noch. Für sie war es zu gefährlich geworden, die öffentlichen Verkehrsmittel zu benutzen. Immer öfter hörte und las man von Übergriffen auf jene, denen man ansah, dass es ihnen noch immer gut ging; oder besser als je zuvor. Sie vermieden jeden unnötigen Kontakt mit dem gemeinen Volk und fuhren selbst oder ließen sich fahren. In tankartigen

E-Mobilen, auf die sich Europas Autoproduzenten spezialisiert hatten. Die Straßen waren immerhin nicht mehr so verstopft wie früher, weil sich viele kein Auto mehr leisten konnten. Vor und nach den Rolltreppen boten die Frommen ihr heiliges Buch feil. Stapelweise das gleiche. Wie auf den Paletten mit den Bestsellern, die früher vor den Kassen der Buchhandlungen platziert worden waren.

Überall lagen Menschen in und auf Schlafsäcken, über die er steigen musste, wenn er die Linie der U-Bahn wechselte. Scharen von Junkies irrten wie Zombies durch die desolaten Gänge, die Dealer folgen ihnen auf den Fuß. Grell geschminkte Mädchen boten sich in den dunkelsten Ecken und Winkeln an. Wenn vermummte und vor Waffen starrende Einheiten der Polizei den Untergrund stürmten und eine Razzia durchführten, kam Bewegung in die Tunnel der Geisterbahn. Viele versuchten einer Perlustrierung und Festnahme zu entgehen und ihre Haut zu retten. Für die Polizei oder eine Truppe der Securitys war es ein Leichtes, die in ihrer Panik in alle Richtungen Türmenden zu schnappen, indem sie einfach die Ausgänge blockierten. Dann kam es auch vor, dass jemand durch die Röhren, entlang der Gleise, abhauen wollte. Was oft letal endete, wenn er es nicht schaffte, innerhalb eines Intervalls bis zur nächsten Station zu gelangen. Und dann stand die Unruhe dieses Uhrwerks, das im Untergrund tickte wie eine Zeitbombe, für eine Weile still: »Wegen der Erkrankung eines Fahrgasts …«, tönte es aus den Lautsprechern, bis sich alles von Neuem formiert hatte.

Die unumkehrbare Zeit lief weiter ab.

Erleichtert verließ er den Untergrund, ein Terrain, in dem die Symptome der Zeit auf eine Art bloß lagen, die nichts Gutes verhieß.

Mit einer Straßenbahn auf Autopilot fuhr er weiter, in den Nordwesten der Stadt, wo Freund Hrabal Hof hielt. Das Anwesen der Saudis war in der Nähe der Klinik, in der Maria Mbembe behandelt worden war.

In der Vorstadt gelang es, wenigstens einen Anschein von Normalität aufrecht zu erhalten. Einer Normalität allerdings, die bei näherem Hinsehen den Patrouillen und Kontrollen der Polizei geschuldet war. Etwaige Anweisungen, dabei Diskretion walten zu lassen, wurden vom rüden Vorgehen der Sicherheitskräfte konterkariert. Zu viele Elemente, die der Bewegung nahestanden, hatten die Exekutive in den letzten Jahren unterwandert, als dass ihr objektiver Einsatz im Dienst der Stadt noch gewährleistet gewesen wäre.

Im Gegensatz zur U-Bahn war die Straßenbahn fast leer. Klappernd, rumpelnd und um Kurven quietschend, fuhr Vincent in die bereits merklich früher einsetzende Dunkelheit hinein. Er überlegte gerade, ob er sein Für-alle-Fälle-Buch aus der Tasche kramen sollte, als ihn der langsam näherkommende Lärm einander überlagernder Folgetonhörner ablenkte. Das Jaulen der Sirenen, die aus allen Richtungen kamen, schien sich an einem einzigen Ort zu konzentrieren.

Als er die Gegend nach diesem Ort absuchte, schnitten auf einmal die Kegel starker Scheinwerfer durch die Büsche und Bäume des Parks zu seiner Linken. Die unterschiedlichen Frequenzen der Sirenen überlagerten einander im selben Moment, in dem die Lichter aufflammten, die den Zeltplatz plötzlich aus der Finsternis des Parks hoben. Als risse man die Natur selbst aus dem Schlaf, dachte er. In diesem grellen Licht wirkte die Szenerie wie eine der Installationen seines Freundes.

Alle Fahrgäste starrten nach draußen. Über Megafone wurden die Bewohner der Zeltstadt aufgefordert, aus ihren Behausungen und Verstecken zu kommen, mit über den Kopf erhobenen Händen, und dabei jede Bewegung zu vermeiden, die als Gegenwehr aufgefasst werden konnte. Er sah, wie sich

Gestalten aus den Gruppen lösten und sich zu Reihen formierten, die sich, eine nach der andern, ohne Widerstand, durchsuchen, festnehmen und abführen ließen; dann bog die Straßenbahn ab und entfernte sich vom Lärm und dem Licht, das nichts unbehelligt ließ.

Er hatte keine Lust mehr, sein Buch herauszuholen, in dem ein Dichter von glücklichen Zeiten sang.

Hrabal drückte ihm die Hand, nachdem er ihm sein Mitbringsel überreicht hatte: *Ich habe den englischen König bedient.*

Ein seltenes Exemplar der Erstausgabe eines Romans seines Namensvetters, der in diversen Geschichten das Pilsner in den Rang eines Protagonisten erhoben hatte, das Vincent in den Jahren der von der Obrigkeit verordneten Digitalisierung vor dem Feuer des Verschwindens gerettet hatte. Das Buch roch nach Tabak und verschüttetem Bier. Auf der letzten Seite hatte der Autor selbst eine Notiz gemacht, auf Tschechisch. Am Ende der vom Ober im legendären Wirtshaus Goldener Tiger zu Prag geführten Strichliste, deren nüchterne Darstellung überlieferte, dass der Schriftsteller an dem tief in der Vergangenheit des letzten Jahrhunderts begrabenem Tag nicht mehr, aber auch nicht weniger als vierzehn Krügel Bier getrunken hatte.

Hrabal zeigte ihm die Immobilie, die in einem großen Garten abseits der Zufahrt lag.

Die Villa war entkernt und in ein orientalisches Labyrinth verwandelt worden. Er wurde das Gefühl nicht los, dass sie hier jederzeit überrascht werden konnten, von den Besitzern oder deren Securitys. Hrabal zerstreute seine Zweifel, indem er ihm versicherte, dass allein er hier das Sagen habe, solange niemand aus der Familie des Scheichs anwesend sei; was er, erinnerte Vincent sich, ihm eindrucksvoll vor Augen geführt hatte, als er ihn beim Portier abgeholt und über den Kies der Auffahrt ins Haus begleitet hatte. Der in einer Uniform steckende Portier hatte auf Hrabals auf Arabisch erteilte Anweisung hin die Hunde ruhiggestellt und das automatische Tor geöffnet.

Beim Betreten des Anwesens war ihm einen Moment lang

nicht klar gewesen, ob er in die Freiheit entlassen oder in Gefangenschaft verbracht wurde. Die Lichter hinten im dunklen Garten, der bereits einen Hauch Herbst verströmte, konnten alles Mögliche bedeuten.

Das Haus sah wirklich so aus, wie Hrabal es im Tweedledee beschrieben hatte, wo sie mitunter an seinen von Bier und Soma beflügelten Worten gezweifelt hatten. Typisch arabische Durchgänge mit Spitzbögen im öffentlichen Bereich des Hauses, der um ein rechteckiges Wasserbecken angeordnet war. Ein Patio im maurischen Stil, unter einer Kuppel aus Glas, die geöffnet werden konnte, um das Treibhaus mit Luft zu versorgen. Exotische Pflanzen und Palmen inmitten einer künstlichen Oase. Und überall das Gemurmel von Wasser, das aus den vier Himmelsrichtungen ins Zentrum floss, wo es verschwand, um aus Fontänen in Brunnen ausgespien und unablässig in Umlauf gehalten zu werden. Blaue, türkise und grüne Fliesen mit geometrischen Mustern und arabischen Zeichen. Nach einem auf den ersten Blick unverständlichen Prinzip angeordnete Nischen an der Peripherie des Patios, die mit Teppichen, Diwans, Tischchen und jeder Menge bunt bestickter Kissen bestückt waren.

In einer Nische hatte Hrabal ein Buffet mit allerhand orientalischen Speisen errichten lassen. Es gab Chai aus hohen, schlanken Kannen, aber auch Wein und Bier, das Lebenselixier des Gastgebers. In einer Ecke harrte eine edle Wasserpfeife ihres Gebrauchs. Vincent hockte sich auf ein kompaktes Kissen und ließ sich von Esther Tee einschenken. In ihrer Kluft, schwarz in schwarz, hob sie sich auf asketische Weise von der bunten Umgebung ab, mochte sie auch einen sehr kurzen Rock über schwarzen Strümpfen, High Heels und ein schulterfreies Top ohne was drunter tragen, das an ihr klebte wie eine zweite Haut.

»Hattest du nicht vor, in Begleitung zu kommen?« Esther fragte ihn das mit diesem gewissen Lächeln, das nicht alles verrät, was es weiß, während sie den Tee in sein Glas goss, indem sie die Kanne langsam anhob, um den Strahl zu verlängern und so auch zu kühlen.

Sie spielte auf Rita an, über deren Verhältnis zu ihm er seine Freunde bis jetzt im Unklaren gelassen hatte. Sie hatten was miteinander, das war ja kein Geheimnis mehr. Aber was, das wussten sie nicht. Doch wusste er es eigentlich selbst? Das fragte er sich, als ihm Esther eindringlich in die Augen blickte, und in diesem Augenblick verdichtete sich sein Verdacht, dass er es doch wusste. Nach der Trauer um den Verlust Galas hatte er, ohne es gewollt oder auch nur richtig bemerkt zu haben, nach und nach mehr als nur Gefallen an einer anderen gefunden. Was er sich selbst gegenüber bisher nicht zuzugeben gewagt hatte, war für seine Freunde kein Geheimnis mehr. In seine Erkenntnis mischte sich sogleich ein Bedauern, Rita nicht eingeladen zu haben.

»Ein andermal«, wich er aus, was Lukas, der an Esthers Seite saß wie früher, halb an sie verloren, halb auf der Flucht, mit einem Lachen kommentierte, das sich über seine Naivität entrüstete. »Wie kommt ihr mit dem Projekt voran?« Mit der Frage wollte Vincent von sich ablenken, endlich aber auch wissen, was Lukas mit Herbs Hilfe aus Galatea gemacht hatte. Immerhin hatte er ganze Nächte vor dem QC verbracht, um den neuartigen Code zu programmieren.

»Es geht so«, warf Herb ein, der im selben Moment von Hrabal hereingeführt wurde und die Frage aufschnappte.

»Du wirst Augen machen, Vinc«, sagte Lukas vom Buffet herüber, wo er sich von allem etwas auf seinen Teller schaufelte, was die Tafel zu bieten hatte: Couscous, Hühnerspieße, Humus, Falafel, Lammkoteletts, Kichererbsen, Gemüse, obendrauf noch eine dampfende Pita und einen Klacks Joghurt mit Knoblauch, um der Schärfe die Spitze zu nehmen. Mit einem

Pilsner in der anderen Hand setzte er sich zu ihnen. Er aß mit einem Appetit, den er, wie Vincent nicht umhinkonnte zu bemerken, der Wiedervereinigung mit Esther verdankte. Seit sie wieder als Paar in Erscheinung traten, war er beinah der Alte, doch gereift um jene Erfahrungen, die eine Trennung unweigerlich mit sich brachte. Etwas Abgeklärtes war um ihn her, etwas Faustisches (Teil 2!), das Vincent erwartete auch in seinen künftigen Kunstwerken zu sehen zu bekommen.

Es dauerte ein Weilchen, bis ihr Treffen an diesem Ort Fahrt aufnahm und sich so zwanglos entwickelte, wie sie es aus dem Tweedledee gewohnt waren. Sollte es schließlich mehr an den schäumenden Pilsnern als am Tee gelegen sein, die der Lifestyle-Berater und Gastgeber persönlich für sie zapfte? Dennoch wurde Vincent die ganze Zeit das Gefühl nicht los, dass etwas fehlte. Besser gesagt, dass ihm etwas fehlte.

Herb erwies sich als gesprächiger denn je. In vollständigen Sätzen, ja sogar in Schachtelsätzen, die von den Raffinessen einer für seine Verhältnisse elaborierten Grammatik zusammengehalten wurden, berichtete er von Erfolgen, die er mit Gleichgesinnten beim Aufdecken ganz übler Praktiken erzielt hatte. Es war ihnen gelungen, die Netze von Firmen lahmzulegen, die sich über die letzten verbliebenen Gesetze zum Schutz der Privatsphäre von Mitarbeitern hinwegsetzten, und Daten zu veröffentlichen, die diesen Missbrauch dokumentierten. Dass es wie üblich zu einer Schuldumkehr kommen würde, würde sie nicht davon abhalten weiterzumachen, und sei es nur, sagte Herb, um beim morgendlichen Blick in den Spiegel so etwas wie ein Gesicht zu sehen zu bekommen – und keinen Arsch mit Bart!

Als Esther sich an der Shisha zu schaffen machte, seilte Lukas sich mit einem Lächeln ab, das Vincent zu denken gab. Mit diesem geradezu kryptischen Lächeln, das er verströmte, wenn er etwas vorhatte, worüber er nicht reden mochte. Er wolle sich diese architektonische Entgleisung genauer ansehen, sagte er, um vielleicht herauszufinden, ob es sich um einen arabischen Traum oder vielmehr um einen aus Ölquellen gespeisten Albtraum handle.

Hrabal kümmerte sich rührend um sie. Er trug seinen besten Anzug, einen dunkelblauen Nadelstreif, der neu zu sein schien, so wie er sich darin bewegte. Als würde er bei jedem Schritt erst ausrechnen müssen, wie weit er gehen konnte. Nach dem fünften oder sechsten Pilsner riss er sich plötzlich das Sakko vom Leib, ächzte, lockerte die Krawatte mit dem Fußballmuster, öffnete den Kragenkopf des Hemds, krempelte beide Ärmel bis über die Ellbogen hoch und zapfte eine weitere Runde für die Männer. Esther hielt sich lieber an den Rotwein, eine gar nicht so üble Rarität aus Tunesien, der dort auf den letzten noch unter französischem Protektorat errichteten Weingütern gekeltert wurde. Immer wieder, berichtete Hrabal, kam es zu Überfällen der militanten Frommen, die weite Teile des Landes kontrollierten, auf die Weingüter. Sie verwüsteten die Keller, rissen die alten Rebstöcke aus und massakrierten die Weinbauern mitsamt ihren Frauen und Kindern.

»Trinken die hier denn Wein?« Esther fragte es mit gespielter Entrüstung, hob ihr Glas an die Lippen und nahm einen wohldosierten Schluck.

»Du willst gar nicht wissen, was diese Machos hier noch alles so machen, wenn ihre Frauen nicht im Haus sind«, sagte Hrabal.

»Und ob ich das wissen will!«

»Sie saufen, huren und rauchen Opium bis zum Abwinken«, sagte Hrabal. »Es gibt Räume im Haus, im Keller unten und oben, wo Frauen der Zugang verwehrt ist. Der Weinkeller kann sich sehen lassen, Jahrgänge aus Frankreich, die gar nicht mehr im Handel sind, und das Opium besorge ich immer über Mittelsmänner, die einen guten Draht zur persischen Community der Stadt haben. Wirklich rund geht es hier, wenn der alte Scheich nicht da ist und die potenziellen Thronfolger, sorry, fast hätte ich gesagt, die Sau raus lassen: Dann muss ich alles besorgen, was verboten ist, vor allem aber auch dafür sorgen, dass nach den Orgien keine Spuren im Haus zu finden sind. Die Prostituierten mit Abfindungen zum Schweigen verpflichten, die restlichen Alkoholika und Drogen verschwinden lassen, bevor ein auf derart heikle Missionen spezialisierter Putztrupp die letzten Anzeichen der Ausschweifungen tilgt. Seit einmal ein paar Mütter und Ehefrauen mit ihren Kindern unangemeldet aufgetaucht sind, um sich von hier aus mit ihrem Tross in die Alpen chauffieren zu lassen«, berichtete Hrabal und nahm einen tüchtigen Schluck, um seine Erinnerung zu bekräftigen, »bin ich der, der einen letzten Kontrollgang durchs Haus macht, wenn die Party vorbei ist, beziehungsweise jene Gemächer versperrt, die den Männern vorbehalten sind. Viel hätte ja damals nicht gefehlt, und die Frauen hätten mitbekommen, was hier mitunter so läuft, wenn ihre Männer und Söhne unter sich sind. Und dann«, schloss er, »wenn wieder Ruhe, Unschuld und Frömmigkeit eingekehrt sind, sorge ich selbst dafür, dass in allen Gemächern ihr heiliges Buch aufliegt, das ich ebenso eigenhändig verschwinden lasse, bevor der nächste Zirkus losgeht.«

Er wollte noch etwas sagen, erhielt aber einen Anruf auf seinen Manager und wurde wegen irgendetwas dringend am Tor verlangt.

»Der westöstliche Diwan scheint mir doch ziemlich durchgesessen zu sein«, bemerkte Vincent. »So haben Hafiz und Goethe sich das sicher nicht vorgestellt.«

»Inkompatibilitäten«, sagte Herb und konzentrierte sich weiter ganz auf eine vor Zuckersirup triefende Baklava.

»Das Abendland hat in den letzten Jahren arg abgewirtschaftet«, sagte Esther, »was aber nicht heißt, dass es sich nicht erholen könnte, wenn es wieder jene Ziele verfolgen würde, die es groß gemacht haben. Was das Morgenland angeht, so wird mir immer klarer, dass es nicht nur nach einem anderen Kalender lebt, sondern tatsächlich in anderen Zeiten und Sphären, die mit unseren nur insofern etwas zu tun haben, als sich die eine Währung über das Weltschmiermittel Öl in die andere umwechseln lässt. Lukas nennt das einen Kulturpessimismus, den es zu überwinden gilt, während es sich doch nur um eine realistische Diagnose handelt, die sich nicht an die nächstbeste Illusion verkauft.« Sprach's und knackte die Schale einer Pistazie, wie ein emsiges Nagetier, während sie ihn nicht aus den Augen ließ.

Wenn sie in ihren Überlegungen so streng wurde, dass sie die Prämissen ihrer Auseinandersetzung mit der Kunst auch auf alles andere anwandte, wurde sie Vincent immer ein wenig unheimlich. Die Schönheit, die zweifellos in dieser Strenge lag, die der chaotischen Symmetrie fraktaler Landschaften ähnelte, den Gletschern des Nordpols, den Küstenlinien Europas und den Dünen von Wüsten, hatte etwas Überwältigendes, aber auch etwas Gefährliches an sich, von dem er nicht wusste, ob die Wahrheit, die zweifellos drinsteckte, etwas dazu beitrug, das Leben auf Erden erträglicher zu machen. Er suchte nach einer Entgegnung, die sie ihm nicht gleich an den Kopf werfen würde, als Hrabal zurückkehrte, einen Arm um die nackten, in seiner Obhut verletzlich wirkenden Schultern Ritas gelegt, die amüsiert, aber auch ein wenig verlegen in die Runde schaute, bis ihr Blick auf Vincents traf. Ihre Blicke verschränkten sich nach einem Augenblick der Verblüffung im Wissen um ihre Komplizenschaft, zu der längst etwas Besonderes hinzukam.

Wollte er etwa noch immer nicht wahrhaben, was das war? Ein Blitz durch seine Nerven, wie aus dem Nichts, als sie aufgetaucht war, hatte es ihn spüren lassen.

Lukas kam vom Streifzug durch die Villa zurück. Wortlos nahm er Rita auf eine Art in die Arme, die Vincent sagte, dass er mehr Glück als Verstand hatte, sie heute und hier doch noch anzutreffen. Im Trubel der Begrüßung kam heraus, dass er Ritas Kommen allein Esther verdankte, die sein Versäumnis, sie einzuladen, nicht einfach so hatte hinnehmen wollen. Aus Freude darüber, dass Esther sich über seine Unentschlossenheit hinweggesetzt hatte und um einen Anflug von Scham über sein Verhalten zu verbergen, küsste er sie auf die Wangen. Wieder einmal bewies Esther, dass sie ein großes Herz hatte, wenn es darauf ankam, und nicht nur einen scharfen und kühlen Verstand.

An der Seite Ritas wurde ihm bald klar, dass sie es war, die in der Runde noch gefehlt hatte. Die ihm gefehlt hatte! Es dauerte nicht lange, und sie palaverten, stritten und amüsierten sich wie im Tweedledee, wenn Toni abgesperrt hatte, um späte, unliebsame Gäste und vor allem die Polizei draußen zu halten, die versuchte, die Sperrstundenverordnung der Stadtregierung zu exekutieren, wenn es wegen der Errichtung der Imamschule Unruhen im Viertel gab.

Esther bestückte die Wasserpfeife mit einer neuen Sorte Soma, einer speziellen Kreuzung, die sie selbst noch nicht getestet hatte. *Cosmic Dust.* Wie aus dem Fundus der Geschichte entflohene Hippies hockten sie im Schneidersitz auf orientalischen Kissen um die Shisha herum und pafften auf Teufel komm raus. Den vom Wasser gekühlten Rauch spürte man kaum, sodass Vincent sich jedes Mal, wenn er einen tiefen Zug gemacht hatte, wunderte, was für ein nicht enden wollender Schwall aus seinem Mund strömte, während diverse Impulse in seinem Kopf zu tanzen begannen. Das Soma dehnte die Zeit bis zum Stillstand, und es krümmte den Raum, sodass ihnen eine Abkürzung offenstand, die sie an einen Ort brachte, den sie sonst nicht erreicht hätten.

Irgendwann rafften sie sich auf und folgten Lukas ins Freie.

Die Wolken über der Stadt seien verschwunden, rief er, und der Himmel sei so klar, als würde es keine Atmosphäre geben zwischen ihnen und dem Unendlichen, kein künstliches Licht, kein Kohlendioxid, keinen Weltraumschrott und auch keinen Feinstaub! Er murmelte etwas in den Manager, während er den Himmel nach etwas absuchte, das offenbar noch nicht zu sehen war. Sie folgten seinen Blicken, wie man den Blicken von jemandem folgt, um zu sehen, dass er auch nicht mehr sieht als man selbst. Tatsächlich zeigte sich der Himmel in dieser Neumondnacht am Stadtrand in seiner ganzen Pracht. Und auf einmal lag Musik in der Luft, eine winzige Melodie auf der Suche nach größeren Zusammenhängen, irgendwo da oben, wo aber nichts war, so sehr sie sich auch konzentrierten, die Ohren spitzten und die Augen zusammenkniffen: nichts als der milchige Schleier der Galaxie und eine Menge Sterne, verstreut wie die goldene Saat eines Riesen, bis aus einem hell leuchtenden Punkt heraus etwas entstand und Gestalt annahm …

ZUKUNFTSMUSIK
directed by Lukas Lux
co-directed by Herbert Spinngruber
Fuzzylogic by Vincent Pygmali
Supertitled by Esther Schwartz
Music by Franz Schubert

Plötzlich kam Bewegung in die Nacht über der Stadt. In holografischen Szenen begann sich dort oben, vor ihren Augen, die

Geschichte einer missglückten Liebe zu entfalten, die Vincent an seine eigene erinnerte. Um das Firmament zum Stillstand zu bringen, das um seine vertikale Achse zu rotieren begann, streckte er sich auf dem Rücken im bereits feuchten Gras des Gartens aus.

Er staunte über die Fülle an Informationen, die er seinem Freund im Lauf der Jahre anvertraut hatte; nebenbei, ohne sich dessen bewusst zu sein, und die Lukas zu etwas verarbeitet hatte, das mehr als die Summe der Teile war, die er preisgegeben hatte. Als er diesem Mann da oben, für den zweifellos er Modell gestanden hatte, beim Handeln zusah, wurden ihm Dinge klar, die ihm bis jetzt verborgen geblieben waren. Handlungen, die er nicht gleich durchschaute, so sehr er sich auch bemühte, fügten sich, von Szene zu Szene, zu einem größeren Ganzen.

Hatte am Ende gar nicht Gala ihn verlassen, von einem Moment auf den anderen, wie er lange Zeit geglaubt hatte, ja glauben hatte wollen, um jeden Preis? War es möglich, dass er seit Langem darauf hingearbeitet hatte, von Gala verlassen zu werden – Ring hin oder her, Antrag hin oder her –, weil etwas in ihm nicht mehr von ihnen überzeugt gewesen war? Etwas, das nie in seinem Bewusstsein angekommen war. Etwas, das er ignoriert und von sich gewiesen hatte, weil es ihn aus der Routine seines Alltags geworfen hätte. Eines Alltags, der kompliziert genug war in einer Welt, die aus den Fugen geriet.

Er sah sich Fragen gegenüber, während er, beflügelt von Esthers Soma und gebannt von den Bildern und dieser kosmischen Musik, in den Himmel über Wien starrte. Fragen, die er sich nie zu stellen gewagt hatte. War alles anders gewesen, als er es sich gedacht, gewünscht und zusammengereimt hatte? Lukas hatte ihm das nie gesagt, wie sie überhaupt kaum über persönliche Dinge gesprochen hatten, sondern meistens nur über Allgemeines, doch nun zeigte er ihm – und nicht nur ihm, allen, die in diesen Momenten in den Nachthimmel über der Stadt blickten –, was noch alles der Fall sein konnte, von dem er keine Ahnung gehabt hatte: Dass man selbst nie genau weiß, was einen wirklich umtreibt und man vielmehr Diener als Herr ist in seiner Hütte.

Gala war einfach abgehauen, wie die Frau in dem Hologramm dort oben, weil sie erkannt hatte, wissentlich oder unwissentlich, das war jetzt egal, was er, im toten Winkel seines Lebens, nicht zu sehen imstande gewesen war.

Der Himmel war erfüllt von dem, was er vielleicht manchmal geahnt, aber bis jetzt nicht gewusst hatte. Lukas zeigte ihm, wie es war! Er konnte nicht sagen, dass ihm das gefiel, er begriff nur, dass Lukas damit jedenfalls nicht falsch lag. Eine Last fiel von ihm ab.

Und dann, endlich, als nach und nach klar wurde, was warum geschehen war, kam eine andere Frau ins Spiel. Eine Frau, die er, der er sich erst allmählich selbst durchschaute, immer schon gekannt zu haben schien, und zwar von Anfang an. Eine Frau, die ihn nahm, wie er selbst gar nicht gewusst hatte, dass er genommen werden wollte.

Was Lukas da, mit Herbs Hilfe, der den QC der Saudis bediente, in die Nacht projizierte, war, wie er zur Kenntnis nehmen musste, die Matrix seines Lebens, das ihn aus einem Penthouse der Innenstadt in ein Souterrain der Vorstadt katapultiert hatte, um ihm … um ihm was zu zeigen? Das fragte er sich, während ihm die Regie des Freundes vor Augen führte, dass es war, was es war: sein Leben eben! Und das konnte nur heißen, dass er sich aufraffen und es selbst in die Hand nehmen musste, wenn er sich nicht ein weiteres Mal darin verlieren wollte.

Sie rafften sich alle auf, wie aus einem Traum – der Nachspann flimmerte über den Himmel, die letzten Töne der Zukunftsmusik verklangen –, als sie bemerkten, wie Objekte, die gar nicht zur Inszenierung gehörten, das Hologramm umschwirrten wie angriffslustige Insekten.

»Schalt endlich ab, Herb!«

Lukas tigerte durch den Garten, um nach dem Gerät zu sehen. Er schien echt besorgt. Seine Arbeit durfte nicht schon wieder zur Zielscheibe von Interessen werden, die nichts mit seinen Intentionen zu tun hatten.

»Das sind Drohnen!«

Das Hologramm schrumpfte zu dem Punkt, aus dem es hervorgegangen war. Nur mehr die Bewegungen der Drohnen waren zu sehen. Irrlichter, die unter dem mit Sternen gesprenkelten Himmel tanzten. Es sah aus, als hingen sie an Fäden, mit denen jemand da draußen spielte; wiewohl sie wussten, dass es lediglich Funksignale von Satelliten waren, die von der Erde aus gesteuert wurden.

»Damit sie uns nicht orten!«

Mit von der kühlen und feuchten Herbstnacht steifen Gliedern staksten sie in die Villa zurück, um sich aufzuwärmen und etwas zu trinken. Allmählich nur kamen Gespräche über das in Gang, was sie gesehen hatten. Vincent wurde das Gefühl nicht los, dass Rita ihn mit anderen Augen ansah als zuvor, und er wusste nicht, ob das gut war oder nicht, bis sie ihm den Weg versperrte und ihn küsste, als ob sie allein da wären.

Lukas wirkte erschöpft, doch nicht unzufrieden mit dem, was ihm gelungen war, als er sich mit einem Bier, das ihm Hrabal gezapft hatte, neben Herb auf einen Diwan warf.

»Dir ist aber schon klar, mein Bester«, sagte Esther zu ihm, »woran du in der nächsten Zeit noch arbeiten musst!«

Als Buddy es gerade zum ersten Mal schaffte, ein Risotto so zu rühren, wie es sich gehörte, machte sich Vincents Manager bemerkbar.

»Ja?«

»Kannst du zu uns in die Siedlung kommen?«

»Ist was?« Rita war so außer sich, wie er sie noch nie erlebt hatte. Sie schien den Tränen nahe zu sein.

»Sie wollen tun, was sie auf keinen Fall tun dürfen«, presste sie heraus, und es war nicht zu überhören, dass es sie Mühe kostete, nicht loszuheulen.

»Verstehe«, sagte er. Weil sie im Moment nicht in der Lage zu sein schien, mehr ins Detail zu gehen, drang er nicht weiter in sie. »Ich bin schon unterwegs«, sagte er, während er Sachen in seine Tasche stopfte, die er gern bei sich hatte, wenn er durch die Stadt streifte.

»Und komm von der Flussseite«, sagte sie, »vorne kommst du nicht durch.«

Dann redete sie mit jemand anderem, konnte er noch hören, bevor die Verbindung abbrach.

»In fünf Minuten ist das Essen fertig«, tönte Buddy, dem er die Stimme von Bruno Ganz in den künstlichen Körper programmiert hatte, ein Kollege Galas aus der Generation der Großväter, den sie verehrt hatte.

»Aus«, sagte Vincent.

Buddy schaltete sogar noch den Herd aus, wie er es ihm beigebracht hatte, bevor er den Kochlöffel weglegte, die Küche verließ, sich auf seinen Platz stellte, die Arme sinken ließ und »Auf Wiedersehen, meine Damen und Herren« sagte. Dann zuckte so etwas wie ein Lächeln durch die Dioden in seinem

Gesicht, sein Blick flatterte und er neigte den Kopf, als würde er sich vor Publikum verneigen, bis er in sich einrastete und in einer fragenden Haltung erstarrte.

Trotz der Fortschritte, die sie in der letzten Zeit gemacht hatten, kontrollierte Vincent, ob der Gasherd auch tatsächlich ausgeschaltet war, bevor er sich auf den Weg machte.

Er nahm, wie sie ihm geraten hatte, den Weg durch den Prater, dann den Fluss entlang Richtung Trabantensiedlung, wo er sich seinem Ziel von der Rückseite näherte.

Er kümmerte sich kaum um die Behausungen im Prater und am Flussufer. Richtige Strukturen waren dort mittlerweile entstanden. Dörfer, die sich von anderen Dörfern abgrenzten, wo Menschen in Zelten, Baumhäusern und Hütten lebten. Familien, Schicksalsgemeinschaften, ja ganze Clans, die sich selbst verwalteten. Ein paar Mal musste er Reißaus nehmen, weil er, eilig, wie er es hatte, Territorien verletzte; einmal wurde er fast gebissen, weil er die Länge der Kette eines Pitbulls falsch einschätzte. Sogar an einer provisorischen Moschee kam er vorbei, von Frommen aus Treibholz gezimmert, das sie wohl aus der Donau gefischt hatten. Vor dem Eingang schob ein grimmiger, langbärtiger Geselle Wache, ein Gewehr in der einen, eine Gebetsschnur in der anderen Hand.

Nach zwei Stunden erkannte er die Umrisse der Satellitenstadt.

Als er von einer Patrouille ersucht wurde, sich auszuweisen und den Grund seines Kommens zu nennen, berief er sich auf Rita. Jetzt wurde ihm bewusst, dass er sie nicht mal anrufen konnte, um sich zu legitimieren. Aber sie waren bereits darüber informiert, dass ein Typ, der nur er sein konnte, sich auf Rita beziehen würde, um den Checkpoint passieren zu dürfen, und ließen ihn durch.

Während er zur Baustelle vordrang, auf der Suche nach dem Rohbau, in dem er so intensive Stunden verbracht hatte – vorüber an Frauen mit Kindern und Hunden, die alle einem Notfallplan zu folgen schienen –, konnte er sie schon hören, bevor er sie schließlich sah: Bagger, riesige Laster und einen Kran, von dem eine Abrissbirne baumelte, flankiert von Polizeiautos mit Blaulicht. Aus den Megafonen der Polizisten plärrte immer wieder die Aufforderung, die Baustelle zu räumen. Und zwar friedlich, denn dann würde niemandem etwas geschehen!

Wie ein Kompass lotste ihn sein Herz zu einem der Häuser, die einander alle ähnelten. Rita verabschiedete sich gerade von einer Gruppe Frauen, die an ihm vorbeidrängten. Er war in der Tür stehen geblieben, um die Versammlung nicht zu stören, zu der er nicht gehörte.

»Hausweiber«, sagte sie, als sie ihm zur Begrüßung einen kurzen Kuss auf den Mund gab. »Schau nicht so pikiert. Wir nennen uns selbst so. Es sind die hier für je einen Block zuständigen Frauen. Alle wichtigen Informationen laufen über sie. Wir haben uns soeben auf ein gemeinsames Vorgehen geeinigt und werden versuchen, das Abrisskommando der Stadt von seinem Vorhaben abzubringen. Auf keinen Fall aber mit Gewalt, das wäre das Ende der friedlichen Besetzung, mit der wir uns nur genommen haben, was uns ohnehin gehört.«

»Wie wollt ihr das machen? Baggerfahrer und Polizei mit Kuchen bewerfen?« Ein blöder Sager, das wusste er schon, als es ihm über die Lippen kam, also schob er etwas nach, das von Herzen kam. »Wie kann ich euch helfen?« Ihm fiel auf, wie elegant sie gekleidet war.

»Es reicht, wenn du an meiner Seite bleibst«, sagte sie. »Versteh mich nicht falsch, Vincent. Nicht dass ich dich unbedingt brauche, wie manche Frauen Männer *brauchen,* weil sie nichts auf die Reihe kriegen, nein, ganz sicher nicht, sondern weil ich möchte, dass du einfach nur bei mir bist. An meiner Seite. Damit ich mich frei, entschlossen und gut fühle, wenn du es genau wissen willst!«

Er hatte es nicht wissen wollen. Aber es tat gut zu hören, welche Gefühle er in ihr auszulösen vermochte. »Und was machen wir jetzt«, sagte er, »du mit mir an deiner Seite?«

»Du sollst mich in die Stadt begleiten, zu einem Termin. Unsere letzte Chance, das Schlimmste zu verhindern.« Sie trat vor den Spiegel, der an der Wand lehnte, und durch den sich ein Riss zog, und schminkte sich in aller Ruhe.

»Und die anderen?«

»Die werden inzwischen versuchen, diesem Wahnsinn Einhalt zu gebieten, mit allen Mitteln, die ein gewaltloser Kampf hergibt.«

Er stieg auf das Dach, wo sie einander zum ersten Mal ganz nahe gekommen waren, um einen Überblick zu bekommen, während Rita sich unten zurechtmachte. Von hier oben überblickte er die Baustelle, konnte bis weit jenseits der Donau, bis zur Tower-City und zur goldenen Kuppel der Müllverbrennungsanlage sehen, aus der weißer Rauch aufstieg. Habemus nihil, dachte er und fokussierte seinen Blick. Er sah, wie die schweren Baugeräte sich unten in Bewegung setzten, und wenn er den Kopf drehte, sah er hinter sich den Pulk der Demonstrantinnen, der sich in die andere Richtung formierte, auf die Eindringlinge zu. Nur Frauen und Kinder, das können die doch nicht machen, dachte er, als Rita nach ihm rief.

Hand in Hand eilten sie, an der Demonstration vorbei, zum Hinterausgang der Baustelle, wo ein Taxi auf sie wartete.

Es war an der Zeit, dachte er, als sie nun mit einem Affenzahn – in krassem Widerspruch zum Tempo, mit dem sie sich eben noch geschminkt hatte – in die Stadt rasten, dass ihm

Rita erklärte, was und wer wirklich hinter den Machenschaften steckte, die zu ihrem Sturz geführt hatten; und was das mit der Satellitenstadt und ihren aktuellen Problemen zu tun hatte. Sie schuldete ihm eine Antwort auf diese Fragen. Zum ersten Mal wäre es ihm lieber gewesen, wenn der Chauffeur nicht selbst gefahren wäre, sondern sich auf den Autopiloten verlassen hätte.

Am Ring stieg er mit wackligen Beinen aus dem E-Mobil. Ein paar Mal hätte nicht viel gefehlt und es hätte gekracht. Die rasante und hochriskante Fahrt hatte die Erinnerung an einen Crash in seinen wilden Jahren wachgerufen. Auf der Flucht vor einem Ermittler, der auf Anonymus angesetzt worden war, waren sie von der Straße geflogen und in einem Bach gelandet. Der alte Käfer lag auf dem Rücken, Wasser floss ihnen um die Ohren. Die Räder, die sich noch drehten, ragten zum Himmel, als sie benommen aus dem Auto krabbelten.

Rita schaute wiederholt auf ihre Uhr und spornte ihn zur Eile an. Sie hielten geradewegs auf das Rathaus zu. Als ihnen Securitys den Weg versperrten, verlangte Rita, ohne Widerspruch zu dulden, einen Anruf. Sie diktierte einem Wachmann eine Nummer in den Manager. Nach einem kurzen Wortwechsel wurden sie tatsächlich nicht nur eingelassen, sondern, nachdem man sie minutiös perlustriert und gescannt hatte, durch hohe und kühle Flure über eine breite Treppe zu einem Saal im vierten Stock begleitet.

»Drück mir die Daumen!«

Eine flüchtige Umarmung. Er konnte geradezu riechen, wie entschlossen sie war. Dann blieb er auf dem Gang zurück. Der Sicherheitsbeamte bezog in einigem Abstand von ihm Stellung, ließ ihn aber nicht aus den Augen. Er trat an eins der hohen Fenster, kramte *Die Pflicht, glücklich zu sein* aus seiner Tasche und las einen dieser Essays, die seinen Blick auf sein Leben und die Welt schon manches Mal geschärft hatten. Zwischendurch sah er auf und vergewisserte sich, dass alles noch da war und wie es sich unter dem Eindruck der Lektüre veränderte. Der bewaffnete Mann, der unten Löcher in die Luft starrte, schien neutral zu sein. Erst der zweite und dritte Blick offenbarten, dass zu viel Polizei auf den Straßen war, ja sogar Militär, und dass über allem die Choreografie einer Macht lag, die sich ihrer Macht nicht mehr ganz sicher war. Dann blieb sein Blick an den Überresten einer Zeltsiedlung im Park vor dem Rathaus hängen, die erst vor Kurzem zerstört worden sein musste, so wie das Ganze aussah.

Er hätte zu gern gewusst, was Rita da hinter geschlossenen Türen verhandelte. Mit wem sie es zu tun hatte und was die Einsätze bei diesem Spiel waren, bei dem es um nicht weniger als die nackte Existenz einer Menge Menschen ging. Und er hätte gern gesehen, welche Figur ihr Alter Ego dabei machte, wobei ihm dämmerte, dass vielmehr Rita die Läufige das Alter Ego jener Frau war, von der er noch nicht einmal den vollen Namen wusste.

Als sie endlich aus dem Saal kam, an der Seite einer Frau dicht hinter ein paar soignierten Herren im dunklen Anzug, die froh zu sein schienen, dass sie das Gespräch endlich auf Angenehmeres lenken konnten als die zweifelhafte Schleifung einer Siedlung, in der Mütter mit Kindern hausten, da wusste er noch nicht, ob sie erreicht hatte, was sie sich vorgenommen hatte. Aber so wie sie sich von ihrer Bekannten (oder Freundin?) trennte, herzlich und sichtlich erleichtert, und mit diesem Seitenblick auf ihn, das ließ ihn jedenfalls annehmen, dass es gut gegangen war.

Auf dem Weg hinaus fasste sie das Ergebnis der Audienz zusammen. Der Bürgermeister selbst habe verfügt, gegen die Stimmen zahlreicher Einflüsterer, dass die Zwangsräumung und Schleifung der Siedlung sofort gestoppt werden müsse.

Bis auf Weiteres allerdings nur, habe es geheißen. Ein fauler Kompromiss zwar, sagte sie, der den Interessen der Bauspekulanten geschuldet sei, aber damit ließe es sich immerhin bis zur nächsten Auseinandersetzung leben.

Sie lieh sich Vincents Manager und rief in der Siedlung an. Noch bevor sie den Hausweibern die guten Nachrichten mitteilen konnte, wurde ihr berichtet, dass Bagger und Polizei sich bereits auf dem Rückzug befanden. »Wenn man will, kann es auch schnell gehen«, sagte sie. Dann gab sie ihnen noch den Rat, die Demo gegen die Räumung in einen Aufruf für einen unbefristeten Verbleib zu verwandeln, bis die Staatsmacht sich auch aus der Umgebung zurückgezogen habe.

Auf einmal pflanzte sie sich vor ihm auf, legte die Hände auf seine Schultern, zog sich an ihm hoch, bis sie auf den Spitzen ihrer Zehen stand, während er, um sie zu stützen, seine Hände auf ihren Hüften platzierte, und sagte: »Ich lad dich zum Essen ein!«

»Das kann ich aber nur annehmen«, sagte er, »wenn du mir sagst, wie du mit deinem richtigen Namen heißt.«

»Renner«, sagte sie. »Einfach Rita Renner.«

Das war nun gar nicht so weit weg von ihrem Spitznamen, dachte er, zu dem sie wer weiß wie gekommen war.

Sie führte ihn in ein Restaurant in der Nähe des Rathauses, in dem sie früher oft gewesen war. Der Chef kam aus der Küche, erstaunt und erfreut, sie nach so langer Zeit wieder einmal zu sehen. Er empfahl ein paar friulanische Spezialitäten, für die seine Küche bekannt war.

»Zufrieden?« Er meinte es ganz allgemein – umspült vom Geplätscher der Konversation an den anderen Tischen und besänftigt vom guten Essen, landete er in seinem früheren Leben –, doch sie antwortete konkret.

»Ein Aufschub, mehr nicht«, sagte Rita, die nicht gewillt schien, sich von den Annehmlichkeiten ablenken zu lassen.

Mit Gala hätte er sich jetzt fallen lassen können, in ein sanft federndes Netz aus Sicherheit, Luxus und Gedankenlosigkeit. Gala hatte sich, abseits einer Bühne oder eines Sets, immer auch gerne in eine oberflächliche Person verwandelt, die ihr Engagement eben nur spielte, mehr nicht. Aber Rita hatte keine Lust zu spielen. Sie stand mit beiden Beinen auf und in der Welt, mochte die auch von einem Taumel erfasst sein, der sie aus der Bahn zu werfen drohte. Er ertappte sich dabei, an dem Götzen zu kratzen, zu dem Gala in seiner Vorstellung geworden war. Es tat ihm gut, verunsicherte ihn aber auch, weil es nach einer Umdeutung seiner letzten Jahre verlangte. Befürchtete er etwa, dass eine billige Legierung zum Vorschein käme, die er, entgegen jeder Vernunft, für ein Edelmetall gehalten hatte? Er sollte, dachte er, während er Rita ansah, endlich damit aufhören, der Vergangenheit nachzuhängen! Lukas hatte ihm ja gezeigt, welche Rolle er in diesem Drama gespielt hatte.

Hier, sagte Rita nun, sah sich um und nahm einen Schluck vom 2019er, einem Jahrgang, der trotz der damals über Europa und das Land hereingebrochenen Krise großartig ausgefallen war, an diesem Ort sei sie damals ins Spiel gekommen: Genau hier, an diesem Tisch, sei sie, eine leitende Beamtin des Stadtbauamts, beauftragt worden, die mysteriösen Wege der Gelder zu verfolgen, um die betrogenen Frauen vielleicht doch noch entschädigen zu können. Hätte sie gewusst, sagte sie, dass es sich bei diesem Sozialprojekt um ein abgekartetes Spiel gehandelt habe, bei dem die Käuferinnen immer schon als Verliererinnen vorgesehen gewesen seien, die sie jetzt, Jahre danach, mehr denn je waren, hätte sie sich nie derart an der Nase herumführen lassen. Nicht von den Banken, der Baufirma und, vor allem, sagte sie und seufzte, diesem Baustadtrat, der das Projekt initiiert hatte.

Als sie irgendwann doch hinter die Machenschaften des bestens organisierten Netzwerks kam, saß sie ja selbst längst in der Falle, die man für den Fall vorbereitet hatte, dass es jemandem von der prüfenden Behörde gelingen würde, hinter die Farce zu blicken, die sich weiterhin den Anstrich eines an der Krise gescheiterten sozialen Projektes gab.

Mit falschen Beweismitteln, die belegten, dass sie ihrer Pflicht zur Aufklärung der Missstände nicht nachgekommen war, sei ihre Karriere abgewürgt worden, um sie mundtot zu machen, sagte sie, sodass sie keinen anderen Weg mehr gesehen habe, als ihre Kündigung einzureichen, um nicht an den Mechanismen der Macht irre zu werden.

Plötzlich erkannte er in ihren Augen das Ausmaß der Demütigung, die ihr zugefügt worden war. »Jakob Kienzl«, sagte er in den Moment der Stille hinein, als der Chef Grappa und Nachspeise serviert und erläutert hatte. Er hoffte, dass sie ihm einen Link zu diesem Namen legen konnte. Dem Namen von Galas Vater.

Sie schaute ihn groß an. »Weißt du was über Kienzl, das nicht in den Medien vorgekommen ist?«

Er fragte sich, ob er noch etwas von dem preisgeben sollte, was er mithilfe des Computers, den immerhin sie ihm beschafft hatte, in Erfahrung gebracht hatte, ließ es aber lieber bleiben, als er bedachte, dass die Informationen nicht einmal für ihn bestimmt gewesen waren.

»Ich weiß nicht, was damals in den Medien war«, sagte er. Was nicht einmal gelogen war, hatte er sich zu der Zeit doch fast ausschließlich in virtuellen Sphären bewegt und für die Nöte der analogen Bürger wenig übrig gehabt. »Stadtrat Jakob Kienzl ist der Vater meiner … Geliebten«, sagte er, um seinen Erinnerungen treu zu bleiben.

»Du hast also eine Geliebte?«

»Gehabt«, sagte er. Wenn er Rita so vor sich sitzen sah, stimmte es. Sie hatte sich ohnehin längst ihren Reim auf das Hologramm gemacht, das Herb und Lukas in den Himmel projiziert hatten. Aber wenn er allein im Souterrain hockte und den Schatten der Leute auf seinen Wänden folgte, war er sich in dieser Hinsicht nicht so sicher. Vielleicht war es ja unsinnig, ein Gefühl über die Zeit zu definieren. Da es keinerlei räumliche Ausdehnung hatte, konnte es auch nicht in der Zeit existieren. Es war da, oder es war eben einfach nicht da!

»Vincent!«

»Sie hat mich verlassen«, sagte er.

»So was kommt vor«, sagte Rita trocken. »Baustadtrat Kienzl war jedenfalls der Vorgänger von Baustadtrat Kasic, der mir in den Rücken gefallen ist, als es darum gegangen ist, vielleicht doch aufzuklären, wer für die dubiosen Vorgänge um unser soziales Projekt verantwortlich war.«

»Kann es sein, dass er was damit zu tun hatte?«

Rita überlegte. »Ja und nein«, sagte sie schließlich. »Nicht als Täter jedenfalls, eher als Opfer, und nicht bei diesem Bauvorhaben, sondern bei einem ähnlichen, schon Jahre zuvor, bei dem ihm, wie dann später mir, die Rolle des Sündenbocks zugedacht war.«

»Heilige Scheiße!« Mit diesem Ausbruch, der Blicke auf sie zog, brachte er das Dilemma zwischen Möglichkeit und Wirklichkeit auf den Punkt.

»Niemand weiß, was mit Kienzl nach dem Skandal geschehen ist«, sagte Rita. »Man weiß nur, dass er verschwunden ist. Ob er spurlos beseitigt wurde, weil er etwas wusste und womöglich Beweise in der Hand hatte, gegen seinen Kollegen, der ihn im Amt beerbt hat, oder ob es ihm gelungen ist, sich abzusetzen, steht in den Sternen.«

Vincent fragte sich, in was er noch hineingeriete, wenn er sich nicht bald wieder ausschließlich um seinen eigenen Kram kümmerte.

Offenbar sah Rita ihm an, dass ihm diese Sache über den Kopf zu wachsen drohte. »Das sind alles alte Geschichten«, sagte sie. »Was im Moment zählt, ist allein, dass wir es geschafft haben, Polizei und Bagger zu stoppen!«

Er konnte nicht anders als ihr einen Kuss auf die Innenseite ihrer unberingten rechten Hand zu drücken. Da war aber noch etwas, das er wissen musste, fiel ihm ein, um zumindest ein Kapitel aus seiner Vergangenheit abzuschließen.

»Und was ist aus diesem Kasic geworden?«

»Der hat sich vor Jahren zur Ruhe gesetzt.«

Er konnte hören, welche Beherrschung es sie kostete, auf diese Frage gelassen zu reagieren.

Aus gesundheitlichen Gründen, sagte sie, sei Kasic vorzeitig, hochdekoriert und mit allem Pomp unserer dankbaren Stadt in seinen Ruhestand verabschiedet worden.

Nachher spazierten sie, vom Wein beschwipst, ins Zentrum. Anders als in den ihnen vertrauten Bezirken der Vorstadt, wo militante Anhänger der Bewegung und der Frommen bei Straßenkämpfen immer wieder ganze Viertel aufmischten, schien im Zentrum alles seinen gewohnten Gang zu gehen; wenn man davon absah, dass kaum Touristen unterwegs und Geschäfte, Restaurants und Schanigärten fast leer waren; und wenn man die Präsenz der Ordnungshüter akzeptierte, die allerorten zu sehen waren, mochten sie noch so sehr darauf gedrillt worden sein, sich diskret zu verhalten. Als erwartete man einen Staatsgast, der nicht kam. Und obwohl immer klarer wurde, dass er nicht mehr kommen würde, hielt man die Vorkehrungen für den Besuch am Laufen.

Eine von der Zukunft paralysierte Gegenwart, so kam es ihm vor, die sich an Vergangenes klammerte, das es nicht mehr geben konnte. Über allem lag der Hauch einer resignativen Nostalgie.

Er erinnerte sich daran, dass es radikalen Frommen und ihren nicht minder radikalen Widersachern, die doch irgendwie Brüder im Geiste waren, schon einmal gelungen war, ihren Kleinkrieg ins Zentrum der Stadt zu tragen. Er erinnerte sich, es aus dem Büroturm jenseits des Kanals verfolgt zu haben, schwitzend oder frierend, frustriert von den Schikanen der Tests, und gesehen zu haben, wie eine Schlange gewalttätiger Demonstranten ins Zentrum gekrochen war, wo die Fahne der Frommen vom Dom wehte.

»Vincent!« Rita spürte wohl, dass er trostlosen Gedanken nachhing. »Wo bist du?«

»Schon wieder da«, sagte er, froh darüber, dass sie ihn von seinem düsteren Flashback erlöste.

Sie hatte nicht vor, sich ihren Erfolg von ihm vermiesen zu lassen.

»Ich weiß was«, sagte sie, als sie einander dabei ertappten, in die Auslage einer luxuriösen Boutique zu starren. Sie zog ihn einfach hinter sich her, und nach einer halben Stunde in klimatisierten Räumen verließen sie, gegen jede Vernunft, das Geschäft mit zwei noblen Tüten, in denen sich teure Sachen befanden; und mit dem Gefühl, etwas ganz und gar Unnötiges getan zu haben.

Was ihnen, im Moment jedenfalls, vollkommen egal war.

Ein paar Wochen später verdrängte der Herbst über Nacht den Sommer aus der Stadt, den Schlagzeilen und Wetterfeatures. Es kühlte auf ein erträgliches Maß ab, und Vincent nutzte die Klarheit, die ihn in dieser Zeit immer befiel, um sich Gedanken über seine Zukunft zu machen.

Immerhin hatte er die ihm vom Jobcenter bewilligte Nachzahlung überwiesen bekommen. Unverzüglich hatte er eine Anzahlung auf die Mietrückstände getätigt, sich in einem Antiquariat Bücher gekauft, die er schon immer hatte haben wollen, darunter *Das ruhelose Grab* von Cyrill Conolly alias Palinurus, im Tweedledee mit links Runden ausgegeben und mithilfe Buddys für Rita aufgekocht: Steinpilzrisotto (Galas Lieblingsessen!), Karpfen auf Krautfleckerln, danach einen karamellisierten Kaiserschmarrn mit Mangosorbet und, als Epilog, dreierlei Käse von einer bis dato krisenfesten Fromagerie auf dem Naschmarkt; wobei sie sich von drei Flaschen Wachauer Smaragd und einem roten Cuvée aus Carnuntum bis auf sein spartanisches Lager begleiten ließen.

Als er eines Tages, mit zwei Säcken Reis vom Notmarkt in den Händen, bei den Afrikanern im letzten Stock klingelte, wurde ihm nicht geöffnet. Er stellte den Reis ab und klopfte ans Glas hinter der vergitterten Tür. Ein zartes Tock-Tock, um die Kleine nicht zu wecken, falls sie schlief, dann forcierte er den Rhythmus und die Intensität, aber niemand machte auf. Er hielt die Luft an, presste sein Ohr an die Tür und horchte in das Dahinter. Nichts. Kein Laut drang aus der Wohnung. Nur das Summen des alten Verteilerkastens war zu hören. Plötzlich fiel ihm auf, dass er schon länger keinen der Flüchtlinge mehr gesehen hatte.

Weder im Treppenhaus noch auf der Straße vor dem Haus, wo sie sich gern versammelt hatten. Er ging zur Tür der anderen Wohnung, wo der alte Hadza lebte, und wiederholte das Prozedere. Wieder nichts. Der letzte Stock war wie ausgestorben. Für alle Fälle ließ er vor den Türen je einen Sack Reis liegen.

In den folgenden Tagen stieg er mehrere Male in den vierten Stock hoch. Die Reissäcke lagen da, wie er sie hinterlassen hatte. Er konnte sich nicht vorstellen, dass sie alle ausgezogen waren, ohne sich von ihm zu verabschieden oder ihm wenigstens eine Notiz zu hinterlassen. Als er die Ungewissheit nicht länger ertrug, überwand er seinen Widerwillen und klingelte bei der Alten im dritten Stock. Auf ihrer Tür prangten ein paar Aufkleber der Bewegung. Er wusste, dass sie immer da war, wenn sie nicht gerade mit dem Hund äußerln, einkaufen oder auf dem Zentralfriedhof am Grab ihres Verblichenen war, der, hatte sie ihm einmal zu verstehen gegeben, »ein Roter mit stahlblauen Augen« gewesen sei; was so viel hieß wie ein Sozialist mit nationalistischen Ambitionen.

In das Gekläff ihres Hündchens, das sich vorwiegend von zu Brei zerkochten Schweinshaxen ernährte, mischten sich nun ihre trotz des Alters noch energischen Schritte, und dann diese Stimme, die ihn an das Quietschen einer eingerosteten Tür erinnerte, als sie auf ihren neurotischen Liebling einredete. Drei Schlösser wurden entriegelt, dann öffnete sich die alte Tür, bis sie an die Kette schlug, mit der sie zusätzlich gesichert war. Über dem Köpfchen des Pinschers erschien das Gesicht von Frau Höllriegel, mit genervt zwinkernden Augen, die ihn wie stets argwöhnisch musterten, wenn er es wagte, sie zu behelligen.

»Sie schon wieder?«

»Guten Tag«, sagte er und fügte gleich hinzu, dass er sie diesmal nicht wegen der Geruchsbelästigung stören würde, mit der es ja inzwischen viel besser geworden sei, sondern weil er sich nicht erklären könne, warum im vierten Stock niemand mehr anzutreffen sei.

»Die Neger sind weg, alle«, sagte sie mit dieser Stimme, mit der sie Gläser zum Klirren brachte.

»Wie weg?« Er musste sie in ein informelles Gespräch verwickeln, falls sie etwas wusste, bevor sie ihm, wie schon einige Male zuvor, die Tür vor der Nase zuschlug.

»Na weg. Verschwunden. Endlich«, sagte sie und versuchte streichelnd ihren Hund zu beruhigen, den ihre aufreizende Stimme aber dazu zwang, ihr immer wieder kläffend ins Wort zu fallen.

»Wohin verschwunden?«

»Weg halt. Was interessiert's uns wohin!«

Wie ein Gespräch mit einem Roboter, dem man nicht mal die Grundbegriffe der Fuzzylogik beigebracht hatte!

»Wann war das?« Er wusste, dass er das Gespräch nur ausweiten konnte, wenn er sich auf ihren hinterhältigen Duktus einließ, den sie das Leben in Isolation und die Gratiszeitungen der Stadt gelehrt hatten.

»Sie vermissen die doch nicht, oder?«

Er ging nicht auf ihre Gegenfrage ein. »Wohin sind sie denn?« Das wird sie vielleicht gar nicht wissen, dachte er, aber er wollte den Schlagabtausch am Laufen halten. Vielleicht rutschte ihr ja was raus, das sie für sich behalten wollte.

»Was weiß ich denn. Hauptsache weg! Hoffentlich dorthin zurück, wo sie her sind.«

Er musste sie provozieren, wenn er mehr aus ihr herausbekommen wollte. »Was meinen Sie, Frau Höllriegel, sollten wir ihnen nicht eine Chance geben«, sagte er. »wenigstens denen, die bereit sind, diese Chance zu nutzen?«

Mehr brauchte es nicht. Bevor er noch zu Ende gesprochen hatte, fiel ihm der Hund ins Wort, den sie noch immer an ihren Busen drückte, und auf sein Bellen und Zähnefletschen folgte ein Redeschwall, der ihn instinktiv einen Schritt zurücktreten ließ. Nun war es ihm doch noch gelungen, den Panzer ihrer Ignoranz zu knacken! Ihre Stimme überschlug sich, als hätte etwas in ihr nur auf diesen Moment gewartet, auf einen Vorwand, ihm den totalen Krieg zu erklären. Endlich, tobte sie los, habe die viel zu lahme Asylpolizei auf ihre Beschwerden reagiert und getan, was getan werden müsse! In der Stadt, im ganzen Land, überall, wo sich solches Gesindel breitmache, und es sei für sie gewesen wie Ostern und Weihnachten zusammen, als sie gehört und dann gesehen habe, wie der letzte Stock von denen gesäubert worden sei, wo nun endlich wieder anständige Mieter einziehen könnten!

Als ihm der Atem der Bestie ins Gesicht schlug, trat er den geordneten Rückzug an.

Tagelang beschäftigte ihn die Frage, was wirklich mit der Familie Mbembe und den andern geschehen war, ob man sie wegen der Beschwerden der Höllriegel delogiert oder vielleicht sogar ins Ausland abgeschoben hatte? Und zwar trotz ihres Status als legale Flüchtlinge. Er rief bei den entsprechenden Stellen an, wurde aber überall abgewimmelt, als sich herausstellte, dass es sich in seinem Fall nur um das Interesse einer Privatperson handelte.

Eines Nachts braute sich über seinem Viertel etwas zusammen. Aus allen möglichen Richtungen drängten Winde heran. Deren kühle Luft verdrängte den süßen Duft der Verwesung, den die Müllcontainer verströmten, und brachte andere Gerüche mit sich.

In der stickigen Wohnung atmete er auf, als ein Donner nach dem andern über das Haus hinwegrollte. Er öffnete die Fenster zum Gehsteig hinaus und nahm den Lightning 21.4 vom Netz.

Als das Trommeln der Tropfen einsetzte, schloss er die Fenster. Er aktivierte Buddy, der mit seinem Akku als Herz nicht Gefahr lief, von einer Stromspitze im Netz beschädigt zu werden, und schickte ihn in die Küche, um eine Dose Pilsner zu bringen, während er es sich auf der Sitzbank des Opel bequem machte. Aus spitzem Winkel verfolgte er das Drama der Blitze über den Dächern, begleitet vom Tremolo der Tropfen, mit denen der Wind, anschwellend zu einem Sturm, sein Spiel trieb. Täuschte er sich, oder verwandelte der Wind den Rhythmus des Regens tatsächlich in Melodien, wenn er genau hinhörte?

Buddy sammelte das Geschirr ein, das seit gestern herumstand. Sie hatten für Rita gekocht, die dann nicht geblieben war, weil es in der Trabantenstadt Probleme mit der Wasserversorgung gegeben hatte. Dahinter vermutete sie den Beginn einer weiteren Serie von Sabotageakten.

Buddy wusch mit der elaborierten Grandezza einer schwulen Küchenhilfskraft ab. Dass er es geschafft hatte, sich auch ohne Hilfe eine Schürze umzubinden, zeigte Vincent einmal mehr, dass ihnen der Durchbruch gelungen war. Auf seiner Schürze war ein zu einem Haufen Schrott zerplatzter Roboter zu sehen, darunter stand: *Oh my God, they killed Buddy!* Dass er sich die Schürze selbst ausgesucht hatte, sollte ihm wohl irgendetwas sagen, überlegte Vincent, als Buddy ihm aus seinen Diodenaugen ein kurzes Aufflackern sandte, das zu bedeuten schien, dass er sich deswegen bloß keine Gedanken machen sollte.

Während er die das öffentliche Leben dominierenden, neuen Wortkreationen ins *Wörterbuch des Zeitgeists* eintrug und mit je ein paar Kommentaren erläuterte, überlegte er, zu welchen Mitteln er noch greifen konnte, um vielleicht etwas über den Verbleib der verschwundenen Mieter aus dem letzten Stock zu erfahren.

Verfolgungsbetreuung, Ballastexistenzen, Asylierung, Begleitschaden: Was für ein Reservoir an Begriffen, dachte er, die man einmal zur Grundlage einer neuen Art der Geschichtsbetrachtung machen konnte. Sofern die Geschichte dann nicht ohnehin zu Ende war, sie es aber nur nicht bemerkten, weil sie selbst ein Teil des stagnierenden Prozesses waren.

Die Welt trat auf der Stelle. Das war evident. Mehr denn je kreiste sie nicht nur um sich selbst, sondern immer mehr in sich selbst. Ein Kratzer bloß auf der Matrix des Systems, der alle dazu zwang, alles immer wieder zu wiederholen. Wieder und wieder und wieder. Und wieder. Bis ans Ende der Zeit, die es ohnehin bald schon nicht mehr geben würde, wenn in jedem Augenblick alles da war.

Er warf den QC an, um in die Dateien jener Behörden einzudringen, die etwas mit dem Verschwinden der Mbembes zu tun haben konnten. Auf einmal, er wusste nicht wie, fand er sich vor dem Eingang zu dem elektronischen Schließfach wieder, in dem der Mailwechsel Galas mit ihrer Mutter deponiert war. Er zögerte, hatte er sich doch vorgenommen, künftig die Finger davon zu lassen. Und hatten die beiden Frauen nicht ohnehin beschlossen, den Austausch von Nachrichten auf diesem Weg einzustellen, weil es zu gefährlich sein konnte, für ihren Ehemann und Vater, den sie zwar längst aus den Augen verloren hatten, aber nicht ganz verlieren wollten?

Während er noch in Gedanken zögerte, machten seine Finger schon, was er insgeheim wollte, und öffneten das Schließfach.

Singapur, 6. September

Liebe Mom,

nach mehr als einem halben Jahr fällt es mir immer noch schwer, mich an die Abmachung zu halten. Aber es gibt ja einiges zu berichten, das nichts mit dem zu tun hat, worüber wir uns hier nicht mehr austauschen wollten. Dass wir nach dem Engagement in Bangkok vom englischen Theater in Singapur eingeladen worden sind, unseren Dauerbrenner in Szene zu setzen, ist uns gerade recht gekommen. Niemand von der Truppe möchte nämlich nach Hause zurück, wenn es nicht sein muss. Wir können es erwarten, und zwar so lange wie möglich, die Visagen der neuen Regierungsmitglieder Tag für Tag aufs Auge gedrückt zu bekommen, die eifrig damit zugange sind, aus dem ehemaligen Empire eine Insel der Hooligans zu machen. However. Singapur ist nicht ganz so stressig wie Bangkok, hier ist es aber mitunter ebenso schwül, was einem schon zu schaffen machen kann. Immerhin sind wir aber alle irgendwie Insulaner, was das Fremdsein erleichtert. Du müsstest mal eine dieser Peking-Enten hier kosten, die wohl besten der Welt, die in zahlreichen Restaurants von den Haken hängen wie anderswo Schinken, Würste und Speck. Der Regierung ist es in Jahrzehnten gelungen, die restriktive Politik gegen das eigene Volk zurückzufahren, und zwar piano, sodass die öffentliche Ordnung nun funktioniert wie am Schnürchen, obwohl die Garanten dieser Ordnung längst nach und nach aus dem Stadtbild verschwunden sind. Europa scheint in diesen heiklen Zeiten ja in die entgegengesetzte Richtung zu marschieren. Ein, zwei, drei Drinks, dann eine Runde am Hafen um Mitternacht, inmitten dieser so grandiosen Skyline, die Geborgenheit ausstrahlt, so absurd das auch klingen mag, ich fühle mich in dieser Stadt geborgen, und dann ins Hotel, in den fünfunddreißigsten Stock, wo mir die City, wenn ich aus dem Fenster schaue, zu Füßen liegt wie etwas, das bloß inszeniert wird, um mich zu erfreuen. Lach ja nicht, Mom! Oder schau nicht so streng, wenn du das liest. Es geht mir, trotz der zwei offenen Rechnungen in meinem Leben, die mich immer wieder einmal in den emotionalen Bankrott treiben, hier erstaunlich gut. Meine Arbeit wird respektiert, ich habe mich weiterentwickelt und es tut mir gut, mich von den Sorgen um das abzulenken, worüber wir uns nicht mehr schreiben wollten. Lass einfach die Vergangenheit vergangen sein, sage ich mir immer öfter, und lebe im Hier und Jetzt! Vincent ist weder damit geholfen, wenn ich zulasse, dass mir die Vergangenheit wie ein Klotz am Bein hängt, noch wenn ich mir untersage, eine Zukunft zu haben, die diesen Namen verdient. Was ich getan habe, damals in Wien, kann ich doch nicht mehr ändern, und ich habe Gründe dafür gehabt, mögen sie auch egoistisch gewesen sein. Immerhin hatte ich panische Angst vor der Richtung, in die sich mein Leben entwickelt hat. Wieso ich dir das alles schreibe? Weil du mich vielleicht verstehst und ich es Vincent nicht mitteilen kann. Und weil ich nie versucht habe, ihn zu erreichen und über das aufzuklären, was damals mit mir geschehen ist. In der ersten Zeit hätte ich es noch gekonnt, aber dann ist diese Möglichkeit in den Hintergrund gerückt. Doch sie ist nie ganz verschwunden, sodass es mich fast jeden Tag bedrückt, sobald ich die Augen öffne oder mich zum Einschlafen auf die Seite drehe.

Genug davon! Dass du nicht über deine Krankheit reden und schreiben magst, heißt nicht, dass ich mir keine Sorgen um dich mache! Ich kann mich also nur wiederholen: Nimm deine Medikamente ein, rauche nicht, oder wenigstens weniger, trink nicht zu viel, arbeite nicht mehr so viel für den Newsroom, geh zu allen Nachuntersuchungen und mach Spaziergänge, am besten in Begleitung von John Thackeray. Der tut dir gut, ob du es wahrhaben willst oder nicht. So. Das musste gesagt werden. Ach ja, eins noch, bevor ich ins Theater fahre: Ich gebe die Hoffnung nicht auf, dass ich meinen Vater eines Tages wiedersehe, wo er sich auch zur Zeit befindet, mögen ihn gewisse Leute noch immer zum Schweigen bringen wollen, um die Spuren ihrer Taten zu verwischen und den Anschein ihrer Anständigkeit zu wahren. Eines schönen und hoffentlich nicht zu fernen Tages werden die Komplizen dieser ach so ehrenwerten Gesellschaft für das bezahlen, was sie Vater angetan haben, und damit uns. Mag es angesichts der Realität dieser Zeiten, wie du einwenden wirst, auch ziemlich naiv klingen. Ich vermisse dich, sehr sogar, pass bitte gut auf dich auf!

Deine Gala

London, 8. September

Mein Schatz,

sei vollkommen beruhigt! Der gute alte John sorgt für all das, was du und die Ärzte mir im Namen einer Gesundheit zumuten, die mir immer weniger bedeutet. Um gesund zu werden, zu sein und zu bleiben, soll ich also leiden, indem ich allem entsage, was mir noch einen Rest an Freude bereitet? Und wenn ich mich weigere, dieser langweiligen Selbstoptimierung zu frönen, die eine Funktion aus dem Leben macht, aus meinem bis vor Kurzem abwechslungsreichen und intensiven Leben, dann leide ich ebenso.

Oder leide ich etwa anders? Für einen besseren Zweck? Verantwortungsvoller dir und der Allgemeinheit gegenüber? Wenn du realisierst, wie sie an deinem Gehirn herumdoktern, dieser glibberigen Wundermasse, während du geistesgegenwärtig bist wie Tony Adams von Arsenal, wenn die Abseitsfalle zuschnappt, dann fragst du dich, ob es nicht besser ist, sich für ein vergängliches Glück zu entscheiden, als den Rest des vorprogrammierten Daseins vor dich hin zu vegetieren. Wie eine Ratte in einem Experiment, das sich die neuen Menschenfreunde (will sagen Sadisten) ausgedacht haben.

Schau nicht derart pikiert, mein Kind! Ich entstamme der letzten Generation, für die Worte wie Selbstbestimmung, persönliche Freiheit und Handlungsspielraum noch eine Bedeutung haben. Chancengleichheit statt Gleichmacherei! Heute ist das fast schon umgekehrt, und viel zu viele finden das auch noch okay. Am Ende laufen die großen, im Grunde jedoch längst überholten, Entwürfe auf dasselbe hinaus: die Schaffung einer gleichgeschalteten Masse, die einfach nur zu funktionieren hat, sonst nichts … Warte kurz, mein Schatz, ich gieß mir noch rasch einen ein.

Simsalabim.

Da bin ich wieder! Ich habe das Recht so zu reden und zu schreiben, weil der Tod mein Begleiter ist, mein Buddy, mein bester Kumpel, und wenn du den zum Freund hast, darfst du all das sagen, was sich nicht gehört. Denn sobald du den Tod langweilst, gibt er dich auf! Er lässt dich ganz einfach fallen, wie etwas Unnützes, eine leere Packung Stuyvesant. Ich darf also sagen, was Sache ist, Darling. Ich muss es sogar tun, denn sonst sterbe ich, hier und jetzt, allein in meiner traurigen Küche, neben dem alten Mister Beefeater, von allen Geistern aufgegeben und verlassen, ja sogar vom Tod, den du zum Freund haben musst, damit dir nichts geschieht. Ich hör schon damit auf, mein Kind. Ein solches Reden seid ihr Jungen nicht gewohnt, da heißt es stets vernünftig sein, abwägend, korrekt und was weiß ich noch alles, was ich keine Lust habe zu sein. (Pause.) Ich muss das hier aufwischen, andauernd stoße ich Sachen um, oder mir fällt was aus der Hand, warte … Wenn dein Vater noch … Over! Ich werde dir nicht mit Sentimentalitäten kommen, es reicht jetzt.

Ich war oft der Meinung, dass du dich nach deiner Entscheidung, Vincent und Wien zu verlassen, die du doch selbst getroffen hast, zu sehr hast gehen lassen. Du hast ihn verlassen, nicht er dich, vergiss das nicht. Ich weiß, sicher, auch das ist nicht einfach.

Ich hätte deinen Vater nicht verlassen, diesen Quell meiner Freude, meines Staunens und meiner Lust. Verzeih mir, wenn ich derart blumig daherschreibe, der Gin zapft meine poetische Ader an. Was ich ausdrücken will ist, dass wir wirklich ein gutes Leben hatten, bis er dann untertauchen musste. Wenn ich mir vorstelle, dass er plötzlich wieder auftaucht und in der Tür steht, ein Lu-

xus, den ich mir seit der Diagnose manchmal gestatte, dann läuft es mir in Schauern den Rücken runter, wie auch jetzt wieder.

Nun fröstelt mich, obwohl draußen endlich ein milderes Wetter herrscht. Die Hitze dieses Sommers hat mir mehr zugesetzt als die Therapien gegen die Entropie in meinem Kopf. Verzeih, mein Schatz, ich muss mich nun ein Weilchen hinlegen, damit ich fit bin, wenn John mich für unseren abendlichen Spaziergang abholt. Wie neu alles wird, wie anders und fragwürdig, sobald man in die Jahre kommt.

Ich umarme dich, deine Mom

P.S.: Es hilft mir, diese Krankheit loszulassen (sprich: zum Teufel zu schicken), wenn wir offen über das reden, was aus Gründen der Sicherheit deines Vaters viel zu lange tabu war. Aus besagten Gründen werde ich dir im Netz aber dennoch nicht mehr antworten. Nimm das doch zum Anlass, mich trotz der Gefahren, die ein solcher Flug im Moment mit sich bringt, in London zu besuchen, sobald es eure Arbeit erlaubt. Und denk daran: Time is an ocean, but it ends at the shore.

Um den Aufruhr in sich zu dämpfen, den diese Nachrichten verursachten, tat Vincent, was er sich vorgenommen hatte, bevor er ins Schließfach eingedrungen war, und suchte im Cyberspace nach Spuren der Mbembes, nachdem er sich eine Dose Soma aus dem Kühlschrank geholt hatte.

Während er in die Server der Institutionen eindrang, wobei der Lightning 21.4 wieder einmal zeigte, was er so alles draufhatte, kamen ihm immer wieder die Zeilen in den Sinn, die darauf hindeuteten, dass Galas Verschwinden vor allem mit ihm zu tun gehabt hatte. Ihm fiel aber auch Rita ein, wenn er an Gala dachte. Rita, die näher rückte, je weiter Gala sich entfernte.

In vertraulichen Dateien der Asylbehörde fand er schließlich, was er gesucht hatte. Einen Aktenvermerk, datiert auf den Tag, an dem die Afrikaner aus dem Haus abgeholt und in Schubhaft genommen worden waren. Was er befürchtet hatte, war eingetreten. Von Jonathan wusste er, dass es ihn das Leben kosten konnte, an die nigerianischen Behörden ausgeliefert zu werden. Nachdem man ihn aufgrund seiner demokratiepolitischen Aktivitäten mit Gewalt vertrieben hatte, würde man ihn kaum willkommen heißen und einfach wieder zur Tagesordnung übergehen. Tag für Tag verschwanden in seiner Heimat Menschen spurlos.

Ein zweiter Aktenvermerk hielt fest, dass die Schwarzen aus ihrem Haus zwei Tage später außer Landes und in ein Sammellager verbracht worden waren, von wo aus man sie an ihre Herkunftsländer, wie es da hieß, rückführen würde. Er dachte an den Chief, den bitteren Stolz eines unter seinem Wert geschlagenen Menschen, an Maria, die todkranke Dorfkönigin, und an die kleine Ada, diesen dunklen Zappelphillip mit Zöpfen in Mädchengestalt, und er erinnerte sich an den alten Hadza, der ihm mit seinem rührenden Hokuspokus zu einer Begegnung mit Gala verholfen hatte, unter Wasser, wo es andere Möglichkeiten gab und andere Gesetze herrschten. Er hoffte, dass alle aus dem vierten Stock der Willkür der Behörden in ihren Ländern entgehen würden, obwohl etwas in ihm wusste, dass das unwahrscheinlich war.

Als er aus den Tiefen des Cyberkosmos und seinen Erinnerungen auftauchte, schnappte er etwas auf, das in einem Spiel aus Licht und Schatten über die Wände seiner Bude geisterte. Das Bild, das drei, die im Regen draußen vorübergehuscht waren, an die Wand seines Souterrains geworfen hatten, zeichnete sich als Nachbild vier, fünf Sekunden lang hinter seinen geschlossenen Augen ab.

Ein Mann, der hinter einer Frau her war, die hinter einem Kind her war, das vor etwas davonlief. Oder war auch das Kind hinter etwas her? Etwas, von dem der Mann und die Frau dachten, dass es ihnen das Kind in die Arme treiben würde.

V

Dass in seinem Fall noch Luft nach unten war, verblüffte Vincent dann doch, als ihn eine Serie von Tiefschlägen heimsuchte, die ihn fast in die Knie zwang. Wäre er abergläubisch gewesen, hätte er vielleicht geglaubt, es müsse etwas damit zu tun haben, dass es am dreizehnten Dezember passierte, der noch dazu ein Freitag war. So aber dachte er, dass der nicht zu knackende Algorithmus des Universums genau das für ihn bereitgehalten hatte. Ob ihm das nun passte oder nicht. Und zwar von Anfang an, seit mehr als dreizehn Milliarden Jahren.

Es kostete ihn Kraft, an diesem Tag nicht nach einer bösen Absicht zu suchen, nach einer Schuld, die er jemandem geben konnte, der Krise, der Regierung, bösen Mächten, und auch nicht nach der nächstbesten Erklärung dafür, wie es so weit hatte kommen können.

Warum? Wozu? Aber das waren doch Kinderfragen.

Er war auf dem Weg ins Jobcenter. Wieder mal. Vor einer Woche war es über Nacht derart kalt geworden, dass der Schnee, der vor zwei Tagen gefallen war, unter seinen Schuhen knirschte, als würde er über dünnes Eis laufen. Es war Stoßzeit, doch sein Viertel war wie im Standby-Modus erstarrt. Fast niemand störte dieses in Schnee und Eis gebannte Standbild, und wenn sich doch jemand zeigte, kam es ihm stets so vor, als würde der vor dem Klicken der Kamera in seinem Kopf durch das Bild laufen.

Die Stadtregierung hatte kein Geld, um die Straßen eisfrei zu halten, weshalb auch jene, die sich noch ein Auto leisteten, die öffentlichen Verkehrsmittel nahmen; sofern sie nicht gleich zu Hause blieben, um das Ende des Frostes abzuwarten. Noch strömte das Gas durch die Leitungen der Stadt und erwärmte die Wohnungen derer, die ihre Rechnungen bezahlt hatten.

Er selbst rechnete jederzeit damit, dass man ihm den Hahn zudrehen und die Temperatur im Souterrain unter null fallen würde. Immerhin stanken die überquellenden Müllcontainer in der Kälte nicht mehr so wie im Sommer.

Sogar im Jobcenter war weniger los als sonst. Obwohl die Zahl derer, die keine Arbeit fanden, im Sog der Inflation noch weiter anstieg. Er war froh, endlich ins Warme zu kommen, ließ sogar die Zudringlichkeit der Securitys über sich ergehen, ohne seine Abscheu zu zeigen. Bis er aufgerufen wurde, schlug er seine Zeit mit einer der Gratiszeitungen tot, die hier stapelweise auflagen.

Der Schund lenkte ihn von den möglichen Konsequenzen seines Termins ab und weckte Aggressionen in ihm, die er noch brauchen konnte, wenn er mit der bürokratischen Ignoranz der Vombichl konfrontiert war. Dann wurde er aufgerufen und kam endlich an die Reihe.

»So geht es nicht, Herr Pygmali! Ich muss Ihnen mitteilen, dass Ihr Konzept von zwei Gutachtern abgelehnt worden ist.«

Sie hat einen neuen Ball, einen rosaroten Ball, dachte er, weil er nicht zur Kenntnis nehmen wollte, was sie soeben zu ihm gesagt hatte. Er hatte jede Menge Know-how, Zeit und Hoffnung in sein Projekt mit Buddy investiert, und er hatte keine Lust, sich wieder bei Firmen zu bewerben, die nicht nur seine Arbeitskraft und Zeit wollten, sondern vor allem auch *ihn,* wie zum Beispiel Database. Sich aber wollte er noch für sich behalten, so lange wie nur möglich, und, wenn es denn sein musste, lieber ins Grab mitnehmen, als sich an etwas zu verkaufen, das ihn doch nur korrumpierte, das sein Blut soff und ihn entsorgte, sobald er leer war.

Frau Vombichl wartete, inmitten des heimeligen rosaroten Paradieses, das sie sich in einem Winkel der Macht mit Tand, Nippes und Kitsch hergerichtet hatte, auf seine Reaktion.

Er wusste, dass es keinerlei Sinn hatte, hier nach dem Warum zu fragen: Dass es die Frage wäre, die nicht beantwortet werden musste, durfte und, wenn er seine Erfahrungen in Rechnung stellte, gar nicht beantwortet werden konnte, weil sie das System infrage stellen würde; und wer das System infrage stellte, das stand fest wie ein Naturgesetz, stellte niemals das System infrage, sondern immer nur sich selbst. »Was nun?« Das schien ihm die einzige Frage zu sein, die im Moment Sinn machte. Obwohl er sie in erster Linie sich selbst stellte, brachte er sie vor, ohne sich jedoch seine Enttäuschung allzu sehr anmerken zu lassen. Denn das System ignorierte oder bestrafte jede Art von Schwäche, es setzte auf Vorschriften, Gesetze und tendenziöse Statistiken.

»Zurück an den Start«, sagte sie, in den Desktop und die Maske mit seinen Daten vertieft. »Es tritt die Vereinbarung in Kraft, die sie mir unterschrieben haben. Sie müssen sich jetzt auch um Stellen bewerben, die nichts mit Informatik zu tun haben, wenn Sie Ihren Anspruch nicht verlieren wollen. Ihr Berufsschutz ist ja mittlerweile nicht mehr gegeben, und wie Sie vielleicht wissen, sind schon wieder die Zumutbarkeitsgrenzen (ab in sein *Wörterbuch des Zeitgeists*) geändert worden. Von der Regierung«, fügte sie hinzu, damit er nicht auf die Idee käme, sie selbst brüte derlei Zumutungen im gemütlichen Nest ihres Büros aus.

Er wusste, wann er verloren hatte, also wusste er in diesem Moment auch, dass er hier nichts mehr verloren hatte. Und er wusste auch, dass es sinnlos war, die negative Energie, die er sich beim Gaffen in die Gratiszeitung geholt hatte, an der Vombichl auszulassen, die nur über die Runden kommen wollte wie die meisten, ein Rädchen im Getriebe bloß, das man austauschen würde, sobald es nicht mehr funktionierte, oder, wie er selbst zum Beispiel, nicht mehr funktionieren wollte. Er stand wortlos auf und wandte sich zur Tür.

Nun schien sie darüber erstaunt, dass er, der ihr und dem

Chef schon so manches Gefecht geliefert hatte, die Niederlage hinnahm, ohne auch nur zu protestieren. Obwohl ihm das natürlich nichts genutzt hätte, denn Vorschrift war Vorschrift, das war schon immer so und würde sich nicht ändern, solange sie auf ihrem Ball saß. »Noch ein paar Jobangebote für Sie, da«, sagte sie. »Meinungsumfragen, Securitys, Küchenhilfen, Reinigungsdienste. Sie haben zehn Tage Zeit, um sich vorzustellen und uns über das Ergebnis zu informieren.«

Er hatte eine Hand in der Hosentasche, die andere bereits an der Klinke, und sie wedelte schon ungeduldig mit den Jobangeboten, als er sich dafür entschied, sie so in Erinnerung zu behalten – ihm mit ihren Scheißjobs zum Abschied winkend –, indem er einfach durch die Tür ging und ihr Büro und dieses Gebäude für immer verließ.

Auf dem Heimweg durch die vereiste Stadt scheiterte er daran, Geld aus dem Automaten zu ziehen. *Setzen Sie sich mit Ihrem Kundenberater in Verbindung.* Entweder es lag an der Kälte, dass dieses Ding nicht funktionierte, oder man war ihm nun draufgekommen, dass er immer wieder Manipulationen an seinem Überziehungsrahmen vorgenommen hatte.

Er trottete weiter durch sein Viertel, während es zu schneien begann. Das Maß für diesen Tag war voll, dachte er, es konnte also nur mehr besser werden.

Der Neuschnee legte sich wie eine Decke auf das Eis, das Straßen, Dächer und Dinge überzogen hatte. In dieser gedämpften Stille wurde seine innere Stimme laut, die sich über die Zumutungen dieses Tages beschweren wollte. Er ignorierte sie, ging einfach weiter, bis er vor dem Tweedledee stand. Gut, dachte er sich, so ersparst du es dir, bei Toni anschreiben zu lassen! An der Tür hing ein Zettel, auf dem stand, dass wegen eingefrorener Wasserleitungen bis auf Weiteres geschlossen war.

Langläufer begegneten ihm, als er sich dafür entschied, nach Hause zu gehen. Wie flugunfähige Vögel glitten sie lautlos durch die Gassen. Es war nicht der erste Winter, sagte er sich, den sie unter diesen Umständen überstehen mussten. Aber es war der strengste seit Langem, die eisige Variante des Sommers, der hinter ihnen lag. Er fragte sich, wie es den Horden der Obdachlosen gehen mochte, die nicht einmal ein Zelt, eine Bretterbude oder ein Baumhaus in den Auen, im Prater oder im Wienerwald hatten. Immerhin hatte die Stadtregierung verlautbart, dass jeder, der obdachlos war, zwei Stunden pro Tag in einem der Bahnhöfe und in den U-Bahn-Stationen Zuflucht suchen durfte, um sich aufzuwärmen.

Im Stiegenhaus begegnete ihm Frau Höllriegel, die, wie ihm schien, auf etwas lauerte, so wie sie ihm nachlinste und nachschlich. Nur das Köpfchen lugte aus dem mit Wolle gefütterten Overall, in dem ihr Hündchen steckte. Er ignorierte sie, seit sie die Afrikaner ans Messer geliefert hatte, und stieg ins Souterrain hinab, wo sich eine weitere Dimension dessen offenbarte, was an einem Tag alles passieren konnte. Im Stiegenhaus standen Pappkartons herum, mit seinen Sachen drin. Seine Tür war mit Brettern vernagelt und mit Bändern verklebt worden, wie ein Tatort, einen Bescheid hatte man an die Wand gepinnt. Statt zu lesen, was auf dem Wisch stand, suchte er, rasend vor Sorge, nach dem, was ihm hier am wichtigsten war.

Als er in dem Zwielicht endlich Buddys linkes Bein entdeckte, das aus einem Karton ragte, fiel ihm zwar ein Stein vom Herzen, dass aber der QC weg war, so oft er auch noch mit starrem Blick im Kreis lief und in Ecken spähte, ließ ihn in die Knie gehen. Sie hatten sich den Lightning 21.4 unter den Nagel gerissen! Jenes Gerät, das es ihm ermöglicht hatte, den Schleier über seinen letzten Jahren zu lüften.

Dann stellte er Buddy auf die Beine, aktivierte ihn mit dem

Manager. Buddy freute sich, ihn zu sehen! Eine Wohltat an einem Tag wie diesem. Es sah so aus, als hätte man ihm kein Kabel gekrümmt. Am Rand der Stiege, die zu ihm herabführte, stand immer noch Frau Höllriegel. Die Genugtuung über seine Misere hauchte ihr gerade so viel Leben ein, wie sie benötigte, um bis zur nächsten Schadenfreude über die Runden zu kommen. Sie schien darauf zu warten, dass er sich bei ihr erkundigte, was hier los gewesen war. Diesen Gefallen tat er ihr nicht. Es brauchte nicht viel, sich vorzustellen, was in seiner Abwesenheit vorgefallen war: Nachdem er Ultimaten, Mietrückstände zu begleichen, wieder einmal einfach hatte verstreichen lassen, waren die Inkassanten der Vermieter bei ihm eingefallen, hatten ihn ausquartiert und sich genommen, was ihnen verwertbar schien. Dass der Wert des QCs die Summe der Rückstände bei Weitem überstieg, durfte ihnen dabei nur recht gewesen sein. Im Grunde konnte er froh sein, dass er nicht dagewesen war. Er hätte sich womöglich gewehrt, und die Gorillas vom Inkassobüro hätten ihn vermöbelt und einfach zu den Kartons mit seinen Sachen geworfen. Dabei wäre am Ende noch Buddy zu Bruch gegangen, der jetzt neben ihm stand und jene Frage stellte, die sich an diesem Tag ein weiteres Mal wie von selbst aufdrängte.

»Was nun?«

Eine Weile stand er, in Gedanken verloren, nur so da. Er hörte, wie die alte Höllriegel, die offenbar genug gesehen hatte, sich keuchend über die ausgetretenen Treppen nach oben quälte. Als ihm einfiel, dass Lukas von der Reise nach Übersee, wohin man ihn mit seiner (ihrer!) Holografie eingeladen hatte, bereits zurück sein musste, rief er ihn an. Er hatte ihm noch gar nicht erklärt, was hier los war, als Lukas das Gespräch beendete, um sich mit einem Taxi auf den Weg zu machen.

Dann rief er Rita an und fragte, ob ihr Angebot noch gelte.

Ihre Freude über sein Kommen ließ das Pech, das ihn an diesem Tag geradezu verfolgte, zu einer Nebensache schrumpfen.

Er suchte ein paar Andenken aus dem Krempel heraus, darunter das Amulett, das ihm Maria Mbembe geschenkt hatte, ein Foto von Gala, aber auch eins, auf dem seine Mutter und die ephemere Figur seines Vater zu sehen waren. Er in ihrer Mitte, ein Dreikäsehoch, der so blank in die Welt guckte, als gäbe es keine Zukunft, nur diese Gegenwart, die sich selbst genügte. Dann packte er von seinen alten Büchern jene in einen Karton, die er immer wieder einmal las. Mit Buddy im Schlepptau trat er schließlich auf die Straße hinaus, um auf Lukas zu warten. Buddy tat so, als fröre er, sobald er das Wetter registrierte. Er trat von einem Bein aufs andere, umschlang sich mit den Armen selbst und bibberte wie ein Manager auf Vibracall.

Dieser Winter in der Satellitenstadt blieb hart. In manchen Nächten fielen die Temperaturen unter minus zwanzig Grad. Was brannte, wurde verheizt, ohne dass sich irgendjemand um die Vorschriften kümmerte, die von der Regierung zum Schutz brennbaren Eigentums erlassen worden waren. Die Auen, der Wienerwald und sogar der städtische Raum wurden von Horden durchstreift, die alles, was sich wegtragen ließ und brannte, an sich nahmen und in ihre Behausungen brachten, wo sie um Feuerstellen hockten, deren Rauch ins Freie abgeleitet wurde. Viele hofften nichts mehr, als dass dieser Winter vorübergehen möge.

Es war diese Hoffnung und das Wissen, dass er irgendwann zu Ende gehen musste, die die meisten durchhalten ließen. Eine eigene Magistratsabteilung war dafür zuständig, Erfrierende und Erfrorene einzusammeln und Hilfe zu leisten, wo es noch möglich war. Im Windschatten einer stürmischen Inflation surften die Arbeitslosenzahlen einem neuen Höchststand entgegen. Plünderungen nahmen zu, während die meisten Demonstrationen buchstäblich auf Eis lagen.

Wie in vielen Wohnungen der Stadt gab es auch bei Rita einen Notkamin für Krisenzeiten. Wenn das Holz nicht zu knapp war, gelang es ihnen sogar, so etwas wie eine behagliche Atmosphäre herzustellen. Sie hörten Musik, die sie auch mit Wärme versorgte, kochten mit Buddy und liebten einander bei jeder Gelegenheit, die sich bot. Unter dicken Decken, wie zu Zeiten, als die Scham vor dem anderen (oder eigenen?) Körper noch größer gewesen war als das Verlangen, alles zu sehen. Gut möglich, dass die Hitze, die sie dabei freisetzten, dazu beitrug, das Leben am Rand der stets drohenden Kälte erträglicher zu machen.

Trotz des Ausnahmezustands, in den die Stadt im neuen Jahr hineingeschlittert war, versuchten sie nicht alles aufzugeben, was ihnen das Gefühl vermittelte, ein Leben zu führen, in dem auch das Alltägliche seinen Platz hatte.

Rita kam ihren Aufgaben als Koordinatorin der Siedlung nach, soweit es eben ging, und Vincent gründete mit ihrer Unterstützung das Start-up, das ihm vom Jobcenter nicht bewilligt worden war. Er bastelte an einem Netzwerk, über das er Buddy und sich als Duo vermarkten konnte. In einer Kochshow, die Lukas mit ihm entwarf, der sich für seinen Freund in die Niederungen des Kommerzes begab. Mit seiner Hilfe (und mit Esthers Kritik!) gelang es ihm dann doch noch, dem Kochen eines Risottos eine Choreografie zu verpassen, die etwas seltsam Tragisches an sich hatte, während der Text ins Komische spielte. Buddy sorgte für Schmunzeln und für die Lacher, er selbst für die unfreiwillig tragischen Momente, die von Buddys Bemerkungen ins Komische verzerrt wurden.

»Slapstickszenen zwischen einem geschickten, gewitzten Roboter und seinem ungeschickten, unterbemittelten Besitzer!« Mit diesen Worten brachte Esther diese Auftritte auf den Punkt.

Vor den Freunden und Hausweibern, die Rita eingeladen hatte, testeten sie in der Satellitenstadt Szenen aus ihrem künftigen Repertoire. Obwohl er nun geradezu enthusiasmiert über seine Schatten zu springen – beziehungsweise zu stolpern! – hatte, (um sich auch gewinnträchtig zu produzieren), funktionierte das Projekt so gut, dass sie es bald wagten, erste Zusagen an Interessenten zu machen.

Sie traten vorwiegend in Krankenhäusern, Strafanstalten und Seniorenheimen auf. Aber auch sonst bei allen möglichen Festivitäten, wo es darum ging, die Laune von Leuten zu heben, die nicht viel zu lachen hatten in diesen kargen und kalten Zeiten. Am Ende jeder Show mischte Buddy sich unters Publikum und verteilte Kostproben des Risottos, das bereits namhafte Slow-Food-Kritiker überzeugt hatte.

Esther, der Buddy und er leidtaten, wenn sie vor einem, wie sie vermutete, inferioren oder dementen Publikum ihr Bestes gaben, versprach, ihre (und Lukas') Beziehungen spielen zu lassen, um ihnen eine eigene HV-Show zu verschaffen, deren Originalität nicht nur darin bestand, dass niemand sonst in der Lage war, einen noch größeren Mist zu produzieren.

Vincent war das ziemlich egal, in diesen Monaten, die seine Fixierung auf Gala in immer weitere Ferne rückten. An manchen Tagen war er glücklich wie schon seit Jahren nicht mehr. Trotz der schwierigen Situation, in der sie sich befanden. Sie und die Bürger der Stadt und des Landes, die mit ihren Problemen auf sich gestellt waren, weil die halbe Welt ähnliche Probleme hatte, seit die Zukunft der Union verspielt worden war.

Die unregelmäßigen Arbeitszeiten in seinem neuen Job brachten es mit sich, dass er viel Zeit in der Trabantenstadt verbrachte. Er übernahm Aufgaben, die früher Rita erledigt hatte, und spielte sie damit für das frei, was ihr noch immer zusetzte. Er ahnte es. Kaum hatten sie gegessen und sich geliebt, oder umgekehrt, wurde sie immer auf eine Weise unruhig, die ihm zeigte, dass sie noch keineswegs bereit war, mit der Ursache der tristen Situation der Frauen hier abzuschließen.

Jedes Mal, wenn sie nur dalagen, um zu spüren, wie langsam die Zeit verging, begann sie ihm Fragen zu stellen. Oft über das, was er über Jakob Kienzl wusste, Galas Vater, den Baustadtrat. Entspannt, wie er war, leerte er seine Speicher bis auf den Grund. Ein gutes Gefühl, den ganzen Ballast einfach loszulassen und Platz für anderes zu schaffen. Für Neues. Die Erinnerungen kamen und gingen, und alles, was er in diesem Strom zu fassen bekam, fischte er heraus und teilte es Rita mit. Auf dem Rücken, Seite an Seite mit ihr, sein Mund im Haar an ihrem Ohr, während er sie mit beiden Armen umfing. Es erstaunte ihn, was ihm noch alles einfiel, das er vergessen geglaubt hatte.

Wollte er Rita dazu bringen, ihn in das einzuweihen, was sie nicht zur Ruhe kommen ließ, wich sie ihm aus. Sie wolle ihn da nicht mit hineinziehen, sagte sie, bevor sie dann meist verschwand, um etwas zu erledigen, das, wie er dachte, mit dem zu tun hatte, in das sie ihn nicht hineinziehen wollte. Als ob er nicht längst bis zum Hals mit da drin steckte! Dass Galas Vater von einem Tag auf den anderen hatte verschwinden müssen, um seine Haut zu retten, hatte etwas damit zu tun, dass viele Frauen vor Jahren um ihr Geld geprellt worden waren. Dass sie ihr Erspartes, ihre Wohnungen und ihren Glauben an die Institutionen in diesem Land verloren hatten. Und dass jemand noch immer das größte Interesse daran hatte, diese Frauen nicht zu ihrem Recht kommen zu lassen.

Eine Tages bat Rita ihn, sie zu begleiten. Wohin, wollte sie ihm nicht sagen, nur dass er ihr vertrauen solle, sagte sie, er werde schon sehen! Seit Kurzem segelte sie auf einem Hoch durchs Leben, das ihm sogar dann nicht ganz geheuer war, wenn er sich selbst dafür mitverantwortlich machte. Nichts schien ihr etwas anhaben zu können. Die uralten Dieselgeneratoren liefen erst leidlich rund, nachdem sie gewartet worden waren. Stinkend, stotternd und bebend lärmten sie gegen die Kälte an. Schlägertrupps der Bewegung versuchten immer wieder, in die Siedlung einzudringen, konnten aber von den gut organisierten Besetzerinnen auf Distanz gehalten werden.

Rita hatte sich zurechtgemacht, steckte unter einem geborgten Daunenmantel in jenen Sachen, die sie im Übermut nach ihrer Audienz im Rathaus gekauft hatten. Statt einer Handtasche trug sie eine Aktentasche mit sich, was ihr eine offizielle Note verlieh. Er hüllte sich in die neuen uralten Klamotten, die er sich in einem Third-Hand-Laden besorgt hatte, nachdem er fast sein ganzes Hab und Gut vor der Tür des Souterrains zurückgelassen hatte. Der alte grüne Parka mit dem zerschlissenen Kunstpelz und Emblemen des britischen Punkrock stand ihm gar nicht schlecht. Das fand auch Rita, die ein Taxi zur hinteren Ausfahrt der Siedlung bestellt hatte.

In der Wärme des E-Mobils entspannten sie sich. Rita teilte dem Computer eine Adresse mit, die Vincent nicht kannte. Sie genoss es offenbar, ihn weiter über ihre Absichten im Unklaren zu lassen. »Es reicht mir, wenn du nur da bist, fürs Erste«, sagte sie. Er wollte sie nicht mit seiner Neugier nerven, also ließ er die Dinge einfach auf sich zukommen.

Sie fuhren in nördlicher Richtung aus der Stadt hinaus. Auf der Donauinsel waren Iglus errichtet worden, die im Licht der Wintersonne funkelten. Dann ging es über den seit Monaten in seinem eigenen Eis erstarrten Strom, auf dem Lastkähne festgefroren waren – ein wenig aus dem Lot, sodass er unwillkürlich seinen Kopf neigte, als er sie betrachtete. Und dann vorüber an den kahlen Weinbergen, die sich gestochen scharf in den vor Kälte blitzblauen Himmel erhoben. Dort, erinnerte er sich, war er mit Gala gewesen, an ihrem Geburtstag, vor der Premiere ihres Stückes, bevor sie ihn verlassen hatte; oder als er sie dazu gebracht hatte, ihn zu verlassen, je nachdem. Dort hatten sie in Viktors Weingarten (was war aus seinem Kollegen und Freund Wickerl geworden?) auf ihren Geburtstag, auf ihre Liebe und Galas Premiere angestoßen, bevor er aus der Bahn seines scheinbar geregelten Lebens geflogen war.

Ein paar Kilometer nach der Stadtgrenze bogen sie nach links ab und fuhren auf die Hügel am Horizont zu, die zum Greifen nah schienen, doch nur langsam näher rückten. Sie fuhren durch ein stilles, verlassenes Dorf, dann durch einen Wald, dessen Bäume wie im Flug erstarrt schienen, vom Wind, der das Eis auf Ästen und Zweigen in eine Richtung getrimmt hatte, was einen bizarren Anblick bot. Dann wies Rita auf ein paar Gebäude auf der Kuppe eines Hügels. *Zum ewigen Licht.* Das stand auf der Tafel am Rande der Zufahrt, die sie passierten, nachdem sie die Hauptstraße verlassen hatten.

»Ein Seniorenheim«, sagte Rita. Mit diesen Worten brach sie das Schweigen, das die Fahrt über geherrscht hatte. Er zahlte mit seinem Manager, was auf dem Display stand, und stellte das Programm des E-Mobils auf Standby.

Jetzt näherten sie sich einer Art Portiersloge vor dem barocken Komplex. Als sie auf einem Monitor auftauchten, zwei Fremdkörper am Arsch der Welt, eilten ihnen Securitys entgegen. Sie wurden in die Zange genommen und bekamen Fragen gestellt. Rita jubelte ihnen die Reizwörter unter, die sie zu hören bekommen mussten, um sie durchlassen zu dürfen. Nachdem sie abgegriffen und gescannt worden waren, begleitete eine Krankenpflegerin sie zu einem Trakt, der von außen einem Gefängnis ähnelte oder einer geschlossenen Anstalt. Der sich aber, war man erst einmal durch die lästigen Schleusen gelangt, als höchst komfortabel erwies.

Dass Rita offenbar mehr wusste als er, hätte ihn alles Mögliche erwarten lassen können; aber er zerstreute diese Möglichkeiten wie ein gelangweilter Snob, der an der Seite seiner Frau gegen seinen Willen zu einem Termin geschleppt wird. Man merkte ihm nicht an, wie sehr er hinter der Fassade seiner Gleichgültigkeit auf der Hut war.

Die Schwester brachte sie in einen Raum am Ende eines Flurs, wo sie mit der Information, es komme bald jemand, allein zurückblieben. Der Raum verströmte die zeitlose Atmosphäre einer Lounge, wie es sie auf Bahnhöfen und Flughäfen gab. Ein paar lederne Sitzgruppen, dicker Teppichboden, der die Geräusche dämpfte, Hocker vor einer Bar, auf der ein Kaffeeautomat stand, eine Vitrine mit Getränken – und über diesem Stillleben der Dignität längst vergangener Zeiten das Hologramm einer Uhr, das im Raum schwebte und daran erinnerte, wie draußen die Zeit weiterlief, die hier drin stillzustehen schien.

Sie warteten darauf, sich umblickend, dass die einsetzende Dämmerung von irgendeinem Licht erhellt würde, als auf einmal eine Stimme da war.

»Sie brauchen nicht länger zu warten«, sagte die Stimme.

Diese leise, alte, dünne Stimme, auf die sie nun langsam zugingen, bis sie vor einem Fauteuil standen, in dem ein greiser Jüngling saß. Eine kleine, vom Rheuma krumme Hand umspielte den Griff eines Gehstocks. Wie ein Kind wirkte der Mann, viel zu klein in dem großen Möbel. Ein in einem Maßanzug steckendes Kind, dachte Vincent, doch mit dem Gebaren eines Greises, als er sie mit der Spitze des Stocks zur Couch gegenüber dirigierte. Das Gesicht des für seinen geschrumpft wirkenden Körper zu großen Kopfes war runzlig wie ein alter Apfel, die letzten Haare standen nach allen Seiten ab, wie der Flaum eines Babys. Rita sank mit einem, wie Vincent zur Kenntnis nahm, entsetzten Seufzer in die Couch hinein.

»Sie erkennen mich, Frau Renner?«

»Sie haben sich gar nicht verändert«, sagte Rita, um ihre Stimme und Fassung bemüht, »obwohl Sie ziemlich klein geworden sind.«

»Die Krankheit«, sagte jemand, der sich in dem Körper zu verbergen schien. »Diese tückische Krankheit, gegen die noch immer kein Kraut gewachsen ist. Der Sie es ja wohl auch verdanken, dass ich bereit bin zu tun, was Sie sich wünschen, seit Sie den ersten Verdacht gegen mich geschöpft haben.«

»Es geht dabei weniger um mich, als Sie glauben. Ebenso wie

es nie so um Sie gegangen ist, wie Sie es sich gewünscht haben, als Sie noch mein Chef waren.«

Das war nun seine Rita, stellte Vincent erleichtert fest, die zum Glück nur kurz die Orientierung verloren hatte, als sie des menschlichen Restes ansichtig geworden war, den sie als jenen Opportunisten in Erinnerung hatte, der eine Menge Frauen um ihr Geld gebracht hatte. Und der »für seinen Einsatz zum Wohle der Bürger« von den Repräsentanten der Stadt mit Orden behängt worden war wie ein Christbaum. Derselbe, der, hatte sie ihm einmal erzählt, nach dem Regierungswechsel damals in der Versenkung verschwunden war, wo sie ihn nun aufgestöbert hatten.

»Ihren Aufpasser hätten Sie sich sparen können!«

Er spürte den Blick des Mannes, als würde eine Schnecke über sein Gesicht kriechen. Was sollte er erwidern? Er hatte keine Lust, mit irgendetwas oder irgendjemandem abzurechnen, umso mehr, als ihm das Häufchen Elend fast leidtat, das vor seinen Augen von der Kraft einer Art schwarzen Lochs, das sich in Form einer seltenen Krankheit dieser Existenz bemächtigte, zu nichts verarbeitet wurde. Er wollte bloß erleben, dass Rita zu ihrem Recht kam.

»Sie haben sich selbstverständlich nie die Finger dreckig gemacht, wenn es mal darum ging, selbst Hand anzulegen und nicht nur Leute und Zahlen zu manipulieren, oder Verträge, Bescheide und Bilanzen zu frisieren. Und Sie haben demnach wohl auch nichts damit zu tun, dass zwei unserer Mitarbeiter sich umgebracht haben, angeblich, und der Baustadtrat Kienzl, Ihr Chef, auf dessen Nachfolge Sie regelrecht versessen waren, auf derart mysteriöse Weise verschwunden ist.«

»Sie wissen viel«, sagte die Stimme, die immer mehr aus der Dämmerung selbst zu kommen schien als aus dem Körper eines Menschen, »aber natürlich noch lange nicht alles. Jakob

Kienzl geht es gut, soweit ich weiß, und ich habe entsprechende Vorkehrungen getroffen, sodass er sich demnächst aus der Deckung wagen und wieder ein normales Leben führen kann.«

Der Schatten dort in der Dämmerung versuchte sich an einem Lachen.

»Und wissen Sie was, Frau Renner? Ich habe Sie bestimmt nie unterschätzt, sondern sogar immer auch ein wenig bewundert für das, was Sie tun. Ihr Engagement für diese Frauen, Ihr seltsamer Sinn für diese Verlorenen und Betrogenen!«

Es bewegte sich etwas im Fauteuil gegenüber, also war er noch da, und nicht mehr nur seine Stimme.

»Ihr Sinn für, nennen wir es ruhig pathetisch: Gerechtigkeit, der sich so sehr von meinem Sinn für Erfolg unterschied, dass ich Sie in manch schwachem Moment darum beneidet habe, ich gebe es zu, wenngleich ich natürlich nicht zulassen konnte, dass Sie mir damit in die Quere kommen.«

Er spürte, wie Rita sich neben ihm verkrampfte. Sie musste an sich halten, um sich nicht auf den Moribunden zu stürzen, der nicht aufhörte zu beschönigen, was nicht zu rechtfertigen war. Die Ignoranz eines todgeweihten Schreibtischtäters war noch widerlicher als die eines kriminellen Kraftlackels.

Rita rutschte auf der Couch umher, als säße sie auf Nadeln. Dann zog sie ein paar Papiere aus ihrer Tasche und beugte sich vor, um sich zu erheben. Vincent versuchte das dämmrige Licht der Lobby zu durchdringen, um etwaige Gefahren zu erkennen, die irgendwo im Hintergrund lauern mochten. Aber da war nichts, musste er feststellen, so sehr er sich auch bemühte, etwas zu sehen. Außer dass es draußen sanft zu schneien begann.

Wieder versuchte die Stimme zu lachen, es kam aber nur ein Würgen zustande, gefolgt von ein paar Sätzen, die Vincent erstaunten.

»Ich kann Ihnen sagen, warum ich das mache«, sagte das

Häufchen Elend, das vom einst mächtigen und ebenso korrupten Kasic übrig geblieben war. »Auch wenn Sie es nicht verstehen, auf jeden Fall aber nicht billigen werden, falls Sie es am Ende doch verstehen.«

Rita atmete genervt aus, lehnte sich dann aber doch zurück, um den Worten des ehemaligen Baustadtrats zu lauschen. Vincent hätte die ganze Sache lieber ohne große Erklärungen hinter sich gebracht und sich mit Rita aus dem Staub (sprich Neuschnee) gemacht, bevor hier noch Dinge passierten, die er nicht vorhersehen konnte.

»Es ist einfacher, als Sie denken, viel einfacher«, tönte die fast tote Stimme aus dem Dunkel heraus, das nun überall herrschte.

Nur Konturen zeichneten sich ab, so auch die Umrisse dieses Mannes, der von seiner Krankheit dazu verurteilt war, sich wieder in das zu verwandeln, was er einmal gewesen war. Nämlich nichts. Nicht mehr als nur der Schatten einer Möglichkeit im Großen und Ganzen. Einer Möglichkeit jedoch, die er nicht im Sinne des Großen und Ganzen genutzt hatte, wie Vincent dachte. Eine Möglichkeit demnach, die es für ihn kein weiteres Mal geben würde, weil er sie vollkommen vergeigt hatte, ohne sich auch nur im Geringsten für eine neue zu qualifizieren.

»Sagen Sie es mir«, sagte Rita, sehr um Geduld bemüht, »dann sage ich Ihnen vielleicht, ob ich Sie verstehe.«

»Ich bin ein gläubiger Mensch«, sagte die Stimme, »und aus diesem Grund möchte ich beichten. Um den kirchlichen Teil meiner Beichte brauchen Sie sich nicht zu kümmern, das wird zu gegebener Zeit geregelt werden, so Gott will. Natürlich fragen Sie sich noch immer, warum jemand wie ich so etwas getan hat. Nun, darauf gibt es viele Antworten, die Sie sich alle selbst geben können, aber nur eine, die Sie von mir bekommen: Gier ist eine Todsünde, ich weiß, und ich habe lange dagegen angekämpft, aber schließlich …«

Ein rituelles Gemurmel lag in der Luft. Täuschten sie sich, oder hatte der Typ tatsächlich zu beten begonnen? Derart leise und so weit weg scheinbar, dass nur ein Rhythmus von Worten an ihre Ohren drang, der an eine Liturgie erinnerte.

»Bring mich hier weg, bevor mir schlecht wird«, raunte er Rita zu, die endlich wieder in die Gänge kam. Er merkte, dass es ihr nicht leicht fiel, diese Sache zügig zu Ende zu bringen. Die Sache immerhin, die sie schon seit Jahren auf Trab hielt. Letztlich gewöhnte man sich auch an das, dachte er, was man nicht wollte; und wenn es nicht mehr da war, blieb eine Leerstelle zurück, die einen verstörte.

Mit einem Ruck erhob Rita sich von der Couch, machte ein paar Schritte, am Fauteuil vorbei zur Tür hin, und schaltete mit den Worten »Es werde endlich Licht!« das Licht ein.

Kasic zuckte zusammen. Eine Art Vampir, der von zu frühen Sonnenstrahlen überrascht wurde. Er blinzelte unsicher umher und setzte sich auf, was nicht viel an der unübersehbaren Tatsache änderte, dass er zu ewigem Schrumpfen verurteilt war. Jetzt, wo ihn Vincent zum ersten Mal im Licht sah, kam ihm sogar vor, dass er unregelmäßig kleiner geworden sein musste. Arme und Beine hatten sich bereits verselbständigt. Er kratzte sich am Kopf, was er mit der linken Hand machte, als er feststellte, dass der rechte Arm zu kurz geworden war. »Verstehen Sie mich?« Sein Blick huschte von Rita zu Vincent und wieder zurück.

Der Blick eines Gehetzten, wie Vincent feststellte, der sich in der Gewalt seiner Dämonen befand, deren es in dieser Einöde hier bestimmt genug gab.

»Nein«, sagte Rita nur und reichte ihm das Dossier und einen Laserstift zum Unterschreiben. »Weder verstehe ich Sie, noch interessiert es mich, was Sie alles zu Ihrer Rechtfertigung vorbringen. Sie haben ein Leben lang Zeit gehabt, einmal etwas richtig zu machen. Hier«, sagte sie und zeigte ihm, wo er unterschreiben sollte, »hier und hier, das war's dann auch schon.«

Vincent stand bereits an der Tür, als Rita ihm folgte, nachdem sie die Papiere in der Tasche verstaut hatte. Als er einen letzten Blick über seine Schulter zurück machte, sah er, wie Kasic aus dem Fauteuil kletterte.

Zum ersten Mal in diesem Winter empfand er die klirrende Kälte und den Schnee als Erleichterung. Ein reinigendes Bad, in das sie Hand in Hand eintauchten.

Rote-Rüben-Risotto für Roboter und Beikoch

2 kleine Rote Rüben (frisch)
250g Risotto-Reis (Arborio)
2 Jungzwiebeln
1 Knoblauchzehe
1 EL Honig
4 kleine Zweige Rosmarin
1 Schuss Rotwein
0,5–1 Liter Gemüsebrühe
1 Handvoll geriebener Parmesan
1 EL Butter
Olivenöl
(optional etwas Ziegenfrischkäse)

Als Schuberts Zukunftsmusik (*Streichquintett in C-Dur*, Alban Berg Quartett, Cello: Heinrich Schiff) einsetzte, elegisch und dennoch dynamisch, rollte Buddy auf die ovale Bühne, auf der sich eine Hightech-Küche im Rampenlicht und Blickpunkt dreier Kameras befand.

Vincent hielt sich – am Rand der Bühne hinter seinem Rücken mit sich selbst Händchen haltend – bereit für den Fall, dass der Küchenchef ihn brauchte. Die Kochmütze, die schief und frech auf seinem wirren Haar saß, kontrastierte mit dem gesenkten Kopf sowie der Neigung des Oberkörpers, die Dienstbeflissenheit zum Ausdruck brachte. Seine Bereitschaft, dem Chef auf Kommando zu Hilfe zu eilen, war kaum zu übersehen, durfte aufgrund seiner Aufmachung aber auch bezweifelt werden. Spritzer, Flecken und Brandlöcher zierten Mütze und Kochschürze, auf der der kaputte Roboter abgebildet war, hinscheidend in seinem eigenen Schrott unter dem Spruch: *Oh my God, they killed Buddy!*

Man konnte durchaus glauben, Vincent würde Buddy ein solches Ende wünschen. Es war nicht klar, ob er darauf aus war, ihm zu Hilfe zu eilen, oder sich vielmehr auf ihn zu stürzen, sobald er etwas von ihm wollte.

Als die Melodie Fahrt aufnahm, kam Leben in Buddys Figur. Mit der Eleganz eines Tänzers richtete er alles her, was er für das Gericht brauchte, platzierte Pfannen und einen Topf auf dem Herd, in dem die Brühe zum Aufgießen war, und legte Rote Rüben, Knoblauch und die Jungzwiebeln auf das Schneidbrett, das ihm Vincent unwillig hinschob, sodass man dachte, er füttere einen scharfen Hund; während es der Auftakt zu seinem Einsatz war, den er stets hinauszögerte. Abscheu im Blick und in seiner Haltung, bis Buddy ihm mit einem Kochlöffel drohte.

Dann spulten sie im Rhythmus der Musik, die immer wieder anschwoll und verebbte wie ein Meer aus Klang, ihr Programm ab. Ein Missverständnis zog das nächste nach sich. Buddy hielt sich an das Rezept, und Vincent machte Sachen mit dem ganzen Hightech-Zeug, die man in einer Werkstatt erwartet hätte, aber in keiner Küche. In der Rolle der renitenten und tollpatschigen Küchenhilfe stolperte er von einem Fettnapf in den nächsten, und Buddy versuchte zu retten, was zu retten war.

Die auffrisierte Fuzzylogik, die durch Buddys Kabel und Transistoren strömte, verlieh seinem maschinellen Geist den Impetus des Menschlichen und, sah man ihn gegen die Bosheiten seines Beikochs kämpfen, sogar des Allzumenschlichen. Er hatte etwas Unschuldiges an sich. Sein Blick, sein Habitus, seine Bemerkungen, die er sich aus einer Unzahl von Möglichkeiten aussuchte, machten ihn derart sympathisch, dass er schon bald zum Liebling eines treuen Publikums avancierte. Vincent war der Buhmann – wie auch anders –, der immer damit rechnen musste, dass er aus dem Publikum mit Eiern und Gemüse beworfen wurde, wenn er Buddys Bemühungen boykottierte.

Buddy erntete die herzlichen Lacher der Zuneigung und er die hämischen der Schadenfreude, weil es ihm stets misslang zu verhindern, dass der Roboter am Ende ein sämiges, bissfestes und duftendes Risotto auf den Tisch brachte. Von dem er die Zuseher kosten ließ, indes Vincent sich geschlagen geben musste. Buddy rührte mit der Hingabe und Eloquenz eines Maestros, der die Wiener Philharmoniker dirigiert, im dampfenden Risotto, während sein Beikoch auf nichts als Rache sann. Verzweifelt bis zur vollkommenen Lächerlichkeit, schöpfte er alle Mittel aus, die ihm in der voller Überraschungen steckenden Küche zur Verfügung standen. Explosionen, Wasser, Feuer, Beben und jede Menge technischer Schnickschnack sorgten dafür, dass die Serie der Pannen kein Ende nahm.

Er hatte kein Problem damit, dass Buddy, sein Geschöpf, zum Star der Sendung wurde.

Bis Buddy eines Tages einen Vertag von ihm verlangte, der diesem Umstand Rechnung tragen sollte.

Was ihm wiederum keine andere Wahl ließ, als Buddys Software gründlich zu überarbeiten, um zu verhindern, dass er eine Gewerkschaft gründete, die sich für die Interessen seinesgleichen einsetzte. Sollte Buddy ruhig im Rampenlicht schwelgen, zu Hause war immer noch er derjenige, der diesem Roboter sagte, wo es langging!

Inzwischen waren sie professionell genug, um ihre Diskrepanzen nicht auf der Bühne auszutragen, und passierte ihnen das doch einmal, nutzten sie den Zwist, um authentisch zu wirken, was besonders gut ankam. Zu Hause in der Satellitenstadt blieb Vincent manchmal nichts anderes übrig, als Buddy einfach herunterzufahren, wenn er sie mit Dingen nervte, für die sie gerade keine Zeit hatten.

Als die Stadt endlich auftaute und der Frühling ins Land zog, verschwanden mit Eis, Kälte und Schnee seine letzten Befürchtungen, doch wieder ins Jobcenter zu müssen, um unter dem gnadenlosen Blick der Vombichl einen weiteren Antrag zu stellen. Die Kochshow mit Buddy lief besser als erwartet; was aber keineswegs hieß, dass sich die allgemeine Lage geändert hatte. Mit der Wärme belebten sich die Parks, Wiesen und Wälder der Stadt erneut, aber er fragte sich jetzt nicht mehr, wo diese Menschen den Winter verbracht hatten.

Sein Leben war im letzten Jahr ein weiteres Mal total umgekrempelt worden, und wenn er einen Blick zurück riskierte, wusste er nicht, warum es so gekommen war, wie es schließlich kam. Warum? Wozu? Die alten Fragen! Natürlich konnte er sich einreden, dass er selbst es in diese Richtung gelenkt hatte, ob er das aber auch glauben konnte, stand auf einem anderen Blatt. Vielleicht war es ja am besten, sagte er sich, wenn er einfach weiter machte, solange es ging.

Die allerletzten Einträge in sein *Wörterbuch des Zeitgeists* lauteten: Abschöpfung, Gesamtwille, freie Mitarbeiter, aktivierende Hilfe, Schicksalsgemeinschaft, Heiliger Krieg, Personalstandsbereinigung, Schonungslager, geistig-moralische Erneuerung, negativer Gewinnbeitrag, Wachstumsbeschleunigungsgesetz, Müllentsorgungspark, Leistungsträger, Eigentumsverlagerung, ethnische Säuberung, Sondermaßnahmen, Begleitschaden, neutralisieren, Reformpaket und, bevor er dieses Projekt beendete, um sich anderem zuzuwenden: Ihr könnt mich gern haben.